KB267471

김현의
독서와

비평적
실천

지은이 이승은(李承恩, Lee, Seung-Eun)

1971년 서울출생. 서울여자대학교 교육심리학과 졸업 후, 연세대학교 국어국문학과 대학원에서 현대시 전공으로 석사 및 박사학위를 받았다. 그리스도신학대학교, 숭의여자대학 등에 출강했고, 현재 연세대학교에서 강의 중이다. 논문으로는 「마종기 시 연구─어조를 중심으로」, 「한국문학 '읽기'에서의 '낭만주의' 재검토」, 「대학 글쓰기에서의 학술적 에세이 쓰기의 효과와 의미」 등이 있고, 공저인 『영원한 시작─정현종과 상상의 힘』이 있다. '문학이란 무엇인가'라는 오래된 화두에 관심이 있으며, 그 일환으로 현재 시와 정치 담론에 관해 공부하며 논문을 준비 중이다.

김현의 독서와 비평적 실천

초판인쇄 2015년 4월 20일　**초판발행** 2015년 4월 30일
지은이 이승은　**펴낸이** 박성모　**펴낸곳** 소명출판　**출판등록** 제13-522호
주소 서울시 서초구 서초중앙로6길 15, 1층
전화 02-585-7840　**팩스** 02-585-7848　**전자우편** somyong@korea.com　**홈페이지** www.somyong.co.kr

값 19,000원　　ⓒ 이승은, 2015
ISBN 979-11-86356-01-2　93810

김현의 독서와 비평적 실천

KIM HYUN'S READING AND LITERARY PRAXIS

이승은

1. 2011년 8월에 제출한 박사 졸업 논문을 뼈대로 책을 내게 되었다. 논문이 책으로 세상에 등장하는 것을 긍정적으로 보자면 더 많은 독자와 만날 기회가 생겨난다는 것이고, 부정적으로 보자면 요즘 대학 제도의 하나로서 논문의 책 출판이라는 관행을 따라가는 지점 역시 있다. 책을 내는 일에 이런 냉소적인 언급을 하는 까닭은 박사논문의 독자는 논문심사위원들과 관련 연구자 이외에는 없다는 항간의 소리가 전혀 근거 없는 것은 아니겠기 때문이다. 하지만 책을 내는 마당에 다른 독자들을 상상하며 이야기한들 누가 뭐랄 것인가.

박사과정 중에 '문학의 죽음'이라는 담론이 유행했다. 그러한 담론을 긍정하건 부정하건 간에 문학 판에 있는 대개의 사람들이 이를 전적으로 부정하기란 쉽지 않았다. 피부에 느껴지는 실감이 과거와는 달랐기 때문이리라. 문청의 시절을 지나 나이가 들어서도 문학을 하는, 혹은 문학을 공부하는 사람들에게 다시 말해 문학에 들렸던 경험을 갖고 있는 그들에게 문학이 죽었다는 이야기는 어떤 점에서는 사형선고였다. 하지만 정작 중요한 것은 문학이 죽었냐 아니냐 하는 것은 아닐 터이다. 고대에도 요즈음에 문학이 죽었다느니, 요즘 사람들은 문학을 모른다느니 하는 소리들은 있어왔기 때문이다. 중요한 것은 스마트폰으로 모든 게 검색가능해진 이 시대에 문학이란 우리에게 무엇이었으며 앞으로 그것이 무엇이 될 것인가 하는 것일 터였다. 이러한 것들은 국문과 대학원에 진학하면서 문학이 스스로 무엇일 수 없음을 문학의 역사가 일러주었음을 알게 되면서 문학의 죽음을 둘러싼 것과 관련된 것으로 논문 주제를 잡고자 했다. 단순하게 파악할 때 문학이 죽었다는 이야기는 독자의 부재로부터 나오는 것이다. 한때 시를 써보기도 했지만 그보다는 시의 독자인 것이 행복했던 나는 '독자'의 존재에 대해서 이야기해보고 싶었다.

독자 연구 방법의 탐색 과정에서 비평가 김현을 만났다. 김현을 대상으로 독자에 대한 질적 연구를 할 수 있을 것이라 판단했다. 솔직히 말하자면, 독자라는 존재에 관심을 갖기 이전, 오히려 비평가로서 내 오랜 관심의 대상은 『녹색평론』의 김종철 선생이었고, 비평가 김현은 내 관심 밖이었다. 김현의 글에 열광하는 수많은 문학도들이 있었지만, 김현을 연구하기 이전 나는 김현에 대해서 별다른 기호를 갖고 있지 않았다는 것이 솔직한 속내이다. 어떠한 호불호도 없었던 것이 김현을 연구대상으로 삼음에 있어서 기존의 관점으로부터 자유로울 수 있었다고 자부한다. 내 편견이 김현을 연구하는 데에 개입되었다면 그것은 내 유전자의 오래된 어떤 정보 속에 숨겨진 내 취향 정도였을지 모르겠다. 취향의 비과학성을 따진다면 기본적으로 인문과학으로 위치지어진 문학의 특수성을 고려하지 않는 것이므로 그런 독자는 이 책이 맞지 않을 수도 있다.

여하간 아무리 문학을 객관적 연구의 대상으로 삼는다 해도 문학은 글쓰기 주체의 성향에 좌우될 수밖에 없다. 따라서 이 책은 비평 전공자들의 기존 연구방법과 다르다. 현대시를 공부한 사람이 비평가 김현을 독자로서 위치지우고 비평가 김현을 논했기 때문이다. 비평의 기존 연구 방법과 다르다는 것은 기존의 연구관행을 벗어났다는 점에서 아쉬울 수도 있겠으나 이 책을 읽는 독자들이 그것을 참신함으로 읽어주기를 바랄 뿐이다.

독자 연구를 해야겠다고 공부를 하기 시작하면서 그리고 김현을 읽고 고민하기 시작하면서, 그리고 김현에 관한 많은 담론들을 읽어나가면서 내가 내린 판단은 김현은 단선적으로 평가를 내리기 어려운 다층적인 인물이라는 것이었다. 굉장히 순수한 문학 애호가인 듯하지만 그 이면에 상당히 정치적인 비평가로서의 눈매 역시 읽혀졌으며 문학인으로서의 자부심 이면에는 식민지 지식인으로서의 열등감 역시 깊게 그늘을 드리우고 있었다. 그것이 그의 글에는 복잡하게 때로는 투명하게 보여지고 있었다. 그랬기 때문에 이 책은 김현의 한계에 주목하기보다는 독자로서의, 그리고 비평가로서의 의의를 우선적으로 되짚고 있다.

그러나 우리는 여전히 그의 한계에 대해 비판할 수 있으며 당연히 그의 한계를 사유해야 한다. 이는 그가 한국의 1970년대를 이끌어나간 문학인이자 지식인 중의 하나였기 때문에 현재 한국 사회의 문제의 일정 부분을 설명해내는데 주요한 참조점을 제공해줄 수 있을 뿐만 아니라 현재의 문학인 및 문화인들이 가져야 할 입장과 태도의 타산지석을 보여 줄 것으로 기대하기 때문이다. 하지만 이는 비교적 훗날의 연구과제로 삼으려 한다. 많은 지식인이 그러했지만 김현 역시 지식인으로서의 식민성에서 자유롭지 않았다. 이는 그의 민족주의와 문학주의에 복합적으로 얽혀있는 문제다. 이를 심층적으로 다룰 때 우리가 현재 참고해야 할 김현의 한계가 드러날 수 있을 것이다. 이를 다루기에는 아직 내 공부가 일천하다. 서두르지 않고 세월의 흐름을 좀 더 견뎌가면서 이 논의를 본격적으로 다룰 예정이다.

2. 정현종 선생님과 유종호 선생님께 시를 배웠다. 그들의 시인으로서와 시 비평가로서의 깊이는 제도권의 답답한 틀을 과감히 뛰어넘는다. 그들의 제자됨에 누가 되지 않기를 소망하면서 살아가려 한다. 논문지도 교수와 지도학생의 관계는 애증의 관계라고들 하는데, 내 박사논문의 지도교수이신 정명교 선생님은 특별히 더 힘드셨을 것이다. 본인의 스승인 김현으로 논문을 쓰겠다고 하니 얼마나 당황스러우셨을까. 그래서였을까. 별다른 제재 없이 내 의사대로 논문을 쓰도록 해 주셨다. 당신의 스승에

관한 연구의 최대배려는 개입없음이란 걸 보여주셨다. 얼마나 이런저런 언급을 하고 싶으셨을까. 선생님의 인내와 지혜로움에 고개 숙여 감사드린다. 부심이셨던 이광호 선생님, 그리고 오문석 선생님, 김현주 선생님, 이경훈 선생님. 이 네 분의 꼼꼼함과 자상함은 논문 심사기간 내내 내게 힘내라 등 두드려주시는 손길이나 다름없었다. 두고두고 고마운 선생님들이다.

3. 결혼하고 아이를 낳은 후, 친정 엄마에 대한 생각이 많이 바뀌었다. 고집스런 깐깐한 노인네로만 여겼던 엄마는 외손녀인 내 딸 서진을 가끔은 내 이름으로 잘못 부르시며 살갑게 안으신다. 제멋대로인 막내딸에게 늘 엄격하고 차가웠던 것은 그만한 이유가 있었음을 불혹의 나이가 되어서야 깨달은 나는, 깨닫고 나서도 철이 없기는 여전한 듯하다. 아버지 돌아가신 후 홀로 막내딸 박사졸업까지 뒷바라지하신 게 얼마나 대단한 것인 줄을 나는 여전히 절절하게는 실감하지 못하지만 엄마에게 내 마음 깊은 사랑을 여기에서 대신한다. 문학 공부하는 아내를 자랑스러워하는 남편 백두현과 매일 학교 가는 엄마를 보며 눈물짓는 딸 서진에게도 고맙고 미안한 마음 전한다.

4. 나의 든든한 학문적 동지는 누가 뭐라 해도 연세대 국문과 대학원 현대시 전공 선후배와 동료들이다. 그들과 함께 공부하

는 즐거움을 몰랐더라면 혼자서 책 읽고 공부하는 시간의 어려움을 견뎌낼 수 없었을 것이다. 당연히 이 책도 나올 수 없었을 것이다. 우애와 연대를 경험케 해준 그들의 이름을 여기서 일일이 거론하지 못하지만 그들에게 존경과 사랑을 전한다. 이 책에 빛나는 부분들이 있다면 그건 전적으로 그들 덕분이다.

5. 출간의뢰에 선뜻 출판을 허락해 준 소명출판과 교정보느라 애써주신 편집부 선생님들께 감사함을 전한다.

2015년 봄 이승은

제1장

매개체로서의 독자

1. 시작하며

이 책은 김현 비평의 내적 연속성을 검토하여 그의 비평에 통시적으로 작동하는 비평의식의 특수성을 규명함으로써 김현 비평의 의의를 밝히고자 한다. 김현은 문학이력의 초기부터 마지막까지 문학의 자율성을 옹호하고 수호한 비평가이다. '1980년 광주'를 기점으로 김현의 문학관이 변화했다고 여겨지기도 하지만[1] 문학의 자율성을 토대로 한 그의 문학관이 변화한 적은 없었

---

1   김현 연구에서 1980년은 그의 비평의 초기와 후기를 나누는 일반적인 기점으로 공유되고 있다. 또한 이 시기는 문학의 자율성을 옹호했던 김현 비평의 위기와 곤경이 시작된 시점으로도 논의되고 있다(다음 절의 연구사 검토 참조).

다. 김현은 사회 속에서 문학이라는 특수자가 어떠해야 하는가에 대한 질문을 토대로 그의 비평의 내적 연속성을 관통하는 자질들을 형성시켰다. 그러므로 이 글은, 김현 비평의 내적 연속성을 관통하는 자질들을 검토하고 김현 비평의 의의를 규명하는 데까지 나아갈 것이다.

근대 문학이 근대 제도 기획의 일환이었다는 점을 고려한다면, 문학의 자율성이란 근대 사회의 제도라는 틀 안에 구속될 수밖에 없으므로 자율성이라는 특수성은 허망한 구호에 그칠 공산이 없지 않다. 그러나 문학은 "제도인 동시에 반-제도"[2]라는 점에서 문학이 제도라는 논의에 우리의 시선은 고정될 수 없다. 문학이 제도임과 동시에 제도에 저항하는 반-제도라는 사실은 우리로 하여금 여전히 '문학이란 무엇인가'라는 질문을 던지게 만든다. 문학제도의 문제와 관련지어 본다면, 구체적으로 '문학의 자율성이란 무엇인가'하는 질문을 던지도록 유도한다고 볼 수 있다. '문학이란 무엇인가' 그리고 '문학의 자율성이란 무엇인가'라는 질문이 연이어서 등장할 수 있는 것은, 근대 사회에서 문학의 정체성에 관한 질문은 문학 자율성의 측면과 분리될 수 없기 때문이다. 게다가 '문학의 자율성이란 무엇인가'라는 질문이 아

---

2 자크 데리다, 허정아 역, 『시네퐁주』, 민음사, 1998, 154쪽(원문은 *Magazine littéraire*(286호, 1991년 3월)에서 데리다와 프랑수와 에왈드(François Ewald)와의 대담이다. 여기서는 역자해제에서 재인용).

직도 유효하다고 한다면 문학의 정체성에 관한 질문은 우리 사회에서 여전히 유동적인 문제인 것이다. 김현의 문학적 실천 역시 이 질문 속에서 이루어졌다. 따라서 김현 비평에 관심을 둔다는 것은, 김현이 던진 문학의 정체성에 관한 질문과 김현의 비평적 실천과의 상관성에 주목한다는 것을 의미한다.

문학의 정체성에 대한 질문과 비평가의 비평적 실천과의 상관성에 주목한다는 측면에서 이 책은 문학 비평의 기존 연구와는 다른 차별성을 갖고 있다. 문학이 '제도'임과 동시에 '반-제도'라는 것은 궁극적으로 '문학이란 무엇인가'라는 문학 개념에 대한 질문을 수반한다는 점에서 문학 개념의 의식 안에는 문학의 자율성 개념 역시 포함되어 있다. 그런데 문학 개념이라는 문학의 정체성은 작가와 독자의 상호작용에 의해서 이루어지는 것이지 작가 혹은 독자에 의해서 일방적으로 형성되는 것은 아니라는 사실을 고려할 때, 근대사회의 특수한 독자라 할 수 있는 비평가를 문학 연구의 대상으로 삼는다는 것은 일차적으로 당시의 '독자'가 문학을 어떻게 읽었는가에 관심을 가지는 것을 뜻한다. 따라서 이 책은 김현이 '비평가'라는 '독자'였다는 점을 특별히 염두에 두고 기술될 것이다. 그동안 비평가의 독자로서의 측면은 적극적으로 조명되기보다는 괄호쳐지는 경우가 많았지만, 김현 비평 연구의 경우 이 괄호를 적극적으로 열어 둘 필요가 있다. 왜냐하면 김현 비평에서 '독자' 개념은 그의 비평을 보다 입체적으로 규명하는 결정적 요소이기 때문이다.

문학에 '관한' 사유를 창작자의 언어가 아닌 비평가의 언어에서 탐구한다는 점에서 이 글은 '문학 수용자'에 대한 관심을 전제한다. 비평가는 일급의 독자로 가정된다는 점에서, 비평가에 대한 탐구는 문학의 최전방에 있던 독자가 문학에 대해 어떤 사유를 하고 있었는가를 들여다보는 창이 된다. 이는 미시적으로는 근대사회에서 비평가라는 특수한 문학 수용자가 문학을 어떻게 읽고 어떤 문학론을 정립했나갔는가, 그리고 그것을 토대로 어떤 비평적 실천을 해 나갔는가를 논하는 것이며, 보다 거시적으로는 비평가의 문학 개념이 문학독자 일반의 문학 개념 형성에 있어서 어떠한 영향력을 끼쳤는가에 관심을 두는 것이기도 하다.

1960년대에 등단해 1990년까지 30년간 『문학과 지성』(이하 문지)의 실질적 리더였던 비평가 김현의 문학론과 문학적 실천은 현재에 이르기까지 한국문학 담론에 현재하는 역사라는 점에서 학문적 연구의 대상으로 적극적으로 포섭될 필요가 있다. 근대문학이 근대제도의 산물이었다는 사실과 더불어 문학의 죽음 담론이 문학 장(場)을 휩쓸었던 2000년대 한국문학 장을 고려할 때, 문학의 자율성에 대한 이론과 실천의 신념을 역설(力說)했던 김현은 우리에게 '문학이란 무엇인가'라는 질문을 또다시 던지게 하는 인물이다. 따라서 김현 비평의식의 세밀한 결들을 탐색하

는 과정은 현재 우리에게 새겨진 문학 정체성의 과정을 추론하
는 일이 되기도 할 것이다.

2. 역설의 언어들

　비평가 김현에 대한 논의는 그의 생전에서부터 사후 20년[3]이
지난 지금까지 지속적으로 제출되고 있지만, 진전된 논의로 나
아가지 못하고 어떤 답보(踏步) 상태를 반복하고 있는 것으로 보
인다. 지속적인 논의에도 불구하고 '김현 신화'라는 풍문에 가려
져 그간의 논의들은 김현론 자체를 온당하게 읽어낼 거리감조차

3　1942년 7월생인 김현은 1990년 6월에 별세했다. 『김현문학전집』 총 16권은 1991년
부터 1993년까지 문학과지성사를 통해서 편집, 완간되었다. 이후 이 글에서 『김현문
학전집』은 『전집』으로 칭한다. 각 전집의 제목은 다음과 같다.

1권	한국문학의 위상 / 문학사회학	2권	현대 한국문학의 이론 / 사회와 윤리
3권	상상력과 인간 / 시인을 찾아서	4권	문학과 유토피아
5권	책읽기의 괴로움 / 살아 있는 시들	6권	젊은 시인들의 상상세계 / 말들의 풍경
7권	분석과 해석 / 보이는 심연과 안 보이는 역사 전망	8권	프랑스 비평사(근대 / 현대)
9권	행복의 시학 / 제강의 꿈	10권	폭력의 구조 / 시칠리아의 암소
11권	현대비평의 양상	12권	존재와 언어 / 현대 프랑스 문학을 찾아서
13권	김현 예술 기행 / 반고비 나그네 길에	14권	우리시대의 문학 / 두꺼운 삶과 얇은 삶
15권	행복한 책읽기 / 문학 단평 모음	16권	자료집

확보하기 어려웠던 것으로 판단된다. 그런 탓에 한국문학 장 내에서 김현에 대한 타당한 평가는 아직도 요원한 것처럼 보일 정도다. 김현 사후, 20년 정도 흘렀음에도 불구하고 김현론 자체를 온당하게 읽어낼 거리감조차 확보되지 않았다는 것은 김현에 대한 평가가 학적 접근으로서는 여전히 시작단계에 머무르고 있다는 것을 의미한다.[4]

지금까지의 김현론은 다음과 같은 시각에서 재단되어 왔다고 볼 수 있다. 첫째, 김현 비평의 의의에 대해 논의하면 '김현 신화 만들기'에 일조하는 편향된 평가로 인식되는 경향이 있었다.[5] 둘째, 김현에 대한 비판적 견해를 피력할 경우 이는 곧 객관적인 논의로 받아들여짐[6]과 동시에 한편으로는 또 하나의 인정투쟁의 양상으

---

4 김현과 동시대에 활동했던 비평가들과 그의 제자들이 여전히 문학 장 안에서 활동 중이기 때문에 김현 비평은 학적 대상이 되기 어렵다고 언급되기도 한다. 그러나 이는 김현 비평을 권력투쟁과 인정투쟁의 맥락 안에서 평가하려고 하거나, 그렇게 되어야 한다는 전제를 함의하고 있다는 점에서 타당하다고 볼 수 없다. 비평 자체가 인정투쟁의 요인을 갖고 있는 것이지만, 그것은 비평의 한 속성인 것이지 비평의 본질은 아니기 때문이다.

5 정과리, 황지우, 이성복 등 그의 제자들의 글 외에도, 김현을 추모하는 형식의 다른 글들은 『전집』 16권 『자료집』에 모아져 있다.

6 이명원, 김형수, 황영범은 그들의 학위 논문에서 김현에 대한 비판적 견해를 보인 논의들에 대해서 객관적인 연구라고 언급한다(이명원, 「김현 문학비평 연구」, 서울시립대 석사논문, 1999; 김형수, 「김현 문학비평 연구」, 창원대 박사논문, 2002; 황영범, 「김현 문학비평 연구」, 단국대 석사논문, 2003). 김현에 대한 '비판적 견해 = 객관적 연구', '김현에 대한 긍정적 견해 = 주관적 연구'라는 공식이 적용되고 있는 것이다. 연구의 객관성이 연구 대상에 대한 부정으로부터 시작된다고 보는 단견의 결과라 할 수 있다. 당연한 말이지만, 연구의 객관성은 대상에 대한 부정에서가 아니라 부정의 방법론이 타당할 때 성립된다. 이를 간과한 인식은 김현론의 제출 자체를 권력투쟁의 양상 속에서 보도록 만들기도 한다.

로 읽혀졌다.[7] 그리고『김현 신화 다시 읽기』(2008)라는 제목의 책이 상재(上梓)되기까지 했다.[8] 이런 상황에서 김현이 학문적 연구의 대상으로 적극 호명되기 어려웠던 것은 당연한 수순이었다.

그러므로 이제는 지금껏 제출되었던 김현론을 읽을 때, '김현을 긍정적으로 평가했는가' 혹은 '김현을 비판적으로 평가했는가' 하는 것에서 물러설 필요가 있다. 김현에 대한 긍정이냐 부정이냐가 중요한 것이 아니라, 그간의 김현론들이 김현을 평가하는 항목이 무엇이었는가에 주목할 필요가 있다. 김현 연구자들이 추출해 낸 김현에 대한 특성을 x라고 할 때, 이를 둘러싼 평가의 대치가 궁극적으로 김현에 대한 상반된 평가를 불러왔다. 이 x를 바라보는 관점과 세계관의 차이로 말미암아 김현은 학문적인 접근과 검토의 대상이 되지 못한 채, 오히려 문학 진영 간의 대립된 세계관의 확인이 김현이라는 비평가를 두고 그의 사후에 반복되었다고 할 수 있다.

김현에 대한 평가 항목 x란 궁극적으로는 김현의 비평 '태도'에 관한 것으로 요약할 수 있다. 흔히 김현의 비평태도로 알려진 것은 문학의 자율성 옹호, 공감의 강조 등이다. 물론 이러한 개념의 구체적 항목들은 주관성·상상력 등의 항목으로 세분화될 터

---

[7] 비판론이 곧 객관적 학문적 논의로 수용되는 현상 역시 인정투쟁의 양상과 같다는 점에서 그러하다.

[8] 이 책은 자극적인 제목과는 달리, 김현론들을 모아 놓은 책이지 김현 신화 현상에 대해 분석한 책은 아니다.

인데, 그간 김현에 대한 평가는 김현의 비평 태도로부터 야기되는 비평 논리의 타당성 여부에 집중되었다. 그 결과, 김현이 개진했던 문학론이 옳은지 그른지를 가늠하는 연구 관행은 김현 비평의 학문적 논의를 저해하는 요소가 되었다.

"문학은 써먹는 것이 아니다. 그러나 역설적이게도 문학은 그 써먹지 못한다는 것을 써먹고 있다"[9]는 김현의 문학론은 역설의 논리에 기반해 있다.

> 남은 일생 내내 나에게 써먹지 못하는 문학은 해서 무엇하느냐 하는 질문을 던지신 어머니, 이제 나는 당신께 내 나름의 대답을 하지 않으면 안 되겠다. 확실히 문학은 이제 권력에의 지름길이 아니며, 그런 의미에서 문학은 써먹는 것이 아니다. 그러나 역설적이게도 문학은 그 써먹지 못한다는 것을 써먹고 있다. 문학을 함으로써 우리는 서유럽의 한 위대한 지성이 탄식했듯 배고픈 사람 하나 구하지 못하며, 물론 출세하지도 큰 돈을 벌지도 못한다. 그러나 그것은 바로 그러한 점 때문에 인간을 억압하지 않는다. 인간에게 유용한 것은 대체로 그것이 유용하다는 것 때문에 인간을 억압한다. 유용한 것이 결핍되었을 때의 그 답답함을 생각하기 바란다. (1 : 49~50)[10]

---

9 『전집』 1권, 50쪽(원출처는 김현, 「문학은 무엇을 할 수 있는가」, 『문학과 지성』, 1975 겨울). 이후, 김현 글은 『전집』에서 인용되며 각주에 원출처와 글 제목을 밝혀둔다. 원출처는 『전집』에 밝혀진 것을 따른다.

10 이후 괄호 안의 표기는 김현 『전집』의 권수(앞)와 쪽수(뒤)를 나타낸다.

이 문학론은 "써 먹지 못하는 것을" 결국에는 "써 먹고" 있다는 논리로 진행된다. 이와 같은 역설의 논리를 도식적 합리주의로써 재단한다면 궁극적으로 합리성 자체는 실종되고 과도한 해석만이 남는다. 물론 김현에 대한 비판론이 출현한다는 것은 일종의 학문적 탐구 과정이라는 점에서 유의미한 일이다. 그러나 비판논리가 타당성을 갖지 못한 채 재생산된다면 이는 김현 연구에 큰 기여를 할 수 없을 것이다.[11] 그동안 김현 비평의 논리적 모순에 관한 지적은 비합리적인 방식으로 시 비평, 소설비평 등의 각론을 중심으로 지속적으로 재생산되어왔다.[12] 김현 비평에 대한 비판들이 합리적인 비판 방식인가에 대한 검토와 반성 없이 지속되어왔다는 것은 그간의 방법론의 한계를 보여줄 뿐만 아니라 김현에 대한 학문적 논의가 활발하지 못했음을 시사한다.[13]

김현의 특정 문학론뿐만 아니라, 김현 비평의 핵심어휘들은 서

---

[11] 대표적으로 이동하와 윤지관을 꼽을 수 있다. 이들은 문학의 역설적 측면이라는 수사적 함의가 포함된 김현의 문학론을 수학적 논증의 방식으로 비판함으로써 비판을 위한 비판을 행한다. 사실명제로 환치할 수 없는 명제에 대해서 사실명제 논증의 방식을 택했던 것이다(이동하, 「김현의 『한국문학의 위상』에 대한 한 고찰」, 『전농어문연구』 7집, 서울시립대, 1995; 윤지관, 「세상의 길―4·19세대 문학론의 심층」, 최원식·임규찬 편, 『4월 혁명과 한국문학』, 창작과비평사, 2002).

[12] 대표적으로 한형구, 「미적 이데올로기의 분석적 수사」, 『전농어문연구』 10집, 1998; 정은경, 「필연적 미완의 기획으로서의 문학사」, 『김현 신화 다시 읽기』, 이룸, 2008; 최강민, 「김현의 신화와 우상의 탄생」, 『김현 신화 다시 읽기』, 이룸, 2008 등을 들 수 있다.

[13] 김현을 비판하는 데 있어 지금까지와는 다른 새로운 시각이 필요하다. 가령 한글세대라 일컬어지는 김현과 민족주의 이데올로기와의 관계는 김현의 문학의식의 기저로부터 다각적으로 검토될 필요가 있다. 이는 이 글의 범주에 해당되지는 않지만 이후의 연구과제로서 주목되어야 할 부분이다.

로 모순되는 의미 내용을 가진 언어들로 결합되어 있다. 가령 한 편의 글 안에서 '상상력', '교감', '감정'이 강조됨과 동시에 '이성', '논리', '구조' 등의 어사 역시 강조된다. 일반적으로 전자의 것과 후자의 것들은 논리적 모순 없이 공존하기 어려운 것이라 할 수 있다. 따라서 경직된 논리의 틀로써 합리성을 가장한 의사합리성을 김현 비평에 적용하게 되면 그의 글은 논리적 일관성이 없다는 결론에 도달하게 된다. 김현의 말처럼 현대문학은 "역설 속"(1 : 57)에 있고 그의 문학비평도 그러하다. 따라서 김현 비평의 논리성에 대해 언급하기 위해서는 새로운 잣대가 필요하다.

최근 들어 김현 비평에 관한 새로운 접근 방법을 개진한 논의가 제출되고 있다. 대표적으로 이향주와 한래희의 논문을 들 수 있다.[14] 이향주는 김현 비평의 수사학적 문채(figure)[15]와 그 효과에 의한 상호주관성을 탐색하는 데 있어서 연구의 전제로 '독자' 개념을 끌어들인다. 독자의 참여가 텍스트의 의미를 수동적으로 받아들이는 것이 아니라 능동적으로 재해석하는 것을 가능하게 하기 때문에 김현 텍스트의 의미를 고정시키지 않고 열린 텍스

---

[14] 이향주, 「김현 후기 비평의 수사학적 문채(figure)와 상호주관성 연구」, 서강대 석사논문, 2008; 한래희, 「김현비평연구」, 연세대 박사논문, 2010.
이제까지 김현에 관한 학위 논문은 총 5편이 제출되었다(이명원, 「김현 문학비평 연구」, 서울시립대 석사논문, 1999; 김형수, 「김현 문학비평 연구」, 창원대 박사논문, 2002; 황영범, 「김현 문학비평 연구」, 단국대 석사논문, 2003; 이향주, 위의 글; 한래희, 위의 글).

[15] 이향주는 주네트(Genette)의 문채 개념에 기대어, 비평 담론에서 독자를 설득하는 방식을 강조하기 위해 독자의 인지에 의해 구현되는 것을 문채로 규정한다.

트로 위치짓는다는 것이다. 한편 한래희는 J. L. 오스틴의 언어수행성 논의[16]에 기대어 김현의 문학론을 진위문이 아니라 수행문으로 읽어낼 것을 요구한다. 사실명제의 진위여부를 논하는 것이 아니라 수행명제로써 독자의 태도 변경을 요청하는 논의로 김현의 문학론을 읽어내는 것은 기존 논의의 재생산이 아니라 김현 비평에 대한 새로운 해석틀을 시사한다는 점에서 의미를 갖는다. 이들의 논의는 김현의 비평 텍스트가 고정된 실체가 아니라 운동이라는 것을 '독자' 담론에 기대어 드러내고자 한 것으로 볼 수 있다.

그러나 이향주와 한래희의 논문은 1980년을 기점으로 한 김현 비평의식의 '단절'을 통한 '변화'에 초점을 맞추고 있다는 점에서 이 책과는 입장을 달리한다.[17] 마찬가지로 김현을 연구대상으로 삼은 최초의 학위논문인 이명원의 논의[18] 역시 연구 범위를 김현의 초기비평[19]까지로 설정하고 김현 비평의 초기를 1980년 이전까지로 한정한 바 있다. 김현 연구에서 광주 민주화 항쟁이 일어난 1980년은 김현 비평의 변화의 시작점이자 후기 비평이 시작

---

16 오스틴은 진위를 구분하는 사실명제와 발화자의 태도 변화를 통해 비로소 의미를 가지게 되는 수행명제를 구분한다(J. L. 오스틴, 김영진 역, 『말과 행위』, 서광사, 1992).
17 이향주의 논문은 연구 대상 자체를 '80년 광주' 이후의 김현 후기 비평으로 한정했다.
18 이명원, 앞의 글.
19 김현 비평을 초기와 후기로 나누는 일반적인 합의의 지점은 1980년을 기점으로 하고 있다. '80년 광주'라는 사건을 기점으로 김현 비평에 변화가 있었다는 것이 그 근거가 되고 있다.

되는 지점으로 일반적으로 합의되어 있다.[20] 즉 김현 연구에서 1980년은 김현 비평에서 변화가 일어나는 단절적인 지점으로 대개 인식되고 있는 것이다. 1980년은 분명 김현 비평의 전환적 시기라는 점에서 중요하며 그런 점에서 그간의 논의들은 타당하다고 할 수 있다. 그렇지만 이렇게 1980년을 기점으로 하여 김현 비평의 변화에 초점을 맞춘다면 김현 비평의 내적 연속성은 규명될 수 없을 것이다. 물론 김현 비평의 전·후기를 망라하는 김현의 비평 의식을 탐색한 논의들이 없는 것은 아니다.[21] 하지만 기존의 논의들은 김현 비평 의식의 단초가 들어있다고 생각되는 초기 비평과 시·소설 등에 관한 비평 각론으로 대상 텍스트를 한정함으로써 김현의 비평적 정신을 그의 다양한 텍스트들을 대상으로 하여 총체적으로 규명했다고 보기 어렵다.

한편 김현 비평에서 논리의 타당성 여부 외에 화제가 되는 또 하나의 항목은 그의 비평이 노출하고 있는 '주관성' 문제이다. 논

---

[20] 황현산이 김현의 문학적 곤경의 시기를 1980년대로 설정하고 김인환 역시 '80년 광주' 이후 김현이 폭력에 대해 관심을 가졌다고 진술한 이후에, 1980년이 김현 비평의 변화의 시기로 강조되기 시작한 것으로 보인다(황현산, 「르네의 바다」, 『문학과 사회』, 1990 겨울; 김인환, 「글쓰기의 지형학」, 『문학과 사회』, 1988 가을).

[21] 황지우, 「바다로 나아가는 게」, 『문예중앙』, 1987 여름; 정과리, 「못다 쓴 해설」, 김현, 『전체에 대한 통찰』, 나남, 1990; 김윤식, 「소설, 시, 비평의 관련 양상」, 『김윤식 평론 문학선』, 문학사상사, 1991; 김경복, 「말에 대한 사랑과 창조적 비평」, 『오늘의 문예비평』, 1991 여름; 남진우, 「공허한 너무도 공허한」, 『문학동네』, 1995 봄; 임영봉, 「김현 초기 비평 연구」, 『어문연구』, 134호, 한국어문교육연구회, 2007 여름; 조남현, 「땀과 줏대 그리고 힘의 비평」, 『문학과 사회』, 1993 가을; 이숭원, 「김현의 시 비평에 대한 고찰」, 『선청어문』 23집, 1995; 한형구, 「미적 이데올로기의 분석적 수사」, 『전농어문연구』 10집, 1998 등.

자들의 공통적인 견해를 요약해보자면, 김현의 주관성은 그의 비평의 특징이자 장점일 수 있지만 그의 비평을 인상비평으로 떨어지게 할 위험성을 갖게 하는 요인이다. 또한 그의 주관성은 문학에 대한 감동을 지나치게 강조함으로써 사회·현실의 모순을 제시해야 하는 비평적 책무로부터 멀어지게 한 요인이라는 것이다. 게다가 주관성에 관한 이런 비판에 연결되는 문제는 김현의 주관성이 문학을 절대화함으로써 문학 절대주의를 낳았다는 것이다.[22] 김현 비평에서 주관성의 특성이 두드러진다거나 문학에 관한 절대적 애호가 두드러진다고 할 때, 김현의 비평적 특징을 주관성과 문학 절대주의라고 명명할 수 있을 것이다. 하지만 김현의 주관성과 문학 절대주의의 의미가 과연 무엇인지 구체화되지 못한다면, 김현의 문학 절대주의가 당시의 사회 역사적 맥락 속에서 무엇을 의미했던 것인지 알 수 없다. 김현의 문학 절대주의가 식민지 시기로부터 지속된 순수 참여논쟁에서의 문학 순수주의와 같은 것인지 다른 것인지, 같다면 무엇이 같고 다르다면 무엇이 다른지 살펴야 한다.

따라서 이 책은 이와 같은 문제의식을 토대로 김현 비평의 내적 연속성을 검토하고 김현 비평의 특수성을 규명하는 방법으로써 '독자' 개념을 적극적으로 포섭하고자 한다. 이는 김현 자신이

22　조남현, 앞의 글; 황지우, 앞의 글; 김경복, 앞의 글; 한형구, 앞의 글 등.

독자였다는 사실과 김현이 자신의 독자를 향해 취했던 방법론이 자신의 주관성과 맞물려, 김현 비평에서 어떤 의미를 창출했는 가에 주목하려는 것이다. 이를 통해 김현 비평을 읽는다는 것의 의미가 무엇인지를 규명하게 될 것이다.

3. 문학경험으로서의 상상력

이 글은 김현 비평에서 변하지 않고 지속된 특성을 드러내는 범주에 관심을 둔다. 그것이 바로 김현 비평의 내적 연속성을 드 러내 그의 비평적 지향점까지도 보여주기 때문이다. 변하지 않 고 지속된 범주의 자장 안에 김현 비평의 변화 양상과 비평적 정 신이 놓여 있다. 그 범주에 대한 탐색을 통해서 우리는 김현 사유 의 핵심과 김현 사유의 진폭을 보게 될 것이다.

김현이 문학 비평에서 지향했던 것을 살피기 위해서 우선적으 로 그가 1960~1970년대 한국문학비평을 어떻게 인식했으며, 그 에 대한 대안으로 무엇을 제시했는지를 살펴볼 필요가 있다.

「비평 방법의 반성」(1973)[23]을 보면, 김현은 당시 한국사회에 서 중점적으로 행해지고 있는 실증주의 비평과 교조주의 비평에는 어떤 심각한 결함이 있다고 판단한 것으로 보인다. 우선 실증주의 비평에 대한 비판부터 보도록 하자.

> 실증주의 비평가들은 어떤 작품이 왜 독자에게 감동을 주는가, 왜 그것은 혐오의 대상이 되고 있는가 등의 작품 연구보다는 한 작가의 최초작을 찾기에, 한 장르의 선구작을 찾기에 오히려 광분한다. (…중략…) 문학 작품은 그것이 최초의 작품이기 때문에 중요한 것이 아니라 그것이 읽는 자들의 삶의 태도를 교정하고 바꿔줄 수 있기 때문에 정신사에서 중요한 의미를 띤다. (…중략…) 독자들에게 준 감정적 흔적을 밝히지 않고 「호질」이 가령 박지원의 창작인가 아닌가, 그것은 소설인가 아닌가라는 해괴한 질문을 되풀이하고 있다. (2 : 184~185)

김현은 당시의 실증주의 비평이 최초작 찾기나 창작자 찾기에만 골몰함으로써 "독자들에게 준 감정적 흔적"에 대해 간과하고 있다고 지적한다. 김현은 실증주의자들이 사실 확인의 '의미에 대한 반성적 접근'의 중요성을 놓치고 있다고 본 것이다. 실증주의 비평가들이 문학의 "감정적·미학적 대상"(2 : 186)의 측면을 간과하고 있다는 김현의 판단은 문학과 비평의 본질이 "감정적·미학적"인 것에 있다는 입장으로부터 나온다. 이는 문학작

---

23 원출처는 『문학사상』 8월호, 1973.

품이 독자들의 삶의 태도에 관여한다는 점에서 문학이 인간 정신사의 일부라는 김현의 신념을 보여주는 것이기도 하다.

이 글에서의 교조주의 비평이란 민족주의 비평, 민중주의 비평 등을 총괄하는 개념이다. 그 교조주의 비평이 힘주어 역설하고 있는 것은 문학의 사회적 효용성이다. 문학인은 사회의 최상부에 있는 지식인이므로 민족과 민중의 편에서 그들을 위해서 작업하지 않으면 안 된다는 주장이다. 부의 공정한 분배 위에 토대를 둔 건전한 사회의 건설을 위해서는 억압받고 있는 민중과, 국제 관계에서도 역시 마찬가지로 억압받고 있는 한국 민족을 위해 지식인들이 작업해야 된다는 주장에는 반대할 것이 하나도 없어 보인다. 문제는 어떻게 행동해야 되느냐에 있다. 행동이라는 어사에는 물론 창작 활동과 시민으로서의 참여 활동이 다 같이 포함된다. 어떻게 활동할 것인가? 교조주의 비평은 거기에 대해 지나치게 소박한 해답을 내린다. "민중과 민족에게 이익이 되도록"이라는 것이 그 해답이다. (…중략…) 교조주의 비평이 고평하고 있는 작품이란 반일 감정을 고취하고 있는 작품이나 농민을 주인공으로 한 작품이다. 그 두 요소가 드러나지 않은 작품은 반사회적이고 유희적인 작품이라고 매도된다. (…중략…) 교조주의 비평에 대한 비판이 가능해지는 것은 거기에서이다. 우선 그것은 사회라는 것을 지나치게 단순하게 해석한다. 교조주의 비평은 모든 현상을 간단하게 이원론적으로 구분한다. (2 : 188~189)

교조주의 비평을 향한 김현의 공격은 그들의 방법론을 향해 있다. 그는 교조주의 비평이 반일 감정을 고취하거나 농민을 주인공으로 삼은 작품만을 고평하는 점에 대해 비판한다. 교조주의 비평에서는 특정 소재를 다루지 않을 경우, 반사회적이고 유희적인 작품이라고 비판한다는 것이다. 김현은 궁극적으로 소재 중심적 비평에 쏠리고 있는 교조주의 비평의 방법론을 문제 삼았다. 김현은 교조주의 비평의 이원론적 인식론이 사회현상을 단순화시킨다고 여겼던 것이다. 여기서 눈여겨보아야 할 것은 김현이 문학의 사회적 효용성 자체에 대해서는 비판하지 않는다는 점이다. 그는 민족·민중주의 계열의 비평인 교조주의 비평이 내세우고 있는, 억압받는 민중의 해방이나 공정한 부의 분배를 위해서 문학인들이 일해야 한다는 데 동의한다. 즉 문학의 효용성을 강조하는 교조주의자들의 이념 자체에 대해서 분명하게 인정하고 있는 것이다. 김현이 비판하는 것은 문학의 효용성이 아니라 문학적 실천(praxis)[24]의 방법론이었다.

---

[24] 아리스토텔레스에 의하면 실천(praxis), 관조(觀照, theōria), 제작(poiēsis)은 인간이 지적으로 삶과 관련을 맺을 수 있는 삶의 활동양식 세 가지를 가리킨다. 실천(praxis) 은 정치를 포함한 윤리적 행동을, 관조(theōria)는 이론적 탐구를, 제작(poiēsis)은 생산 기술 활동이나 예술 활동을 의미한다. 이 세 양식의 인식론적 방법은 차이가 있다. '관조(theōria)'가 성찰적·비참여적 과정을 통해서 진리를 탐구하고, 제작(poiēsis) 은 '만듦'의 과정으로부터 인식론적 사유에 도달한다면, 실천(praxis)은 사회적 상황 속에 성찰적 참여를 통해 진리를 탐구한다고 할 수 있다. 이론적 지식이 그것 자체가 목적이라면 실천적 지식은 인간의 사회적 행동을 목적으로 한다. 이렇게 볼 때 아리스토텔레스에게 '실천'은 행동과 성찰이 결합되어 있는 것이다(임석진 외, 『철학사전』, 중원문화, 2009 참고; 아리스토텔레스, 이창우 외역, 『니코마코스 윤리학』, 이제

이를 고려해본다면, 김현은 당시 비평에 대한 비판으로부터 자신의 문학비평의 방향을 설정하고자 했음을 알 수 있다. 김현이 당시 실증주의 비평과 교조주의 비평을 비판하면서 제시하고 있는 대안은 곧 김현 자신이 지향한 문학비평의 방법과 역할이라고 볼 수 있다. 실증주의 비평 방법에서 간과된 문학의 "감정적·미학적" 영역을 포섭하는 방법론으로써 김현이 제시하는 것은 작가와 독자 모두에게 해당하는 정서의 영역이다. 그것이 이루어지면 문학 비평에서 어떤 작품이 좋은 작품인지 아닌지, 그 작가는 좋은 작가인지 아닌지를 밝힐 수 있으며,[25] 작품의 초월성 또한 밝힐 수 있다고 김현은 판단했다.[26] 문학이란 역사와 달리 "복원시키는 행위를 담당한 개체의 개인적인 정서반응을 요구"(2 : 184)하는 것이라고 그는 역설한다. 김현은 문학비평가와 독자 모두의 정서적 반응이라는 미적 경험 자체가 문학 개념 내에 존재한다고 여겼기 때문에 유독 "정서적 반응"의 부재에 우려를 표명하지 않을 수 없었다. 즉 문학비평은 문학적 경험으로서의 감정의 양상을 표현함으로써 문학의 초월성을 드러내는 데까지 나아갈 수 있어야 하는데 당시 한국문학 비평은 이를 간과하고 있다고 판단했던 것이다.

이북스, 2006, 210~211쪽 참고). 이후 본 글에서 사용하는 '실천'의 개념은 여기에 의한다.

25　『전집』 2, 185쪽.

26　위의 책, 187쪽.

당시의 실증주의와 교조주의의 방법론이 기대고 있는 도식적
인 과학주의적 사고방식의 영향 아래에서, 인간의 감정과 상상
력을 표출하는 독자의 문학 경험은 문학비평에서 담론적으로 거
론되기 어려웠을 것이다. 1970년대 당시, 경제 성장을 최우선 가
치로 삼는 자본주의 이데올로기를 뒷받침하는 인식의 근거는 과
학적 합리성이었다. 이것이 문학의 영역에서도 이성주의의 획일
화된 방법론으로 나타난 것이다. 이기심과 돈으로 귀결되는 물
질주의적 가치관을 뒷받침하는 논리가 그대로 문학의 영역에까
지 침투한 데 대한 위기의식이 김현으로 하여금 기존 문학비평
에 대한 비판과 대안을 제시하도록 했던 것이다.

「한국비평의 가능성」(1968)[27]은 김현이 '55년대 비평가'[28]들의
비평 방법을 사회학적태도와 미학적 태도로 나누고 당시 비평가
들의 한계로부터 자기 세대 비평가들의 과제를 논한 글이다. 이
글은 다음과 같이 시작된다.

어느 시대에나, 명석한 사람들은 자기의 시대를 위기의 시대라고 주
장하고, 그 위기의 양태와 치유책을 강구한다. 작가가 현실이라는 애매

---

27 이 글은 김현이 문단에 데뷔한 지 5년여가 지난 후에, 그리고 문지를 창간하기 2년
전에 씌어진 글로, 김현이 문학비평을 무엇으로 인식했는지, 그리고 한국문학 비평
에 임하면서 어떤 것을 지향하려고 했는지 보여준다(『전집』2, 원출처는 『68문학』,
1968).

28 김현은 유종호, 이어령, 이철범 등을 55년대 비평가로 칭하면서 자신의 세대를 4·
19세대 비평가 혹은 65년대 비평가로 지칭하기도 했다.

모호한 추상적 덩어리에서 작품이라는 일차 언어를 산출함으로써 그 위기에 대한 자기 나름의 증언을 하듯이 평론가 역시 작품이라는 일차 언어를 통해 자신의 위기의식을 발굴 증언함으로써 평론이라는 이차 언어를 획득한다. 물론 이 위기라는 말로써 내가 표현하고자 하는 것은 도덕적 윤리적 위기뿐만 아니라 이때까지 현실을 보아오는 태도(그것이 일차 언어로 표현되건 이차 언어로서 표현되건 상관없다)에 대한 비판과 수정을 가하는 결단까지를 말한다. 좀더 미학적인 표현을 빌면 한 시대의 상상 체계가 이미 자기 세대의 상상 체계를 파악하는 데 낡아버린 것이라는 자각이 바로 위기를 느끼는 정신이다. 그렇다면 오늘날의 비평가들은 과연 그런 위기를 느끼고 있는가(2 : 95)

인용문에서 김현은 작가의 언어를 일차언어로, 문학평론가의 언어를 이차언어로 구분해서 쓰고 있지만 작가와 비평가 모두 "위기를 느끼는 정신"의 소유자들이라는 점에서 동질적으로 규정한다. 김현은 일차 텍스트 언어의 생산자인 작가만이 아니라 이차 텍스트 언어의 생산자인 비평가 역시 "위기를 느끼는 정신"이라고 규정한다. 시인이나 소설가가 창작가인 반면에 문학비평가는 창작을 하는 작가와는 다르다는 인식이 뿌리 깊게 상존하는 것을 고려한다면, 작가와 비평가를 등치시키는 것이 그렇게 익숙한 풍경은 아니다. 그런데 김현은 현실의 위기를 파악하는 정신이라는 점에서 작가와 비평가를 동일한 위치에 놓고 있는 것이다. 작가와 비평가를 동일한 위치에 놓은 목적이 무엇이었을까.

김현은 인간 정신이 개진되는 영역에서 작가와 비평가 모두에게 공통적으로 작용하는 특질이 있다고 본 것이다. 김현이 보기에, 1960~1970년대 한국문학 비평에서 실증주의 비평과 교조주의 비평에 의해 간과되고 있는 것은 (김현이 독자의 감정의 흔적이라는 표현으로 강조한) 문학의 미적 경험에 관한 것이다. 김현은 문학경험의 양상을 문학비평에서 적극적으로 드러낼 때 문학에서 미적 영역의 회복이 가능해진다고 보았다.[29] 따라서 위 인용문의 '상상'이라는 어휘의 등장은 주목해 보아야 한다. 문학경험의 영역에서 작가와 수용자 모두에게 강조되어야 하는 것으로 김현은 '상상력'을 설정해 두고 있다. 위 인용문에 등장하는 "한 시대의 상상 체계가 이미 자기 세대의 상상 체계를 파악하는 데 낡아버린 것"을 자각하는 정신이라는 상상력의 개념은 부재하는 것에 대한 상상으로서의 인간의 인식능력이라는 의미도 아니고, 미래의 일을 선취하는 예지력으로서의 상상력을 의미하지도 않는다. "자기 시대의 상상체계"라는 말에서 알 수 있듯이 '관습화된 시대의 인식체계'라는 개념으로 그는 '상상'이란 단어를 사용하고 있다. 여기서 상상력이란 고정된 인식틀의 의미로 작동하

---

29 문학을 예술적 영역이 아니라 미적 영역이라는 말로 구분지어 표현할 때, 미학이라는 말의 어원과 전개 과정을 찾아보면, '미적'이라는 어휘는 수용자의 태도와 관련된 말이다(오병남, 『미학 강의』, 서울대 미학과, 1993, 21~23·47쪽 참고).

고 있는 것이다. 그는 이런 경우에도 '상상'이라는 어휘를 사용한 것이다.

우리는 김현 비평에서 '상상력'에 주목할 필요가 있다. '상상력'이라는 어휘가 다양한 의미로 사용되기[30] 때문에 주목을 요하는 것이 아니라 그 어휘가 김현 비평의 의미를 풀어가는 실마리를 제공하기 때문이다. 「한국비평의 가능성」에서도 사회학적 비평의 도식성에 대한 우려와 더불어 미학적 비평의 문제를 논하며 김현이 들고 나오는 문제는 '상상력'이다.

> 미학적 비평의 가장 큰 과제는 상상력에 관한 문제이다. (2 : 107)

김현이 사회학적 비평이 도식화되는 것을 경계하면서 미학적 비평의 과제로 내세우는 것은 상상력이다. 김현은 물론 사회학적 비평의 과제로서 상상력을 직접적으로 언급하지는 않는다. 하지만 이 글에 앞서 1970년에 씌어진[31] 문학의 도식화를 비판하는 글[32]에서도 "도식화하지 말라, 당신의 상상력으로 시대의 핵을 붙잡으라. 내가 할 수 있는 충고는 이것뿐이다"(2 : 194)라는 말

---

30 김현 비평에서 '상상력'이라는 어휘는 고정되지 않은 채 김현이 의도하는 바에 따라서 역동적으로 사용된다.

31 이 표기는 국립국어연구원의 규정에 의하면 표준어 표기법에 어긋난다. 하지만 이를 '쓰인', '쓴' 등으로 표기하면 뉘앙스와 범주가 달라진다. '씌어진'을 대체할 표기가 없으므로 이 표현을 사용한다. 이 글에서는 이후에도 동일함을 밝혀둔다.

32 김현, 「한국소설의 가능성」, 『문학과 지성』 창간호, 1970 가을(『전집』 2).

로 도식화를 거부하는 힘이 상상력에 있음을 분명히 한다. 또한 이는 당시 한국사회에서의 상상력이 고정된 채 제 기능을 못하고 있다는 김현의 의도적 비판이 함축된 말이기도 하다.

김현은 인식체계 혹은 인식틀·사유틀이라는 말로써 언급할 수 있는 부분에서도 특별히 '상상'이라는 단어를 사용한다.[33] 이것이 김현의 의식적 의도였는지 단정할 수는 없지만 '상상'이라는 어휘의 발화로써 문학 비평의 영역에 '상상력'의 개념을 불러들이고자 했다고 가정해 볼 수는 있다.

김현에게 '상상력'이라는 어휘는 하나의 수사임과 동시에 자신이 지향하는 비평적 방법의 통로이다. 그런 의미에서 김현에게 '상상력'이라는 어휘, 다시 말해서 '상상력' 개념은 그의 문학적 기도(企圖)와 관련되어 있다. 그가 실증주의와 교조주의 비평을 비판함으로써 문학비평의 방법적 도식주의를 비판하고, 문학경험으로서의 감정 문제 및 초월성 문제를 강조하고자 할 때, 김현이 제시한 방법적 대안은 '상상력' 개념으로부터 야기된다. 구체적으로 말해 김현은 '문학 경험으로서의 상상력'을 통해서 한국문학에서의 고정된 상상력 문제를 돌파해 나가고자 했던 것이다.

'문학경험으로서의 상상력'이란 미적 체험을 가능하게 하는 것

33　코울리지는 상상력의 인식적 기능에 대해서 특별히 주목했던 인물이다. 그래서 현재까지 우리에게 알려진 상상력의 인식적 기능은 코울리지 식의 상상력 개념에 기대어 있는 경우가 많다. 그런데도 한국사회에서 인식적 기능은 상상력의 기능이기보다는 칸트의 개념인 오성의 기능으로 생각되는 경우가 더 일반적인 듯하다.

으로써, 비평가 김현의 경우 '독자로서의 상상력'을 의미한다. 김현의 비평 어휘라 할 수 있는 '감정', '이성', '자유', '개인'의 항목과 '공감', '윤리' 등의 항목을 일반적 도식에 의해 구분하자면, '감정', '이성', '자유', '개인' 등의 항목은 개인성의 영역에 관련되며, '공감', '윤리' 등의 항목은 탈개인성의 영역에 관련된다. 이 두 개의 영역이 통합될 수 있으려면 매개가 필요하다. 예술분야의 경우 그것을 가능하게 하는 것은 인간 정신능력의 발현인 문학이라는 매개를 통해서이다. 문학의 모태가 상상력이라는 것을 부정하지 않는다면, 개인성의 영역과 탈개인성의 영역은 문학을 매개로 통합 가능해진다.

이성주의적 관점[34]에서와 달리, 상상력의 가치를 부각시키는 관점에서 볼 때 이성은 분석의 원리로서 사물의 관계를 살피는 작용을 하며, 생각들을 독자적 단일체로서가 아니라 어떤 일반적 결과로 이끄는 산술적 지표이다. 반면에 상상은 종합의 원리로서 보편적 자연과 존재에 공통되는 형상들을 그 대상으로 삼는다는 점에서, 이성과 구별된다.[35] 그렇다면 '감정'과 '이성'은 어떠한 관계에 놓이는가.

코울리지는 감정 없이 논리는 움직이지 않는다고 말한 바 있

---

[34] 이성주의적 관점이란 데카르트에 의해 명석판명(clear · distinct)한 것만이 진리로 수용되었던 관점을 가리킨다. 따라서 이성주의적 관점에 의하면 상상, 감정, 취미, 감각 등은 명석하기는 하지만 판명하지는 않은 비인식적 관념들로 간주된다.

[35] P. B. 셸리, 윤종혁 역, 『시의 옹호』, 새문사, 1978, 168쪽.

다.[36][37] 논리가 감정에 의해 활성화된다는 것이다.[38] '이성'의 움직임을 야기하는 것이 '감정'이라는 견해이다. 그리고 참다운 이성이란 감정과 결합되지 않을 때 무의미하다는 관점이 전제된 것이므로 예리한 이성일수록 감성적 감수성(sensibility)[39]의 깊이 역시 깊어진다고 본 것이다. 이런 관점에서 볼 때, '감정'에 의해 '이성'도 상상력을 활성화시키는 데 기여함으로써 미적 체험으로서의 상상력을 불러일으키는 데 동참하게 된다.

미적 체험으로서의 상상력은 감정의 힘찬 움직임인 열정으로 인해 감동을 불러일으킨다. 열정에 의한 감동이란 수용자의 내적인 힘이 일으켜짐을 의미한다. 해즐릿에 의하면 미적 체험에 의한 감정은 "상상에 전달되어 생각의 가장 깊은 구석을 보여주고 우리의 온 존재를 꿰뚫는다."[40] 이 같은 진술은 순간적인 문학

---

36 S. T. Coleridge, *Table Talk*(1823~1834), in Elizabeth Schneder, ed., Coleridge, *Selected Poetry and Prose*, New York : Holt, 1966, 441쪽. 여기서는 이상섭, 『영미비평사』 2, 민음사, 1996, 91쪽에서 재인용.

37 코울리지가 시의 이론을 전개하는 과정에서 '감정'의 역할에 대해서 언급했다면, 뇌 과학자인 게르하르트 로트는 과학적 실험을 통해 이를 주장하기도 한다. 로트에 의하면, 우리들은 오래 숙고한다고 해서 반드시 이성적이고 합리적인 결정에 이르는 것은 아니다. 뇌의 인지영역은 단지 충고자로서 활동하는 반면, 감정 영역은 오성이 가동되어야 할지 아닌지를 결정함으로써 최종 결정권을 행사한다(마르틴 후베르트, 원석영 역, 『의식의 재발견』, 프로네시스, 2007, 63쪽 참고).

38 들뢰즈 역시 『차이와 반복』(김상환 역, 민음사, 2004)에서 "우리 인간이 실제로 사유한다는 것은 드문 일이고, 또 어떤 고양된 취미 안에서 사유한다기보다는 오히려 어떤 돌발적인 충격 속에서 사유하게 된다"(296쪽)는 진술로써 감정을 자극하는 어떤 충격이 사유의 계기로 작용함을 논하고 있다.

39 감수성(sensibility)은 미적 감정과 관련된 용어로서 감정적인 또는 정서적인 것만으로 환원될 수 없는, 인간의 반응 및 판단 영역을 일컫는다(레이먼드 윌리엄스, 김성기 외역, 『키워드』, 민음사, 2010, 426~430쪽 참고).

경험의 강렬함을 잘 묘사하고 있다. 인간의 온 존재를 꿰뚫고 일깨운다는 것은 인간의 가장 내밀한 감정을 뒤흔드는 인간의 열정이자 인간의 초월성에 대한 경험이기도 하다. 이러한 감수성은 도덕적 능력, 지적 능력, 행하고자 하는 의지, 느낄 수 있는 '힘'을 드러낸다. 미적 체험의 영역에 이르러 문학은 '힘'의 개념과 밀착됨을 알 수 있다. 이는 이성의 영역이 야기하는 것과는 다른 차원의 '힘'이라 할 수 있다.

그렇다면 '상상'이 '상상력'이라는 '힘'으로 작동되는 원천은 '감정'에 있으므로 상상력의 근간을 이루는 것이 '감정'이라는 논리가 성립된다. 상상력이 발휘되는 근간은 미적 체험에 의한 '감정'의 영역인 '감수성'이므로 '상상력'을 통한 미적 체험에서 '감정'은 직접적 영향력을 갖는다고 할 수 있다. 반면에 '이성'은 '상상력'의 작동에 있어 '감정'에 의해 개입된다는 점에서 간접성을 갖는다고 할 수 있다.[41] 여기까지의 '상상력'을 둘러싼 개념적 논의는 철저히 개인적인 영역이지만, 미적 감수성의 '감정'은 논리도 움직일 수 있다는 점에서 자아・타자를 아우르는 '힘'의 개념과 맞닿음으로써 개인적 영역을 넘어선다. 상상력 개념에 의해 탈개

---

[40] W. Hazlitt, *lectures on the English poets*, London : Oxford UP, 1818, p.9~10.
[41] 블레이크의 견해도 참고할 수 있다. 그는 감정이라는 말 대신 정신적 감각이라고 표현하지만, 그 역시 상상력은 정신적 감각에 직접 호소하는 것으로 여긴 반면에 이해력이나 이성과는 간접적으로만 관련된 것으로 간주한 듯하다(W. Blake, *Letters*, in Kazin, p.179~180 참고, 블레이크의 이 글은 이상섭 앞의 책, 91쪽 및 465쪽에서 참고).

인성의 영역을 획득하는 것이다. 그리고 상상력으로 말미암아 수용자인 독자는 감수성의 영역이 확장되는 것이다. 이것은 상상력의 활성화를 의미하며 문학경험으로서의 상상력이 갖는 문학적 힘을 뜻한다.

상상력의 활성화는 미적 체험의 주체인 수용자의 마음을 움직여 공감을 발생시킨다. 따라서 문학의 감동이 야기하는 공감은 기존의 역사학이나 윤리학과 다른 차원에서 수용자의 정신적 변화를 야기한다고 할 수 있다. 상상력의 개입으로 말미암아 초월적 경험도 가능해지는 것이다. 이는 개인적 감정을 이성적 판단으로 통제하는 것이 윤리적인 태도라고 보는 사상과는 구별되는 윤리의식이라 할 수 있다. 윤리가 자아와 타자와의 관계 속에서 성립되는 것이라 할 때, 상상력으로부터 출발하는 윤리란 자아가 타자를 여러 번·여러 명 통과해서 성립된다는 점에서 간접화된 방식의 영향력 아래에 놓인 것이라 할 수 있다.

개인의 상상력이 타자의 입장을 상상할 수 있기 위해서는 감수성이 요구되는데, 그것은 감정의 영역이 살아있는 자에 한하는 것이지 누구나 그러한 것은 아니라는 점에서 교육과 훈련을 요구한다. 상상력이 윤리가 될 수 있는 조건은 한 가지 방식은 아니지만 문학 경험의 영역에서는 감수성의 확장이 요청된다. 그리고 감수성의 계발에 문학과 문학적 상상력은 필수적인 것이 된다.

이와 같은 관점을 고려한다면, 김현이 문학비평에서 '독자로서의 감정'을 강조했던 이유가 자신의 글을 읽는 독자의 감수성을 넓히고자 하는 데 있었음을 알 수 있다. 김현은 독자의 취미를 창조하고자 했던 것이다. 이런 의지는 독자의 취미를 창조하는 것이 곧 독자에게 힘을 불러일으키고 궁극적으로 독자에게 앎을 부여할 것이라는 신념이 없다면 불가능하다.[42] 미적 취미란 전적으로 개인적인 영역이기 때문에 시비를 가릴 수 없다는 입장에 의하면 취미는 훈련에 의해 교정될 수도 획득될 수도 없다. 그러나 미적 감수성의 확장으로 말미암아 취미가 획득될 수 있다는 입장에 있다면 취미는 창조될 수 있으며 새로운 가치 또한 언제나 사회에 파고들 수 있다. 김현은 자신의 문학경험을 비평에 노출시킴으로써 당시 한국문학과 사회에 부재한다고 생각되는 가치를 투입하고자 했던 것이다. 결과적으로는 한국문학에서 자아와 타자의 감정이 연결되는 형식을 얻는 특수한 감수성의 하나가 김현을 매개로 형성되었던 것인데, 우리는 이를 '독자'라는 통로로써 추적할 것이다.

문학경험에 한정지어 볼 때, 미적 체험으로부터 출현하는 상상력은 감정을 근간으로 하여 감수성의 확장을 야기한다. 그러

---

[42] W. Wordsworth, Essay, Supplementary to the Preface(1815), in Thomas Hutchinson, ed., *The Poetical Woks of William Wordsworth*, London : Oxford UP, 1923, p.952 참고. 워즈워드의 원문은 이상섭, 앞의 책, 489쪽 참고.

므로 비평에서 독자로서의 경험을 미적 감정의 차원에서 언급할 때 이는 단일한 차원에 머물지 않는다. 독자로서의 경험은 일차적으로는 내적 경험을 표현하는 개인성에 한정되지만 미적 경험의 '힘'인 상상력의 활성화를 가져올 때, 독자로서의 경험은 타자와의 '공감'을 야기함으로써 탈개인성의 영역으로 확장된다.

이상에서 언급한 김현의 문학적 기도(企圖)를 떠받치고 있는 비평적 정신은 '지금-여기'에 대한 부정과 환멸에 기반한 낭만주의적 태도로부터 나온다. 앞서, 김현이 한국문학 비평에 투입하고자 하는 것의 시작은 '상상력'의 개념에서부터였다고 언급한 바 있다. 미학의 역사에서 '상상력'이 두드러지게 강조된 것은 낭만주의 운동을 거치면서부터였다. 김현이 강조하는 어휘인 '감정' 역시 낭만주의와 관련된다는 점에서, 그는 낭만주의적 가치를 강조한 것이라 볼 수 있다. 이 점에서 김현은 낭만주의자라 할 수 있다. 또한 문학 경험을 통해서 독자의 감수성의 확장이 가능하다고 본 점에서, 그리고 '지금-여기'를 부정한 자리에 새로운 이념에 의해 또 다른 가치를 실현하려고 한 점에서 그는 계몽의 신념을 지닌 인문주의자이기도 하다. 그런 의미에서 우리는 김현을 낭만주의자이자 인문주의자로 언급할 수 있을 것이다.

그러나 이는 '문학경험으로서의 상상력'을 강조한 김현에 대한 일반적인 명칭은 될 수 있을지언정 김현의 특수성을 가리킨다고 볼 수는 없다. 어떤 면에서 낭만주의적·인문주의적 특성을 보이지 않는 비평가는 없기 때문이다. 그럼에도 불구하고 김현을 낭만주의자이자 인문주의자로서 지칭함으로써 이 글에서 주목하고자 하는 것은, 김현의 낭만주의적·인문주의적 특수성의 지점이다.

김현의 낭만주의적·인문주의적 특성은 '문학경험으로서의 상상력'과 '문학의 자율성' 개념을 둘러싸고 교직되면서 김현 비평의 내적 연속성을 관통하는 특수성을 형성한다. 이 지점에서 이 글은 김현 비평의 낭만주의적·인문주의적 경향이 '특수로 상승하는 보편'으로서 드러나는 것을 분석할 것이다. 문학을 통해서 자신의 낭만성과 인문성을 한국사회에 투입하고자 했던 김현의 특수성은 김현의 낭만성과 인문성이 특수하게 교직하는 양상 속에 놓여 있다. 이는 김현의 비평의식을 관통하는 특성이자 김현의 낭만주의와 인문주의가 발현하는 방식이기도 하다.

이와 같은 관점을 토대로 이 책은 다음과 같은 순서로 진행된다. 2장에서는 김현 비평의식의 기원을 김현의 체험을 통해서 도출한다. 3장에서는 김현의 문학관이 실제비평에서 어떤 독서체험으로 발현되는가를 살펴본다. 2장과 3장의 분석 결과는 김현의 낭만주의적·인문주의적 면모의 확인이 될 것이다. 4장에서는 김현의 문학의 자율성 개념을 분석하여 김현의 낭만성과 인문성의 교직(交織)양상을 드러냄으로써 김현 비평의 특수성을 점검할 것이다. 5장에서는 '문학 경험으로서의 상상력'이 어떻게 김현 비평의 윤리성으로 자리매김될 수 있는가를 살펴볼 것이다. 결론에서는 본문에서의 검토를 개관하고 그 한계를 타진할 것이다.

제2장

김현 비평의 뿌리와 욕망[*]

1. 겹침으로서의 문학

김현은 『자유문학』(3월호, 1962)에 「나르시스 시론」을 선보이며 한국문단에 등장했다. 「나르시스 시론」은 제목에서 보여주는 바와 같이, 나르시스 신화를 기본 골격으로 삼고 있다.

아무런 소리도 없이 자기의 고독을 응시하며 우물가에 앉아 있는 나르시스의 황홀한 자태는 우리에게 많은 것을 가르쳐준다. 우리는 나르시스의 그 의미심장한 신화를 알고 있다. 그가 캐피수스와 요정 리리

---

* 이 장은 졸고, 「김현의 망각과 욕망─김현의 독서가로서의 욕망을 중심으로」,(『현대문학의 연구』 35집, 한국문학연구학회, 2008)를 보완, 확대한 것임을 밝혀둔다.

오페의 아들이라는 것을, 그가 사랑의 감정에 무감각했다는 것을, 그리하여 그가 에코의 사랑을 받아들이지 않았고 이 때문에 징계의 여신 네르네시스가 그 벌로서 그 자신과 사랑하도록 하였다는 것을, 그리하여 그가 우물에 비친 자기의 아름다운 얼굴에 취하여 한없이 바라보고 있었다는 것을, 그가 영원히 달성될 수 없는 욕망으로 고민하였다는 것을, 견디다 못해 그가 자살을 하자 그의 피 속에서 한 떨기 꽃이 ─ 수선화라 이름하는 한 떨기 꽃이 피어났다는 것을 우리는 알고 있다. (⋯중략⋯) 정말로 아름다운 이 한 편의 신화에서 우리는 하나의 절실한 문제 ─ 시는 무엇인가? 또 어떻게 씌어지는가?라는 문제의 해답을 찾아낼 수 있을 듯하다. (12 : 11) (표기 교정 ─ 인용자)

시란 무엇이며 또 그것이 어떻게 씌어지는가에 대한 답을 얻기 위해서, 김현은 나르시스 신화를 다시 읽겠다고 하면서 이 신화를 분석한다. 이 익숙한 신화를 통해서 약관(弱冠)의 김현은 시란 무엇인지, 더 구체적으로는 현대의 문학이 어떻게 탄생하는가를 보여주겠다는 것이다.

이어지는 나르시스 신화 분석에서 김현이 우선적으로 주목하는 것은 나르시스가 어느 날 갑자기 갈증을 느끼고 우물가로 향했다는 것이다.

우리가 맨 처음 그의 신화에서 주목할 수 있는 사실은 어느 날 그가

‘갈증’을 느꼈다는 사실이다.(12 : 12)

사랑에 무감각했던 나르시스가 "처음으로" 갈증을 느꼈다는 것은 나르시스가 처음으로 내부에서 타오르고 있는 욕망의 존재를 느끼기 시작했다는 사실을 의미한다. 나르시스에게 우물가는 그의 욕망을 해결해 줄 유일한 현실 존재[2]인 것이다. 김현은 우물가로 향하는 나르시스와 시인의 위치는 같은 것이라며, 다음과 같이 진술한다.

> 시인은 욕망을 느낀다. ‘갈증’을 느낀다. 시인이 한번 이 갈증에 사로잡힐 때 그는 ‘우물’을 향한다. 이 우물은 엄밀한 용어로 말하면 시인을 둘러싸고 있는 ‘사회’, 바꾸어 말하면 그를 둘러싸고 있는 ‘현실’을 의미한다.(12 : 13)

인용문에 의하면, 갈증을 느끼는 나르시스란 욕망의 존재인 시인을 의미한다. 나르시스가 갈증을 느낄 때 우물로 향하듯 시인 역시 우물로 향한다. 그러므로 여기서 "우물"은 곧 시인을 둘러싼 사회를 의미한다. 나르시스의 갈증이 ‘우물’이라는 현실을 필요로 한다는 진술에 근거해 본다면, 시인이 갈증을 해결하는

2　『전집』12, 12쪽.

계기 역시 우물이라는 '현실'에서이다. 「나르시스 시론」에서 나르시스의 '우물'은 시인이 속해 있는 '사회'이자 '현실'을 의미하는 것이다.

홀로 고요히 독야청청 아름다웠으며, 타자의 사랑을 거부했던 나르시스가 어느 날의 '갈증'에 의해서 우물이라는 '현실'을 요청한다. 이는 곧 나르시스가 "자기 아닌 타자"(12 : 13)를 필요로 하는 존재가 되었다는 것을 뜻한다. 자기애를 상징하는 기존의 나르시스에 대한 해석과 김현의 해석은 여기에서 갈라진다.

> 자기 자신의 아름다운 얼굴 ― 이때까지 본 적이 없었던 자기의 얼굴을 직면하게 된다. 이때 나르시스는 놀란다. 이때까지 자기의 얼굴을 투사한 적이 없었던 나르시스에게는 투사된 자기 얼굴은 한 **아름다운, 그러나 고뇌에 찬 얼굴이었다.** (…중략…) 나르시스는 자기의 얼굴을 질시하기 시작한다. 그는 동일성에 대한 질시를 시작한 것이다. 같은 얼굴이 두 개의 얼굴로 나르시스에게는 나타나게 되었던 것이다. 이전의 나르시스 ― 명랑하고 언제나 하늘만을 동경하던 그의 얼굴(즉 우물에 자기의 얼굴을 비춰보기 전의 그 상상적 얼굴)과 이제 그의 눈앞에 나타난 **우수에 차고 고뇌에 차서 떨고 있는 얼굴**이 나르시스의 눈앞을 아롱대는 것이다. 그러나 나르시스는 이 상상적 얼굴을 동경하면서도 그가 택하는 것은 언제나 고뇌에 차 있는 현실의 얼굴이다. 여기에 나르시스의 신화가 우리에게 보여주는 시의 본질이 있다.(12 : 14~15) (강조―인용자)

　김현의 해석에 의한 나르시스는 동일성을 질시(嫉視)하고 자기분열을 인식하는 존재이다. 나르시스가 우물 속에서 목격하는 것은 나르시스 스스로 상상했던 아름다운 얼굴만이 아니다. 아름답지만 현실의 고뇌가 가득찬 얼굴이었다고 언급함으로써 김현은 자기애의 상징이었던 나르시스가 아닌, 김현의 나르시스를 창출하고 있다.

　나르시스가 자기 모습을 우물에 비추어 보기 전까지 상상했던 얼굴은 그저 아름답기만 한 얼굴이었다. 그러나 나르시스가 우물 속에서 본 얼굴은 달랐다. 갈증을 느끼고 우물가로 달려온 나르시스가 본 자신은 '아름답지만, 현실의 고뇌가 깊게 드리워진 얼굴'이었다. 김현의 해석에 의하면, 여기에서 나르시스의 질시(嫉視)가 시작된다. 분명히 해야 하는 것은 질시의 대상과 도취의 대상이 다르다는 점이다. 나르시스의 질시의 대상은 자신이 바라보고 있는 우물에 비친 "고뇌에 찬 얼굴"의 나르시스가 아니라, 갈증을 느끼기 이전의 나르시스인 "언제나 명랑하고 하늘만을 동경하던" 나르시스이다. 그러므로 나르시스의 질시의 대상과 동경의 대상은 동일하지만, 동경의 대상이 도취의 대상이 아니란 점은 주목을 요한다. 이것이 '김현의 나르시스'의 특수의 지점이다. 김현의 나르시스가 질시하는 대상은 "도취"의 대상이 아니라 오직 "동경"의 대상이다. 즉 김현의 나르시스는 동경의 대상에게는 도취되지 않는다.[3]

우리에게 익숙한 해석과 달리, 김현의 나르시스는 우물 속의 자신과 사랑에 빠지지 않는다. 눈앞에 비추어진 얼굴이 자신이 상상한 아름답기만 한 얼굴이 아닌, 고뇌의 얼굴이라는 것을 깨닫게 되면서 자기 동일성에 대한 분열을 경험하고 그로 인해 질시가 시작된다는 해석에서 문학의 알레고리로서 차용되는 김현의 나르시스는 탄생된다. 나르시스가 갈증을 느낀 그 순간, 그는 이미 완전한 존재가 아니라 결여의 존재이다. 김현의 나르시스는 결여를 채워줄 타자를 필요로 하는 존재인 것이다. 이는 타자에 대한 욕망을 의미하는데 기존 신화에서의 나르시스는 우물 속의 자기 자신과 사랑에 빠짐으로써 이 욕망을 충족시키고자 한다. 그러나 김현의 나르시스는 아무리 우물을 들여다보아도 사랑에 빠질 대상이 존재하지 않는다. 상상 속에서만 사랑의 대상이 존재하므로 나르시스의 사랑은 닿을 수 없는 대상에 대한 사랑이란 점에서 비극적이다. 게다가 그가 도취되어 결합을 택하는 대상은 상상 속의 아름다운 얼굴이 아니다. 여기에 김현의 나르시스 해석의 열쇠가 놓여 있다. 김현의 나르시스가 일차적으로 선택하는 것은 결국 '현실의 얼굴'이자 '고뇌의 얼굴'인, 우물 속에 비친 자신의 얼굴이다. 나르시스에게 우물의 의미는 이미 말했듯 현실을 발견하게 하는 계기이다. 여기에서 김현은 시

---

3   김현이 이 시론에서 사용한 '도취'라는 어휘는 이 시론에서 문학의 역설을 제시하는 역할을 한다. 이는 조금 후에 다시 거론될 것이다.

의 본질을 언급한다. 우물 속에 비친 나르시스의 얼굴과 그 우물로 뛰어드는 나르시스의 행동에 시의 본질이 있다는 것이다.

> ① 나르시스는 나의 모습에 도취한다. 아무리 하여도 깨어날 수 없다. (…중략…) ② 달성될 수 없는 무진장한 '나'와의 교접을 원하는 나르시스는 그것을 승화시키기 위해 자살한다. 그리하여 거기 ─ 그의 피가 흘러나오는 곳에 한 떨기의 수선화가 피어나는 것이다. 시는 이렇게 탄생한다. (12 : 21) (강조─인용자)

①의 '나'가 아름답지만 고뇌에 찬 현실 속 얼굴의 '나'라면, ②의 '나'는 나르시스가 우물에 자신의 얼굴을 비추어 보기 이전에 상상했던 아름다운 얼굴의 '나'를 의미한다. 이렇게 분열된 나르시스는 자기 분열에 대한 자각의 결과로 궁극적인 결합을 위해 자살에 이른다.

그런데 분열된 자기를 인식한 나르시스가 뛰어들어 선택하는 대상은 ②의 달성될 수 없는 무진장한 '나'가 아니라, "아름답"기는 하나 "고뇌에 찬" 현실의 얼굴의 '나'이다. 이 지점이 시가 무엇인지, 시의 탄생이 어떻게 이루어지는지를 보여주는 핵심이다. 김현의 나르시스가 "도취"된 대상은 우물에 오기 전에 나르시스가 상상했던 아름답기만 한 나르시스가 아니라, 아름답지만 "고뇌에 찬 현실의 얼굴"이다. 이 시론에서 우물에 비친 나르시스가 고뇌에 찬 얼굴인 이유는, 그가 이제까지 느끼지 못했던 갈등을 느끼는 욕망의 존재로 변화했기 때문이다. 그는 이제 결핍된 존재로서, 상상의 자기와 현실의 자기가 분열되었음을 자각하는 자인 것이다. 나르시스는 왜 상상의 아름다운 얼굴이 아니라 고뇌에 찬 현실의 얼굴에 도취해 우물로 뛰어드는 것일까. 어떻게 분열된 존재로서 현실을 자각한 고뇌에 찬 얼굴의 나르시스가 시의 탄생을 예고할 수 있는 것인가.

신을 향하여 자기 존재를 던진다는 것은 영원히 감지할 수 없는 존재에의 물음을 중지한다는 것이며(12 : 19)

김현이 보들레르의 시를 분석하면서 인용한 위의 구절을 보면, 신이라는 완전한 존재에게 자기를 투신하는 것이란 자기 존재에 대한 물음을 중지하는 것이다. 즉 김현의 나르시스가 상상한 아름답고 완전한 존재자로서의 이상적 모습은 시의 탄생 조건과 간접적으로만 관련될 뿐이다. 우물에 비친 '나'의 모습이 시의 직접적 탄생 조건이 될 수 있는 것은 분열된 '있는 그대로의 나'라는 존재야말로 상상한 얼굴과 우물에 비친 모습이 왜 다른가를 물을 수 있는 주체이기 때문이다. 즉 '김현의 나르시스'가 우물에 비친 자기 모습에 도취되었다고 했을 때의 "도취"는 주체가 다다른 심연의 깊이로부터 형성된다. 이상과 현실의 간극에서 오는 심연의 깊이에 따른 주체의 강렬함이 도취로 표현된 것이다.[4] 이러한 도취는 "시인이란 결국 천국 대신에 지옥을, 하늘 대신에 땅을, 안락 대신에 고통을 택"(12 : 20)하게 한다는 점에서 역설적이다. 즉 '있는 그대로의 삶'이자 '있는 그대로의 자기'로부터 시작하겠다는 사랑과 포용을 의미한다는 점에서, 김현의 "도취"는 일반적인 의미의 도취가 아닌 것이다. 잠시 이 시론의 부제(副題)를 보도록 하자. 이 시론의 부제는 '시와 악의 문제'이다.

> 시란 무엇인가? 그 목적하는 바는 무엇인가? 선한 것과 악한 것의 판연한 구별 — '악' 속에서의 미가 아닌가? — 보들레르(12 : 11)

보들레르의 이 말을 김현은 「나르시스 시론」의 첫머리 제사(題詞)로 인용하고 있다. 보들레르는 선과 악의 구별 속에서, '악 속에서의 미'가 곧 시라고 논하고 있다. 악 속에서 시가 탄생한다는 말인데, 김현은 보들레르의 이 '악'이 무엇을 의미하는지 나르시스 신화를 빌어서 분석했던 것이다. 김현이 나르시스 신화 분석 초반에 나르시스의 갈증에 주목한 것은, 이 '갈증'이 상징하는 것이 곧 악의 출현과 일치한다고 보았기 때문이다. 다음과 같은

---

[4] "시인이 자살한 곳에 피어난 한송이 꽃 — 그것은 장미일 수도, 수선화일 수도 있다. 죽음을 향하는 도수(度數)를 나타내는 정도에 따라 악이 일으키는 포화 상태는 빛을 달리한다. 그 도수가 심할수록 그 꽃은 현란해진다."(12 : 21) 여기서 김현은 '죽음의 도수'라는 비유로써 주체의 강렬함을 표현하고 있다.

성경의 창세기 이야기는 이를 확인시켜준다.

> 나르시스의 가슴 속 깊숙이 감추어져 있었던 욕구의 본질은 자기의 형상화 ─ 세계 속에서의 자기의 발견을 촉구하는 '악'의 욕구이었다. 창세기의 기자는 우리에게 인간이 자기를 형성하는 과정을 놀랄 만큼 간결하게 보여주고 있다. 최초의 인간인 아담과 이브가 에덴동산에서 뱀을 만나기 전까지는 그들은 갈증을 느끼지 아니하였다. 푸른 하늘과 모든 과실이 언제나 열려 있는 동산, 그리고 형제같이 뛰놀고 있는 동물들 사이에서 그들은 그들의 상상적 얼굴을 지켜보고 있었다. 그러나 악마(뱀)가 그들을 꾀기 시작하자 그들은 그들의 의식 속에서 그들이 인지하지 못하였던 갈증을 느낀다. 악마는 그들에게 가르쳐주었다. "너희들은 무지하다 선악과를 먹어라. 그러면 영리해지리라"고. 선악과 ─ 이것은 '우물'이다. 그들은 갈증을 없애고 싶었다. 그리하여 우물에 도달하였다. 그들이 선악과를 먹었을 때 그들이 안 감정은 '악'의 감정이었다. (12 : 15)

아담과 이브가 갈증을 느끼는 것은, 김현의 해석을 보자면 무지(無知)를 자각하는 것과 관련되어 있다. '나르시스'와 '아담과 이브' 모두는 갈증을 느끼기 이전에는 자기를 알지 못하는 무지한 존재이다. 한데 우물과 선악과로써 그들은 자기를 알게 된다. 나르시스의 "우물"과 아담과 이브의 "선악과"가 김현의 해석에서 동일한 기제로서 작동하는 것이다. 창세기의 이야기를 빌어서 김현은, 인간의 자기 인식이란 곧 선악의 구별이자 "악의 자각"(12 : 16)이기도 하다는 것을 주장하고 있다. 다시 말해서 여기서의 '악의 자각'이란 나르시스처럼 자신을 본 적이 없이 상상만 하던 존재가 갈증으로 말미암아 자기 현실을 보게 되는 분별이기도 하며, 자신의 존재 분열 그 자체에 대한 인식이기도 하다.

한편 갈증이 없어서 우물가로 가지 않아도 되는 결핍되지 않은 완전한 존재의 시기, 즉 자기의 존재분열이 인식되지 않는 시기이자 '구별'이 존재하지 않는 시기가 나르시스에게 있다. 이때는 아무런 갈증도 없기 때문에 시의 탄생 조건 자체가 성립하지 않는다. 반면에 시는 구별과 분열을 일으키는 '악'의 자각이라는 조건을 기반으로 해서 탄생한다. 여기에 시의 역설이 놓여 있다. 나르시스가 이상적 자기에게 자신을 던진 것이 아님에도 불구하고 그 자리에는 시가 탄생한다. 아니 엄밀히 말하자면 이상적 자기에게 자신을 던진 것이 아니기 때문에 시를 상징하는 수선화가 피어나는 것이다. 왜일까.

김현의 해석에 등장하는 나르시스의 존재는 표면적으로 둘이지만, 나르시스의 존재는 세 가지 양상을 띠고 있다.

첫 번째 나르시스는 "명랑하고 언제나 하늘만을 동경하던"[5] 아

---

5   『전집』 12, 15쪽.

름다운 모습의 소유자이고, 나르시스가 동경하고 꿈꾸었던 이상적 나르시스이다.

두 번째 나르시스는 우물에 비친 현실적 나르시스이다. 즉 아름답지만 고뇌에 찬 얼굴을 갖고 있는 나르시스이다. 결과적으로는 우물 밖의 나르시스가 도취를 일으키는 대상이기도 하다.

세 번째는 자기 존재가 분열되어 있음을 목격하고 있는 우물 밖의 나르시스이다. 이 나르시스가 바로 나르시스의 실재인데 이 나르시스의 실재는 첫 번째의 이상적 나르시스의 모습을 '이미지로서 품고 있는 존재'이다.

앞서 말했듯이 나르시스의 실재는 분열되어 있다. 우물 밖의 나르시스는 실재의 얼굴로서 이상적 얼굴의 모습을 품고 있는 자기이기도 하다. 또한 동시에 우물 속을 바라봄으로써 분열을 인지하는 자기이다. 따라서 나르시스의 실재는 현실의 얼굴과 상상의 얼굴이 끊임없이 겹쳐지는 모습을 하고 있다. 나르시스의 실재는 현실과 그림자(이미지)가 겹쳐져 나타나는 존재이다. 그렇기 때문에 우물에 비친 현실의 나르시스는 "아름답"지만 "고뇌에 찬 얼굴"인 것이다.

분열된 존재인 실재가 이상적 자기가 아닌, 현실의 자기에게 내던져짐으로써 시가 탄생하는 역설을 보여주는 「나르시스 시론」은 김현이 당시에 갖고 있던 문학에 대한 인식 지점의 일단을 반영하고 있다. 그의 시론에서 나르시스가 의미하는 것은 시(문학)이다. 보다 정확하게 말하자면 나르시스를 통해서 문학이 형성되는 조건을 보여주고 있다. 구체적으로 김현의 나르시스는 현대적 개념으로서의 문학에 대한 알레고리로 작동하고 있는 것이다.

궁극적으로 '나르시스'라는 실재는 겹침으로부터 재탄생되어 수선화로 피어나는 '나르시스'로 존재해야 한다. 여기에서 '겹침'이란 분열 이전의 이상적 자기와 분열된 자기가 겹쳐서 존재하는 실재를 뜻한다. 이러한 실재는 분열 이전과 이후가 동시적으로 존재하는 역설적 공간이다. 게다가 실재가 현실을 통해서만 존재한다는 점에서 현상적으로 실재는 현실에 중첩된다. 이는 앞서 분석했던 것처럼 문학의 탄생 조건이다. 겹침 자체는 김현에게 나르시스의 실재이자 문학의 실재이며, 문학의 탄생 조건을 만들어낸다. 즉 문학의 탄생은 역설을 조건으로 하고 있는 것이다. 여기서 문학의 실재란 김현에게 문학과 사회의 겹침이며, 다음 절에서 논의하겠지만, 말(듣기)과 글(읽기)의 겹침이다. 겹침으로부터 탄생하는 문학은 젊은 문학도인 김현에게 하나의 과제로 등장한다.

2. 독서가로서의 욕망

주변인·경계인이란 사회적으로 특정 계층에 속해있다는 물
리적 조건 외에 그의 정신적 거점이 어디에 있는가 하는 것과 관
련을 갖는다. 김현은, 예술가들이 제도의 근간을 회의하게 하는
존재로서 "계급의 틈새"(11 : 244)[6]에 있어야 함을 종종 강조했는
데 이는 김현 자신의 문단 데뷔작이 「나르시스 시론」이었다는
것과도 무관하지 않을 것이다.

앞 절에서 우리는 문학에 대한 알레고리로 읽히는 '김현의 나
르시스'를 분석함으로써 존재분열의 심연을 체험하는 나르시스
를 확인했다. 김현의 페르소나적 측면을 갖고 있는 나르시스는
존재분열을 확인하고 자살에 이른다. (그 후 수선화가 피어나지만) 여
하간 실재의 나르시스는 이상과 현실의 경계에서 서 있는 인물
이었다.

김현 역시 나르시스와 마찬가지로 경계에 서 있는 인물이다.
글을 쓰는 문학인이면서 동시에 문학작품을 창작하는 작가와 구
별되는 비평가이며, 문학독자이지만 일반독자와는 구별되는 위

---

6 이는 떠돌이성, 변두리화 등의 용어로도 나타나는데, 제도화의 문제를 둘러싼 김현
문학론의 주된 관심사항 중 하나였다. 「한국문학은 어떻게 전개되어왔는가」(『전집』
1), 「바슐라르와 마르쿠제의 두 문단의 설명」(『전집』 11)과 함께 참조할 것.

치에 있는 비평가라는 점에서 그는 경계인이라 할 수 있다. 김현의 경계인적 요소 중 이 절에서 특별히 주목하려고 하는 것은 일반독자와 구별되는 비평가라는 경계의 측면에 관한 것이다. 이 절에서는 비평가 김현이 독자로서의 경험을 강조한 이유가 드러날 것이며, 김현이 비평가이기 이전에 독서가였다는 점과 그것이 김현 비평의 추동력이었다는 점이 밝혀질 것이다.

김현이 비평의 방법론에서 강조한 '문학 경험으로서의 상상력'은 '읽기'의 영역에서 볼 때, '독자의 상상력'을 의미한다. 비평가가 자신의 문학경험으로서의 상상력을 드러내는 것은 '읽기'의 과정을 통한 독자로서의 상상력이기 때문이다. 김현은 자신이 텍스트의 '독자'라는 점을 평문에서 숨기지 않고 드러낸다.

① 그것을 쓰기 위해서는 그(황순원—인용자)의 전작품을 조심스럽게 그리고 면밀하게 읽어야 할 것이다. 지금 **나에게** 주어진 일은 그의 초기 단편들에 대한 **나의 느낌**을 적어보라는 것이다. 아니 보다 더 정확히 말하자면, 그의 세 번째 전집에 실리는 두 개의 단편집 —『늪』과 『기러기』에 대한 느낌을 적는 것이다. (5 : 132)[7] (이하 강조—인용자)

② 이야기하는 화자의 가난, 고통은 개인적인 뿌리를 갖고 있으면서

---

7 원출처는 김현, 「안과 밖의 변증법」, 『늪 / 기러기』(『황순원 전집』 1) 해설, 문학과지성사, 1980.

도 사회적 뿌리를 갖고 있다. 그 두 뿌리가 사실은 하나의 뿌리라는 것을 인식한 데에 『마당깊은 집』의 소설로서의 뛰어난 점이 있는 것이지만, **나로서는 어쩔 수 없이,** 그의 이야기하고 싶은 욕망의 심리적 뿌리에 집착한다. (7 : 328)[8]

③ 시인 자신은 거꾸로 된 느낌표처럼 걸을 수밖에 없다. 그 현실주의자의 도저한 절망과 도취가 **나를 감동케 한다.** (7 : 33)[9]

김현이 문학비평을 시작하던 1960년대에 비평에 '나'라는 어휘를 김현처럼 등장시키는 경우는 드물었다.[10] 논리성을 전면화할 필요가 있는 글쓰기에서 개인의 주관성이 두드러지는 '나'라는 어사의 등장은 낯선 것이었다. 위에서 인용된 '나'를 보면 모두 자신의 읽기 경험 중 나타나는 감정을 표현하고 있다. 감정을 표현하는 데 있어서 위의 밑줄 친 부분이 가령 '필자'라는 표현으로 씌어졌다고 가정하여 다시 읽어본다면 독자로서의 읽기 경험의 생생함은 반감된다. 따라서 김현이 글에서 '나'라는 어사를 즐

---

8 원출처는 김현, 「이야기의 뿌리, 뿌리의 이야기」, 『문학과 사회』, 1989 봄.
9 원출처는 김현, 「술 취한 거지의 시학」, 정현종, 『거지와 광인』 해설, 나남, 1985.
10 이경수는 「'나'로부터 출발한 운명적 이중성」(『김현 신화 다시 읽기』, 이룸, 2008)에서 '나'로 시작되는 김현의 글쓰기 스타일뿐만 아니라, 김현의 반복적인 어사에 대한 분석을 시도했다. 이경수는 "김현의 비평은 항상 '나'로 시작된다. 최근의 비평에서야 새삼스러울 것도 없는 일이지만, 김현이 평론 활동을 하던 당시로서는 새로운 일이었다"고 진술하고 있다.

겨 사용한 것[11]은 자신이 비평가이기 이전에 '독자'라는 점을 우선적으로 강조하고자 한 데 기인한다고 가정해 볼 수 있다.

서론에서의 논의를 상기해보자면, 김현은 '문학 경험으로서의 상상력'으로 감성적·미학적 영역을 문학에서 회복시키고자 했다. 그런데 김현은 다른 방법론 중에서도 왜 하필 '문학 경험'이라는, 독자의 감수성을 드러내는 것에서 활로를 찾고자 했을까. 김현은 자신의 문학이념을 논하는 글에서 유년 시절의 경험을 끌어들인다. 한 개인의 유년시절 경험이란 회고하는 자의 기억에 전적으로 의존한다는 점에서 객관성을 보증하지 못한다. 그런데도 김현은 문학관을 피력하는 지면에서뿐만 아니라 작품 비평에서도 유년 시절 경험을 자주 등장시킨다.

① 라디오와 텔레비전이 보급되기 전이어서였겠지만, 어렸을 때 내가 제일 좋아한 것은 어머니나 아버지의 무릎을 베고 드러누워, 어머

---

11 이명원은 김현 비평의 문체적 특징을 설명하면서 다음과 같이 일인칭 '나'의 의미를 언급하고 있다. "문체적인 측면에서 이야기하자면, 우선적으로 강조되어야 할 것이 김현이 서술의 주체로서 '나'라는 1인칭 대명사를 강조하여 사용하고 있다는 점일 것이다. '나'라고 하는 명시적인 시니피앙을 통해 비평적 주체로서의 자기의식을 강조하였거니와, 사태의 진전을 이 1인칭 '나'에 수렴시키는 전략을 통해서 김현은 한 편의 비평문에 강렬한 주관적 인상을 심어놓았다."(이명원, 앞의 글, 177쪽) 이명원의 진술에 의한다면 김현의 '나'라는 시니피앙은 비평가로서의 강렬한 주체의식의 발현과 관련된다. 이는 김현을 비평가로서만 설정할 때는 타당한 분석이라 할 수 있다. 그래서 이 글은 김현의 비평적 의식이 비평가로서의 의식과 독서가로서의 의식으로 분열됨과 동시에 이중적으로 겹쳐있다고 본다. 따라서 이 글은 비평 주체가 '나'라는 어사를 사용할 때 비평주체의 자기 의식이 어디를 향하는가를 문제 삼고자 한다.

니나 아버지가 해주시는 옛날이야기를 듣는 것이었다. 그 옛날이야기의 종류는 아주 다양해서, 전래의 동화에서부터, 내가 잘 알 수 없는 나라의 이야기에 이르기까지 종횡무진이었다. 그 이야기들의 거의 대부분을, 나는 커서 이 책 저 책에서 다시 확인할 수 있었지만, 물론 그 재미는 옛날만 못했다.(7 : 215)[12]

②시골에서 태어나지 않은 사람들은, 뱃속까지 뜨거워지도록 가차 없이 내리퍼붓는 여름날의 땡볕과 저녁 어스름이 내릴 무렵, 평상을 내놓거나 멍석을 펴놓고, 모기를 쫓기 위해서 쑥불을 피우면서 잘 보이지도 않는 된장 종지며 반찬 그릇을 어림잡아 찾아다니며 저녁을 먹은 후에, 어머니와 아버지가 들려주는 옛날 얘기의 재미를 거의 모를 것이다. 내가 아버지에게서 들은 옛날 얘기의 대부분은 성경 얘기였다. (…중략…) 성경을 하나의 역사적인 저술물로 이해할 수 있는 가능성이나 그럴 필요성이 있다는 것을 이해하고 난 뒤에도, 그것은 글로 씌어진 것 이상의 의미를 내 속에서 갖고 있었다. 그것은 성스러운 것이었고, 다시 말해 세속적인 기준으로 판단할 수 없는 것이었다. 유년 주일 학교에서 공포와 경외감을 가지고 성서를 마치 교과서를 배우듯 배우면서, 그와 비슷한 시기에 나는 소위 세속적인 얘기를 적은 책들을 읽기 시작했다. 그리고 거기에서 저 질투심 많고 잔인한 신의 이

---

12 원출처는 김현, 「소설은 왜 읽는가」, 『한국일보』, 1985(?).

야기와는 다른 여러 얘기들을 읽을 수가 있었다. 그것들을 나는 경외감이나 공포심을 갖고 읽지 않았다. 나는 그것들을 호기심과 감각적 쾌락을 만족시키기 위해 읽었다. (1 : 78~79)[13]

김현은 어릴 때 어머니·아버지로부터 '이야기 듣는 것'을 상당히 좋아했다고 말하고 있다. 그리고 이야기를 듣던 그 시기가 지난 후, 자신이 즐겨 "듣던" "이야기"를 책으로 "읽기" 시작했다고 진술하고 있다. 유년시절 이야기 듣기의 쾌감을, 성장하여서는 책에서 찾고자 했다는 것이다. 그러나 "그 재미는 옛날만 못"했다고 그는 기억하고 있다. 어릴 때, 부모로부터 들었던 성경 이야기나 옛날이야기를 책에서 다시 '읽는' 즐거움은 '듣는' 즐거움에 비해 만족스럽지 않았다는 것이다. 과거에 들었던 이야기들을 김현이 책에서 다시 읽은 까닭은 자신의 "호기심과 쾌락을 만족시키지 위해서"였다. 여기서 그는 "만족시키기 위해서"라고는 표현할지언정 "만족스러웠다"고는 말하지 않는다. 김현은 유년시절에 경험한 이야기 '듣기'의 쾌감을 '읽기'에서 찾고 있다. 하지만 자신의 호기심과 감각적 쾌락이 책읽기에서 충족되었다고 말하기는 어려웠던 것으로 보인다. 김현에게 이야기 '듣기'의 공간과 책읽기를 통한 '읽기'의 공간에 대한 감각적 체험은 같지 않

---

13 원출처는 김현, 「문학 텍스트를 어떻게 이해할 것인가」, 『문학과 지성』, 1976 여름.

았던 것이다.

'듣기'의 쾌감을 찾고자 읽는 이야기 '책'은 김현의 기억을 과거로 향하게 하는 무의식적 상기의 대상일 것이다. 김현이 기억하는 어린 시절 '듣기'의 공간을 좀 더 자세히 살펴보자.

> 문학은 억압하지 않으므로, 그 원초적 느낌의 단계는 감각적 쾌락을 동반한다. 그 쾌락은 반성을 통해 인간의 총체적 파악에 이른다. 이 대목을 쓰려니까 갑자기 내 의식은 어렸을 때의 어머니의 음성으로 향한다. 겨울밤엔 고구마나 감, 그것이 아니면 하다못해 동치미라도 먹을 거리로 내놓으시고, 나직한 목소리로 아벨과 카인의 얘기를, 우물에 뛰어들어 자살한 수절 과부의 얘기를, 도적질하다가 벌을 받은 그녀의 친지 중의 한 사람 얘기를 어머니는 내가 잠들 때까지 계속하신다. 그때에 내가 느낀 공포와 아픔, 고통을 나는 생생히 기억한다. 그러나 그 아픔이나 고통 밑에 있는, 어머니의 나직한 목소리가 주는 쾌감을 내가 얼마나 즐겨했던가!(1 : 50)[14]

문학의 쾌락과 반성에 관한 논의를 펼치려는 순간 김현의 기억은 어린 시절로 향해 버린다. 그는 문학에 관해 논하려니 "갑자기 내 의식은 어렸을 때의 어머니의 음성으로 향한다"고 기술하

---

[14] 원출처는 김현, 「문학은 무엇을 할 수 있는가」, 『문학과 지성』, 1975 겨울.

고 있다. 문학이란 어떤 것인가를 논리적·개념적으로 진술하려는 순간, 논리나 개념과는 무관한 어머니의 음성이 김현에게 들려온다는 것이다. 이는 김현에게 문학이 과연 어떠한 것에서 출발했는가를 암시하는 중요한 대목이다. 김현이 그리워하는 공간은 자신이 좋아하는 이야기를 들려주는 어머니의 음성, 먹을거리와 그 냄새, 겨울밤의 따뜻한 불빛 등이 있는 공간이다. 김현의 말대로 감각적 쾌락의 장소이다. 그러므로 무서운 이야기마저 즐길 수 있는 '듣기의 공간'은 쾌락의 장소로 기억된다. 성인의 김현에게 이미 사라져버린 그곳은, 돌아갈 수 없지만 삶이 살 만하다고 느껴졌던 공간이다.[15] 정과리의 지적처럼 김현의 "얘기책 읽기에는 누울 곳, 먹을 것이 항상 따라나"오며 그에게 이야기는 "정신의 양식이라기보다 육체의 원기소"이다.[16] 이런 감각적 쾌락을 상기시키는 이야기를 듣던 유년의 공간은, 김현에겐 다시 돌아갈 수 없는 잃어버린 그리움의 공간이다.

　비평가가 된 김현이 기억하는 유년시절은 '듣기'의 경험이 사라진 '읽기'의 공간인 현재를 변별적으로 설명하기 위해서 호출된 과거라 할 수 있다. 김현이 유년의 경험을 글에서 드러낼 때, 이는 경험 자체가 아니라 자신의 현재와 과거와의 변별점을 부각시키기 위한 장치인 것이다. 들뢰즈 식으로 말하자면 김현의

---

15 『전집』 7, 215쪽.
16 정과리, 앞의 글, 473쪽.

어린 시절은 과거에 현전했던 모습이거나 혹은 앞으로 현전할 모습으로 나타나는 것이 아니다. 이는 단지 결코 체험된 적이 없었던 어떤 광채 안에서 언젠가 구가했던 현재로도, 언젠가 구가할 수도 있을 현행적 현재로도 환원되지 않는 순수과거로만 나타날 뿐이다.[17]

　　책 '읽기' 과정 속에서 김현의 독자로서의 '상상력'은 어린 시절 '듣기'의 공간으로 향한다. 그러나 '읽기' 과정에서 야기된 '상상력'은 자신이 기억하는 과거의 '듣기' 공간에서의 감각과의 차이를 인지시킨다. 유년시절 '듣기'의 공간은 김현에게 '지금-여기'라는 현재를 대변하는 '읽기'의 공간이 어떠한 곳인가를 발견하도록 하는 감각적 차이의 근원으로 각인되는 것이다. 그렇기 때문에 김현에게 '책'은 이야기 듣기의 즐거움을 상기시키는 공간이지만 '듣기'의 공간에서 느꼈던 감각적 즐거움과는 질적 차이가 있는 공간이다. 그런데도 유년시절의 '듣기'의 공간에 대한 그리움은 책 '읽기'의 세계로 어린 김현을 이끌었던 것이다.

　　어쩌다가 유년 시절을 회고할 때마다 생각나는 것이 몇 가지 있다. (…중략…) 춘원의 『무정』을 읽다가 어머니에게 들켜, 하라는 공부는 하지 않고 얘기책만 읽고 있다는 꾸지람을 듣고 훌쩍거리는, 어깨가

17　질 들뢰즈, 김상환 역, 『차이와 반복』, 민음사, 2004, 200쪽.

좁고 얼굴이 창백한 소년이 떠오른다. 국민학교 오학년 때의 일이다. 그때의 내 고향에는, 유식한 피난민들이, 할 장사가 없었기 때문에 벌여놓은 헌책방들이 숱하게 많이 있었고, 나는 깍듯한 서울말을 쓰며, 항상 깨끗한 옷을 입고 다니는, 이름도 계집애처럼 부용이라고 불리는 한 아이 뒤를 쫓아다니면서, 그 헌 책방의 소설책들을 거의 다 읽어낸다. (…중략…) 겨울밤에, 가슴에 베개를 괴고, 해남 물고구마를 눌어붙도록 쪄가지고 먹어대며, 이형식에서 오유경에게로, 허숭에서 임꺽정에게로, 그리고 오필리아에서 파우스트로 정신없이 뛰어다닌다. 그러다가 아버지나 어머니에게 들켜 호되게 꾸지람을 듣는다. 그 아무짝에도 쓸모 없는 소설책을 읽어서는 무엇하려는 것이냐는 푸념이 어머니의 주된 공연 프로그램이었다. (1 : 39~40)[18]

아이러니하게도 이야기 '듣기'의 대체물인 김현의 책 '읽기'는, 유년의 만족스러운 경험 공간 속에서 이야기를 들려주던 사람들인 어머니·아버지에 의해서 억압당한다. 물론 이는 성인이 된 김현의 기억에 의한 것이지만, 그가 자신의 경험을 진술하는 방식은 주목할 필요가 있다. 그는 거듭, 책을 읽는 것을 어머니에게 "들켜"라고 표현하고 있다. 그리고는 호된 꾸지람에 "훌쩍거린"다고 표현한다. 이야기를 '듣'다가 '읽'기 시작하니, 제지가 시작

---

18 원출처는 김현, 「왜 문학은 되풀이 문제되는가」, 『문학과 지성』, 1975 겨울.

된 것이다. '듣기'의 공간에서 느꼈던 쾌락을 상기시키는 '읽기'를, 부모가 금지하기 시작했다고 그는 기억하는 것이다.

여기서 주목할 것은 김현에게 '읽기'는 '듣기'의 공간에서 경험했던 감각적 쾌락을 간접적인 방식으로나마 야기하는 '상상력'을 촉발시키는 매개체라는 것이다. 그런 책 '읽기'를 부모가 금지한 것이다. 타자인 부모들이 쾌락을 금지하면 그 쾌락은 전보다 더 중요한 의미를 획득한다.[19] 욕망은 금지된 만족을 조건으로 한다는 점에서, 금지는 욕망을 금지된 것에 고착시키는 욕망의 조건이다.[20] 이런 정신분석학적 가설을 수용한다면, 부모로부터 금지당한 '읽기'는 김현의 문학에 대한 욕망의 시작점으로 자리잡았다고 할 수 있다. 단순히 감각적인 즐거움을 간접적인 방식으로 경험하던 책 '읽기'가 이제는 욕망의 대상이 되어버린 것이다. 이야기 듣기의 쾌감을 만족스럽게 선사하지 못했던 '읽기'는 이제 김현에게 욕망의 대상으로 탈바꿈한다.

김현에게 '읽기'란 정신분석적 관점에서 볼 때, 우선적으로 외상의 장소라 할 수 있다. 또한 그에게 '읽기'란 외상의 장소이면서 동시에 외상을 얻기 이전의 세계인, 결여 없는 충만한 세계를 상상하게 하는 장소라는 점에서 또한 주이상스(jouissance)[21]의

---

19 브루스핑크, 맹정현 역, 『라캉과 정신의학』, 민음사, 2002, 122쪽.
20 위의 책, 123쪽.
21 브루스 핑크는 주이상스가 고통 속의 쾌락, 불만족 속의 만족감이라고 설명한다. (위의 책, 27쪽) 『라캉 정신분석학 사전』(딜런 에반스, 김종주 외역, 인간사랑, 1998)에

장소이기도 하다. 김현이 자신의 문학관을 밝힐 때 반복적으로 어린 시절을 이야기하는 것은 외상의 장소를 통해서 주이상스의 장소인 외상 이전의 충족된 세계에 가 닿고자 하기 때문이다.[22] 즉 '읽기'의 공간은 그에게 욕망의 자리인 것이다. 김현의 욕망은 '읽기'에서 시작된다. 억압의 자리에 욕망은 터를 잡기 때문이다.

김현이 기억하는 체험에 한정해서 말하자면, 유년의 김현에게 동일한 차원이었던 '이야기'는 부모의 금지라는 억압 이후 '듣기'와 '읽기'로 분열되었다고 할 수 있다.[23] 김현의 경우, 부모에 의해 책읽기가 금지되기 전까지 어린 시절 '듣기' 공간에서의 감각적 즐거움은 책 '읽기'에 의해 환기되는 것이었지 분열되어 있던 것이 아니다. 이야기를 듣던 당시의 경험 자체가 그리움의 대상이라기보다는 듣기의 만족스러운 경험을 읽기를 통해 반복하고

의하면, 주이상스는 성적 함축을 분명히 내포하고 있는 용어이다. 쾌락을 위반한 결과는 더 이상 쾌락이 아니라 고통인데 왜냐하면 주체는 일정한 정도의 쾌락만을 감당할 수 있기 때문이다. 이 한계를 넘어서면 쾌락은 고통이 된다. 이 '고통스러운 쾌락'이 바로 주이상스이다.

22 라캉은 "타자의 간섭이 생겨날 때만 그는 쾌락 원칙 너머에 주이상스가 있다는 것을 깨닫는"다고 진술한다(Jacque Lacan, "The transference and the drive", *The Four Fundamental Concepts of Psycho-Analysis*, ed., Jacque-Alan Miller, trans., Alan Aheridan, Penguin Books, 1998, p.184).

23 정과리는 「못다 쓴 해설」에서 "그(김현—인용자)의 문학은 분열이 시작된 지점에서 시작되었다. 그 지점은 바로 책읽기의 지점이다. 그러나 그 분열은 화해로웠던 시절이 없으면, 있을 수가 없다. 좀 더 정확하게 말하자면, 분열에 대한 인식은 조화에 대한 꿈과 상호상승적이다"라고 진술하고 있다. 정과리의 이 진술은 김현의 독서가로서의 욕망에 대한 논의를 풀어나가는 데 주요한 아이디어가 되었다.

있을 때, 즉 듣기의 감각적 쾌락의 경험을 읽기를 통해서 간접적
으로 반복하던 순간, 억압이 시작됨으로 인해서 과거에 이야기
를 '듣'던 공간이 그리움의 대상으로 출현한 것이다. 그렇기 때문
에 김현이 '읽기'를 통해서 불러들이고자 하는 것은 '듣기' 공간에
서의 감각적 쾌락이다. 김현의 읽기 경험에서 상상력의 근간은
듣기 공간에서 느꼈던 감각을 향해 있다. 그러므로 '듣기'의 공간
을 지향하는 김현의 욕망은 책 '읽기'에서 추동된다. 이 점에서
그의 욕망을 독서가로서의 욕망이라 명명할 수 있을 것이다.

　독서가로서의 욕망이 충족되려면 책을 계속 읽을 수 있는 환
경이 조성되어야 한다. 자신이 읽고 싶은 책이 끊임없이 존재해
야 하는 것은 물론이며, 자신의 생계와 무관하게, 책을 읽는 행위
를 방해하는 것이 없어야 하고, 책읽기의 감각적 쾌감은 어떤 형
태로든지 나타나야 한다. 그것이 독서가의 욕망이다. 그러므로
김현은 자신의 독서가로서의 욕망을 실현하기 위한 환경을 만들
필요성에 직면한다. 여기서 환경이란 독서의 물리적·정신적 조
건을 모두 포괄하는 환경이다. 하지만 이미 '듣기'와 '읽기'로 분
열이 일어난 공간에서 살고 있는 김현에게 이 욕망은 충족되기
어렵다. 들뢰즈 식의 순수과거인 환원불가능한 '듣기'의 공간은
그에게 영원히 '욕망'이라는 이름을 남기는, 동경의 대상이기 때
문이다.

　유년의 시절을 지나온 김현이 살아가는 '근대'라는 이름의 시

공간은, 시각에 의해 규정되어온 시대라 할 수 있다. 근대는 시각에 의한 투명성을 최고의 가치로 여겼다.[24] 시각의 유형학은 우리의 인식, 행위형식, 전체적인 기술 과학적 문명에 새겨졌고,[25] 우리는 이를 시대의 어둠을 밝히는 빛이라는 어원을 가진 계몽(Enlightenment)이라 불렀다. 근대는 계몽의 시대였던 것이다. 투명성을 최고의 가치로 여기는 근대의 계몽은 어떤 사태를 이성에 비춰볼 때 그 사태의 의미가 분명해진다고 여겼다. 계몽의 시대는 곧 이성의 시대였던 것이다.

이성의 시대는 시각에 의한 투명성을 최고의 가치로 여기기 때문에 보이지 않는 감각의 영역을 인정하는 데 관대하지 않다. 여기서 보이지 않는 감각이란 이성이 인정하지 않는 감각을 의미한다. 시대의 지배적 가치인 시각문화를 기반으로 한 '읽기'를 통해서 '듣기'의 공간을 지향하고자 하는 독서가로서의 욕망은, 이성을 기반으로 하여 이성이 인정하지 않는 반시각적 감각의 영역을 지향하려 한다는 점에서 역설적이다. 이 점에서 김현의 독서가로서의 욕망은 난관에 놓여 있다. 김현이 듣기의 공간을 추억하면서 자신의 문학관을 피력할 때를 다시 보도록 하자.

---

24 볼프강 벨슈, 「듣기 문화의 길 위에서?」, 심혜련 역, 『미학의 경계를 넘어』, 향연, 2005, 244~245쪽 참고.
25 위의 책, 241쪽.

문학은 억압하지 않으므로, 그 원초적 느낌의 단계는 감각적 쾌락을 동반한다. 그 쾌락은 반성을 통해 인간의 총체적 파악에 이른다. 이 대목을 쓰려니까 갑자기 내 의식은 어렸을 때의 어머니의 음성으로 향한다. 겨울밤엔 고구마나 감, 그것이 아니면 하다못해 동치미라도 먹을 거리로 내놓으시고, 나직한 목소리로 아벨과 카인의 얘기를, 우물에 뛰어들어 자살한 수절 과부의 얘기를, 도적질하다가 벌을 받은 그녀의 친지 중의 한 사람 얘기를 어머니는 내가 잠들 때까지 계속하신다. 그때에 내가 느낀 공포와 아픔, 고통을 나는 생생히 기억한다. 그러나 그 아픔이나 고통 밑에 있는, 어머니의 나직한 목소리가 주는 쾌감을 내가 얼마나 즐겨했던가! 무서워하기 위해서가 아니라, 우리는 즐기기 위해서 이야기를 듣는다. 그 즐거움 이쪽에서, 오랜 후에 혹은 즉시로 우리는 해야 될 것에 대한 의무감과 해서는 안 될 것에 대한 공포감을 느끼는 것이다. 그처럼 문학은 억압 없는 쾌락을 우리에게 느끼게 해 준다. 그러면서 그것은 그것을 읽는 자에게 반성을 강요하여, 인간을 억압하는 것과 싸울 것을 요구한다.(1 : 50~51) (강조—인용자)

김현은 문학이 억압 없는 쾌락을 느끼게 해준다고 언급하고 있다. 김현이 명시적으로 진술해 놓은 바를 볼 때, 읽는 자에게 반성을 강요함에도 불구하고 억압 없는 쾌락을 느끼게 한다는 것은 엄밀한 의미에서 모순이라 할 수 있다. 이처럼 모순된 방식으로 김현의 문학론이 전개되고 있는 것은, 김현에게 문학이란

'읽기'의 공간과 '듣기'의 공간이 겹쳐진 채 놓여 있기 때문이다. 구체적으로 말해서 '듣기'의 공간을 대변하는 세계와 '읽기'의 공간을 대변하는 세계의 분열을 조건으로 해서 **문학**[26]이 탄생하기 때문이다. 문학이 '억압 없는 쾌락'일 수 있는 것 역시 읽기의 경험에서 독자로서의 상상력으로 말미암아, 그에게 '듣기'의 공간이라는 과거의 경험과 연계되어 드러나기 때문이다.

김현이 추구하는 문학이란 '읽기'의 세계에서 '듣기'의 세계를 반향하고자 하는 것이다. 김현이 지향하는 문학의 공간은 듣기의 공간을 향해 있지만 그곳은 접근하려고 해도 영원히 도달할 수 없는 시공간이다. 이 불가능성이 독서가 김현을 비평가 김현으로 탄생시키는 요인이다.[27]

다시 말하자면 문학이 즐거움을 준다는 것을 경험적으로 확신

26　이후로 고딕으로 강조한 '문학'은 특별히 김현의 문학 이념을 강조할 때 사용된다.

27　슬라보예 지젝의 "충동의 윤리학"이라는 개념은 김현의 이와 같은 태도를 해석하는 데 있어서 우리에게 정신분석학적 설명을 제공한다. 지젝은 잃어버린 원인에 대한 기억을 반복적으로 주지시키는 윤리적 강박을 바로 충동의 윤리학으로 의미화한다. 잃어버린 사물의 자리를 집요하게 반복해서 에두름으로써 불가능성을 표지하는 것은 충동 자체가 왜 고유하게 윤리적인가를 보여준다는 것이다. 지젝이 말하는 불가능성이란 잃어버린 것을 그대로 기억하여 상징적 세계 속에 통합하는 것이 불가능하다는 것을 의미한다. 그러므로 잃어버린 원인에 대한 기억을 반복적으로 주지시키는 행위의 요점은 과거의 외상을 정확하게 기억하는 게 아니며 단지 외상을 중립적이고 객관적인 사실로 변형시키는 것이라는 점을 지젝은 분명히 하고 있다. 지젝은 아우슈비츠의 생존자가 공산주의 권력의 억압에도 불구하고 서방세계로 떠나지 않고 아우슈비츠에 살고 있는 농부들과 생존자들의 인터뷰를 통해 황량한 수용소 잔해들을 보여줌으로써 그 대참사의 불가능한 장소를 에두르고 있다는 것을 실례로 제시한다(슬라보예 지젝, 박정수 역, 『그들은 자기가 하는 일을 알지 못하나이다』, 인간사랑, 2004, 512~513쪽 참고).

하는 김현이 문학의 비억압성을 자명한 것처럼 기술할지라도, 문학의 비억압성은 일종의 이념에 불과하다. 바로 이 지점, 독서가로서의 욕망이 궁극적으로 충족될 수 없다는 이 지점은 김현이 문학비평가로서 태어나는 부분이다. 김현의 개인적인 욕망은 사회화의 이름으로 그의 비평적 글쓰기를 통해 나타나는데, 김현의 개인적이고 내밀한 욕망은 궁극적으로는 **문학**이라는 이름으로 회귀한다.

물론 김현이 끊임없이 독서가로서의 욕망을 충족시키기 위해서 글쓰기를 실천할 때 그 실천 방향은 그의 욕망의 시작점으로부터 한 치도 물러서 있지 않다. 이런 의미에서 김현의 개인적 욕망의 산물로 나타나는 문학적 공간은 철저히 주관성과 연계되어 있다. 문학경험으로서의 상상력에 의한 감정이라 할 수 있는 그의 감수성은 자신의 **문학**을 위한 매개체로 기능한다.

김현의 비평적 글쓰기에 나타나는 문학에 대한 욕망은 독서가로서의 욕망과 관련지어 탐색할 때 보다 잘 드러날 수 있다. 실제적 측면에서 비평가 김현은 독서가로서의 욕망과 결부된 채 자신의 글쓰기를 수행한다. 단적으로 말해서 독서가로서의 욕망이 체계지향과 무관한 것이라면 (감각적 쾌락의 장소에서 체계를 운운할 수는 없다) 문학 비평가로서의 욕망은 문학사를 기술하고 문학을 역사화하고자 한다는 점에서 체계지향적이다. 독서가의 상상력은 언어의 제약 앞에서 굴복하지 않는다는 점에서, 독서가는 언어가 가진 제약을 스스로 인식하지 않아도 된다. 독자로서의 언어적 상상력에는 한계가 없기 때문이다. 그러나 비평가는 언어가 가진 제약 안에서 작업을 수행해야 한다. 비평가의 임무에 이론화와 체계화의 과정은 필수적이다. 그러한 과정 속에서 구체적 삶의 가지들은 잘려나간다. 비평가의 논리 수립과정에는 도식화가 수반되기 때문이다. 결국 구체적 삶의 모습까지를 포괄하고자 하는 비평가의 상상력은 언어의 제약을 넘어설 수단을 강구해야만 한다. 독서가로서의 욕망이 비평의 추동력이었던 김현이 선택한 방법은 '문학경험으로서의 상상력'이며, 이 상상력은 김현의 주관성을 매개로 한다는 점에서 김현의 주관성은 그의 문학 비평의 의미를 밝히는 데 주요한 대상이 된다. 다음 절에서 김현의 주관성이 그의 문학에 대한 욕망과 어떤 관계에 놓이는지 보도록 하자.

3. 문학에 대한 욕망

앞에서 김현의 문학비평가로서의 욕망, 즉 그의 **문학**에 대한 욕망은 독서가로서의 욕망에서 기원한다고 말했다. 이는 김현의 독서가로서의 욕망이 사회적으로는 비평 활동을 통해 문학에 대한 이념으로 표출된다는 것을 뜻한다. 김현의 비평적 손길을 탄 작가의 글들은 그의 문학적 이념형의 형식화 안에 하나의 근거로서 자리잡게 된다.

　　① 시인은 시로, 이 세계의, 이 쓰레기터 같은 세계의 역한 냄새를 불태워, 모든 것을 고향으로 보내고 싶어하는 것이다. 그 특유의 시원의 고향으로!(6 : 32)[28]

　　② 사람들 사이에 섬이 있다

그 섬에 가고 싶다.

그 섬에 시인은 이름을 붙이지 아니하였으나, 나는 그 섬에 행복, 그것이 아니라면 문학이라는 이름을 붙여주고 싶다. 시인처럼 나도 그 섬에 가고 싶다. 세상 초록빛을 다해!(4 : 73)[29]

　　①·②를 보면, 김현은 시 비평을 하면서 시인의 소망을 빌거나 아니면 직접적으로 자기를 드러내서라도 문학적 지향을 표현하고 있다. 그는 "특유의 시원" 혹은 "섬"에 다다르고 싶다고 말

28　원출처는 김현, 「시원의 빛과 시－김광규의 상상 세계」, 『문예중앙』, 1982 봄.
29　원출처는 김현, 「변증법적 상상력」, 정현종, 『나는 별아저씨』 해설, 문학과지성사, 1978.

하며, "그"곳을 행복 혹은 문학이라는 이름으로 부르고자 한다. 이 부분은 김현의 문학 이념형의 특징을 단적으로 보여준다.

김현에 의하면 "그"곳은 행복의 공간이다. 그는 그곳을 문학의 공간으로 부르고 싶다고 말한다. 앞 절의 논의를 고려할 때 그곳은 돌이킬 수 없는 환원불가능한 공간이고, 분열 이전의 공간이며 초월적 경험의 공간이다. 초월적 경험 공간이 그의 문학적 지향점인 것을 고려한다면, 그의 **문학**은 우리 삶의 보편이 아니라 문학이라는 텍스트 안에서의 특수의 한 양상이라 할 수 있다.

그러나 김현에게 초월적 경험공간은 유년시절의 경험 공간이며 실재의 공간이다. 개인이 초월적 공간을 동경하는 것이 개인의 자유와 행복을 관련짓는 조건이라고 할 때, 삶의 근본 조건 중 하나에는 초월성에 대한 지향이 놓인다. 그렇다면 삶에서 부재하는 초월성에 대한 지향이 삶의 보편적 조건이 된다. 부재하는 것임에도 불구하고 추구하는 것이 우리 삶의 보편적 조건이라는 이 역설을 어떻게 봉합할 것인가.

앞 절에서 인용한 ②「문학 텍스트를 어떻게 이해할 것인가」에는 유년 시절의 김현이 학교에서 배우는 문학에 대한 불만을 토로하는 구절이 등장한다. 인용글 ②와 중복되는 부분이 있지만 이해를 위해 다시 살펴보도록 하자.

질투심 많고 잔인한 신의 이야기와는 다른 여러 얘기들을 읽을 수가 있었다. 그것들을 나는 경외감이나 공포심을 갖고 읽지 않았다. 나는 그것들을 호기심과 감각적 쾌락을 만족시키기 위해 읽었다. 그리고 상당한 시일이 흐른 뒤에, 나는 사람들이 내가 읽은 것을 시니, 소설이니, 수필이니 하는 따위의 문학적 장르로 구분하는 것을 알게 되었고, 우리가 문학이라고 흔히 부르는 것 속에는 성경이나, 고등학교 시절에 그토록 탐독한 『뜻으로 본 한국 역사』나 김교신(金敎臣)의 수필집 같은 것은 끼어 있지 않다는 것을 알게 되었다. 그와 반비례해서 국정 교과서에 실려 있는 글들이 나에게 나의 즐거움을 만족시켜주는 읽을거리가 아니라, 이차 방정식이나 삼차 방정식과 같이 내가 풀어서 그 정확한 해답을 알고 있어야 할 문제처럼 이해되는 일들이 생겨났다. (…중략…) 내가 『파우스트』나 『죄와 벌』과 마찬가지의 감동을 가지고 읽은 『뜻으로 본 한국 역사』나 부버의 『나와 너』는 문학작품이 아니라는 것이었고, 국정 국어 교과서에 실린 글들을 내가 읽은 대로 나의 느낌을 말하면, 그것은 자네의 생각이지, 글쓴 사람의 생각은 아니라는 것이었다. 바로 거기에서, 문학이란 이런 것이다라고 그것의 내포를 한정시키고, 시, 소설, 수필, 평론 등의 쟝르적 특성을 유별나게 강조하는 글들에 대한 나의 혐오감이 생겨난 것이겠지만, 동시에 바로 거기에서, 문학이란 무엇인가, 문학과 문학 아닌 것을 가르는 기준이란 무엇인가라는 해묵은 질문이 내 마음속에 자리잡기 시작한 것이다. (1 : 79)[30] (강조-인용자)

---

[30] 원출처는 김현, 「문학 텍스트를 어떻게 이해할 것인가」, 『문학과 지성』, 1976 여름.

김현이 여기서 지칭하는 국정교과서에 등장하는 글들이란 국어 교과서의 문학작품들을 말하며, 근대문학의 장르 구분에 의한 문학을 의미한다. 학교에서 배우는 문학은 김현에게는 **문학**이 아니었다. 즉 윗글은 그가 생각하는 **문학**이라는 것이 김현 개인의 생각에 불과하다는 것을 국어 수업을 받으며 확인했다는 내용을 담고 있다. 김현은 문학에 대한 경직된 이해 방식에 대해서 뿐만 아니라 교과서에 등장하는 읽을거리에 대해서도 혐오감에 가까운 감정을 느꼈던 것으로 보인다. 결국 자신이 감동적으로 읽은 『뜻으로 본 한국 역사』나 『나와 너』가 장르적으로 문학으로 간주되지 않는다는 사실은 그로 하여금 문학이 무엇인가에 대해 질문하게 했던 것이다.[31]

독서가로서의 욕망이 충족되려면, 그 자신이 꿈꾸는 문학이 존재해야 한다. 그러나 김현이 생각하는 문학이 문학으로 인정받지 못하는 상황이라면, 그의 욕망은 언제나 채워지지 않는 결핍감에 시달릴 수밖에 없다. 당연한 말이겠지만 그의 그리움의 공간에서의 언어는 모국어인 한국어이기 때문에 그의 결핍감은

---

31 「문학 텍스트를 어떻게 이해할 것인가」에서 김현은 문학의 장르에 대해서 다음과 같이 논의한다. "변화하는 것은 쟝르가 아니라 쟝르의 이름이 갖고 있는 내포이다. 시가 19세기를 거치면서 시조에서 자유시로 변모했다면 시라는 쟝르가 변모한 것이 아니라 시에 대한 생각, 시라는 말이 갖고 있는 내포가 변화한 것이다. 변화하는 것은, 토도로프의 재치 있는 지적을 따르면, 장르의 '뒤에' 혹은 '그 너머'에 있다."(1 : 87) 이와 같은 진술을 토대로 볼 때, 김현은 엄밀한 장르 구분에 의한 문학 개념보다는 좀 더 유연성 있는 문학개념을 요청하고자 한 것으로 보인다.

모국어인 한국어에서 발견되어야 한다. 이제 김현은 자신이 지향하는 **문학**을 '한국문학'에서 찾아야 한다. 한국문학에서 자신이 찾는 게 부재한다면, 그는 **문학**을 스스로 형성해야만 한다.

문학적 경험을 통해서 김현이 추구하고자 하는 쾌락은 부재하기 때문에 지속될 수 없다. 감각적 쾌락을 상상하게 했던 **문학**의 향유는, 어린 시절을 벗어난 김현에게 가능하지 않은 것이다. 어린 시절 듣기의 공간에서 느꼈다고 상상되는 김현의 쾌락은 주관적 쾌락이다. 현대사회에서 김현이 추구하는 향유의 감각이 문학 읽기라는 행위를 통해 실천된다고 할 때, '문학경험으로서의 상상력'에 의한 '감정'은 엄밀한 의미에서 '반성-후-감정'이라 할 수 있다. '반성-후-감정'이란 반성 이후 감정의 특성을 구체화하기 위해서 설정한 용어이자, 문학적 형식 안에서의 감정을 단순한 감상의 감정과 변별짓기 위한 용어이다.[32] 김현의 표현을 빌자면,

---

[32] '반성-후-감정'의 대립개념은 '반성-전-감정'이라 할 수 있을 것이다. 후자는 반성 이전의 감정일 뿐만 아니라 이성을 작동시키는 감정이 아니기 때문에 반성의 영역으로 나아가지 못하는 감정을 일컫는다. 따라서 '반성-전-감정'의 경우, 비판적 상상력은 기능할 수가 없다. '반성-후-감정'과 '반성-전-감정'이라는 두 개의 개념을 통해서 우리는 주관성의 문제를 보다 섬세하게 이해할 수 있다. 주관성을 '수용체'로 이해하느냐 '매개체'로 이해하느냐에 따라서 주관성에 대한 평가는 달라질 수 있다. 다시 말하면 주관성을 '그릇'으로 보느냐 '통로'로 보느냐 하는 문제인 것이다. 주관성에 대한 비판적 시선을 견지한 논자들의 입장에서의 주관성이란 다만 무엇인가를 담는 수용체에 불과하므로, 주관성은 '반성-전-감정'의 영역에 머무른다. 반면에 주관성이 수용체에 불과한 것이 아니라 상상력의 '매개체'일 경우에, 주관성은 '반성-후-감정'의 영역으로 나아가는 것이 가능하다. 이렇게 될 때, 주관성이 '반성-후-감정'과 연결됨으로써 주관성을 개인의 영역으로만 한정하여 보던 시각은 지양될 조건을 갖추게 된다.

문학 텍스트가 비객관적이고 비과학적이라 해서, 극단주의자들이 생각하듯 문학적 진술이 '꽥'이나 '악' 소리와 같이 무의미한 감정 토로를 하는 것은 아니다. '꽥'이나 '악' 같은 탄성어가 감정적 핵자(核子)임에는 틀림없지만, 그것이 문학으로 변모하기 위해서는 여러 단계의 이성적 단계를 거쳐야 한다. 그 이성적 단계 속에 문학적 진실이 숨어 있다. 그 이성적 단계를 어떤 사람들은 체험의 질서화라고 부르기도 하고, 어떤 사람들은 미학적 감정이라고 부르기도 하고, 또 어떤 사람들은 구성이라고 부르기도 한다.(1 : 80)[33]

김현에게 문학 경험에서의 감정이라는 것, 다시 말해 문학적 감수성을 여는 감정이라는 것은 궁극적으로는 이성적 단계와 결부되어 있다. '반성-후-감정'은 문학 경험에 의해 야기되는 미적 감정이자 미적 감수성을 여는 감정인 것이다.

김현이 독서가로서의 주관적 쾌락을 포기하기 않는다면, 이 쾌락을 지속시킬 매개가 필요하다. 독서가에게 이 매개는 책이다. 구체적으로 문학비평가 김현에게는 문학인 셈이다. 그런데 이를 지속시켜 줄 문학작품을 찾을 수가 없다면, 어찌해야 하는가. 자신이 매개체가 되어야 한다. 구체적으로는 '문학경험으로서의 상상력'을 발휘하는 '주관성'이 매개가 되어 자신의 문학이념에 도

33　원출처는 김현, 「문학 텍스트를 어떻게 이해할 것인가」, 『문학과 지성』, 1976 여름.

달해야 하는 것이다. 즉 주관성 자체를 매개화함으로써 문학적 '이념형'의 강조를 통해 부재를 메꾸어 나가야 한다. 그렇기 때문에 당시 다른 비평가들과 달리, 김현은 자신의 비평에서 독자로서의 경험을 드러내어 자신의 주관을 표출했던 것이다. 주관적 쾌락이 불가능할 때 문학작품 안에서 자신의 주관성이 매개체가 되어 부재를 드러냄으로써 쾌락을 지속시키고자 하는 것이다.

독서가의 욕망 충족이란 김현에게 **문학**, 즉 자신의 문학적 이념형 안에서 가능하다. 문학경험에서의 상상력이 '반성-후-감정'으로 작동해야 하는 것이다. 다시 말해서 '반성'이 개입되어야만 김현의 문학적 이념형은 실현가능한 것이 된다.

> 예술가란 항상 새로운 세계를 꿈꾸고 그것을 자신의 질서로 표현해야 하지만, 그 세계가 실현화되었을 때는 다시 새로운 세계를 꿈꾸어야 한다는 것을 분명하게 보여준다. 하나의 세계는 유토피아를 향한 토피아 — 존재 질서이다. 토피아에서 유토피아로 넘어가는 과정에 기여하는 것이 예술가의 대사회적 임무인 셈인데, 예술가에게 비극적인 것은 모든 저마다의 토피아는 유토피아에 비추어 거부되어야 한다는 것이다. 유토피아라는 진짜 알맹이 있는 삶을 가능하게 하는 곳은 토피아라는, 유토피아로 가는 과정 속에서만 존재한다. 진실은 결국 진실화 과정 속에 있다. 진실 속에서 인간은 살 수가 없다. 인간은 그것을 실현하려는 의지 속에서 산다. (4 : 253)[34]

윗글은 예술가라는 존재가 아무리 꿈꾸는 자일지라도 예술가는 반드시 토피아 속에 존재해야 한다는 것을 역설하고 있는 부분이다. 김현은 예술가가 유토피아로 넘어가는 과정에 기여해야 한다고 강조하는 반면에 예술가는 절대로 유토피아에 속해서는 안 된다고 주장한다. "유토피아가 가상이나 위안에 빠지지 않게 하려면 예술이 유토피아로 되지 말아야 한다"[35]는 논리와 같다. 그러므로 토피아 속에서만이 유토피아가 가능하다는 것을 강조하는 그는, 진실이 진실화 과정에 존재한다고 말할 수 있던 것이다. 유토피아라는 진짜 삶을 가능하게 하는 곳이 토피아라는 김현의 사유는, '토피아'라는 '지금-여기'의 현실에서 유토피아를 환기하는 **문학**을 실현하고자 한다는 점에서 역설적 상황 속에 놓여 있다.

김현의 **문학**은 토피아 속에서 진실화 과정을 수행해야 한다. 이는 김현으로 하여금 '감정'을 욕망 자체로 남겨둘 수 없도록 한다. 그러므로 독서의 상상력에 의한 그의 감정은 '반성-후-감정'으로 이행함으로써 반성을 야기시킨다. 반성이 하나의 존재론적 범주가 될 때 '지금-여기'에 대한 부정의 정신으로서의 유토피아에 대한 꿈을 야기하는 '문학경험으로서의 상상력'은 일련의 반성이 경유하는 여정이 된다.[36] 이런 의미에서 비평가로서의 김

---

34 원출처는 김현, 「욕망과 금기」, 『주간 조선』, 1978.12.
35 아도르노, 홍승용 역, 『미학이론』, 문학과지성사, 1997, 61쪽.

현은 자신이 욕망하는 문학이 부재한다는 사실 앞에서, 아도르노 식으로 말하면 존재하는 것을 탄핵하고 부재하는 것을 창출하려는 '과정'을 자신의 비평적 작업으로 삼았던 것이다.

> 지금의 문학이 못마땅하다면 그 문학을 변조시켜야 한다. 그러나 그 변조는 문학의 이름으로 행해져야지 문학 아닌 다른 것의 이름으로 행해져서는 안 된다. 왜냐하면 문학은 무엇보다도 늘 넓게 열려 있는 정신의 양식이기 때문이다. 문학의 변조가 문학 아닌 다른 것에 의해 행해진다면 그것은 정치라는 이름을 가질 것이다. (4 : 244)

문학적 절대에 대한 김현의 문학주의를 단적으로 드러내는 위의 진술에서 문학의 변조가 "문학 아닌 다른 것"에 의해 행해지는 것은 "정치"라고 김현은 분명히 지적한다. 많은 경우, 이 대목을 들어 김현을 '문학과 정치의 분리를 주장한 미학주의자'로 해석한다. 그러나 문학과 정치의 어떤 것을 분리하려고 했는가에 대해서 살피지 않는다면, 김현이 비판했던 문학만을 위한 순수문학과[37] 이와 같은 해석 사이에 어떤 차별성이 있는지 파악되지

---

[36] 앙트완 베르만, 윤성우 역, 『낯선 것으로부터 오는 시련』, 철학과현실사, 2009, 155쪽.

[37] "문학을 위한 문학은 문학의 자율성에 지나치게 중요성을 부여하여 문학 자체의 것만을 지키려고 애를 쓰며, 인간을 위한 문학은 문학의 효율성을 지나치게 중시하여 문학적 형식보다는 내용에 힘을 기울인다. 그러나 그 두 이론은 다같이 문학의 어느 한 면에 대한 과도의 경사에 의해 문학을 불구자로 만든다. (⋯중략⋯) 문학을 위한 문학은 문학의 주체자를, 인간을 위한 문학은 문학의 자족성을 각각 사상하고 있다.

않는다. 그렇기에 우리가 주목해야 하는 것은 김현이 '문학의 언어'와 '정치의 언어'를 구분하려고 했다는 점이다. 문학의 "변조"를 '문학의 언어'로 수행하고자 했다는 점에서 그의 미학주의는 문학만을 위한 문학과 구분된다.

앞서 김현이, 문학의 개조를 위해서는 '문학 아닌 다른 것이 아니'어야 한다고 했을 때 김현이 선택한 언어란 자신의 감정과 혼란, 기쁨과 감동, 고민과 탐색에 대해서, 또한 그 불확실성에 대해서까지 작품의 작가와 그리고 자신의 독자와도 나눌 수 있는 언어였다. 그는 비판의 날카로운 언어가 아니라 사랑의 언어를 선택한다. 국가나 사회가 내세우는 정치의 언어가 아닌 다른 언어란 김현에게는 문학의 언어, 곧 사랑의 언어였던 것이다. 여기서 사랑의 언어란 적극적으로 타자와 결합하고자 하는 언어를 말한다. 김현 비평에서 이는 '공감의 비평'으로 나타난다. 지식인으로서 김현은 비판을 멈추는 것이 아니라 비판을 표현하는 다른 방식으로서 "학식과 공감의 결합"[38]이 가능한 언어를 추구하고자 했던 것이다. 텍스트의 저자뿐만이 아니라, 자신들의 독자와도 결합 가능한 언어를 그는 자신의 문학 읽기의 실천 속에서 행하고자 했다. 비평을 통해서 저자와 공감하기를 우선적으로

그 두 이론은 그러나 순수, 참여 논쟁이라는 한국문학의 해묵은 가짜 문제의 이론적 전거를 이룬다."(1 : 51)

[38] 에드워드 W. 사이드, 김정하 역, 『저항의 인문학』, 마티, 2008, 133쪽.

갈망했던 김현은 저자의 언어 속으로 들어가 결합되는, 타자와의 교감을 기반으로 하는 공감인 사랑의 언어로써 문학을 개조하고자 했다. 김현이 문학과 세상을 개조하려고 했을 때 김현이 선택한 것은 그런 의미에서 정치의 언어가 아닌 사랑의 언어였던 것이다.

에드워드 사이드는 독해 행위란 우선 자신을 저자의 입장으로 위치시키는 행위이며, 역사 속 언어의 산물들과 다른 언어에 헌신하는 것이라고 말한다. 그리고 이를 위해서는 더 수용적으로 더 저항적으로 읽는 행위가 필요하다고 역설한다.[39] 더 저항적으로, 더 수용적으로 읽는 독서행위의 실천이란 김현의 경우, 당시 비평방식의 획일화에 저항하고 텍스트에 더 수용적으로 다가서는 것이다.

김현이 선택한 '공감'이라는 사랑의 언어는, 독서가로서의 욕망이라는 그 자신의 개인적 특수성에서 출발한 것이었다. 그가 지향하는 **문학**이 정치의 언어가 아니라 사랑의 언어로서 의미를 획득하기 위해서는 정치의 언어인 제도에 의해서 배제되는 '삶'을 살려내야 한다. 이를 가능하게 하는 조건으로 그는 '개인'의 삶을 강조한다. 다음은 이청준의 진술을 김현이 옮겨 놓고 있는 대목이다.

---

39 위의 책, 51~96쪽 참고.

① 제 이야기는 결국 아무리 한 사회에 대한 공인으로서의 그것이라 하더라도, 작가의 책임은 아무래도 그가 최초로 글을 생각하고 그것을 써보고 싶어 하게 된 개인적인 동기와 깊이 관련하고 있는 그의 삶의 욕망을 배반할 수는 없다는 것입니다. ─ 이청준(4 : 255)

작가의 사회적 책임이 개인적 동기와 무관하지 않다는 이청준의 진술에 대해서 김현은 다음과 같이 진술한다.

② 진실 추구자의 기본적 여건으로 작가가 정직성을 들고 있다는 것은 매우 흥미로운 일이다. 자기의 개인적인 욕망에 정직하게 관여하지 않는 진실 추구란 타기할 만한 악덕이며 파괴적인 악덕이다. 왜 그런가. 그 진실 추구는 개인의 삶의 뿌리, 결국은 사회의 뿌리를 의도적으로 제거해버렸기 때문이다. 그 진실 추구는 그가 그토록 비난하고 있는 명분과 편견에 지나지 않는다. **자기의 삶에 뿌리박지 않았기 때문에 그의 사유는 타인의 삶까지를 그 뿌리에서 떼어내 관념화시켜 상대방에 대한 파괴적 배타성을 갖게 하는 것이다.**(4 : 255) (강조─인용자)

①은 김현이 단순히 이청준의 문학관을 소개하고자 인용하는 부분이 아니다. 작가의 책임이란 작가 개인의 욕망과 관련이 있다는 이청준의 진술을 소개하는 것은 김현이 이청준의 생각에 절대적인 공감을 표현하는 것일 뿐만 아니라, 이를 계기로 ②에서

처럼 개인적인 욕망에 관여하지 않는 진실이란 궁극적으로 사회의 뿌리마저 제거하는 것이며, 타인의 삶까지 관념화시키는 배타성을 갖는 것임을 강조하고자 하는 것이다. 자신의 문학이념을 표현하는 데 있어서 김현은 작가에 대한 절대적 공감을 근거로 활용하고 있음을 알 수 있다. 바꾸어 말하면, 작가에 대한 독자로서의 상상력에 의한 공감은 '반성-후-감정'으로 나타나 그의 문학이념을 표현하게 하는 것이다. 요컨대 공감이라는 사랑의 언어를 기반으로 김현의 문학이념은 반향되고 있는 것이다.

그러나 문학과 현실이 조화롭게 통일되기는 어려운 일이기 때문에 김현은 "올바른 조화"(4 : 249)를 꾀한다. 김현은 이청준의 글을 다시 인용한다.

책을 읽으면서 거기서 배우고 생각한 것들은 나의 삶의 목적은 아니었다. 그것은 다만 나의 진정한 삶을 위한 수단일 뿐이었다. 내가 세상을 살아가면서 실현내야 할 나의 몫의 삶을 값지게 살아내기 위해서는 내면의 정신과 현실 세계 사이의 옳은 조화를 꾀하는 것이 불가피할 수밖에 없다는 것을 깨달은 것이었다. ― 이청준(4 : 249)

김현에게 독서가로서의 욕망은 책 안에서만 이루어질 수는 없다. 다시 말해 문학이 수단이 될 수는 있지만 그것이 삶의 목적일 수는 없다. 독서가로서의 욕망은 이념형으로서의 문학인 **문학**으

로 채워져야 하기 때문이다. 따라서 **문학**을 위해서는 '진정한 삶'
역시 이루어야 한다. 그에게 '진정한 삶'이란 '인간다운 삶'을 의
미한다. 그래서 김현은 타인에 대한 비평적 해석에서 "그의 신념
은 이 땅에 천국을 세"(4 : 227)우는 것이라는 표현을 즐겨 사용했
던 것이다.[40]

> 문학은, 인간을 자신의 생존 욕망 속에만 갇혀 있는 포유 동물과 구
> 별하게 만드는 변별적 장치 중의 하나이다. 문학은 그것을 제약하는
> 상황 그 자체의 기호가 됨으로써, 그것을 초월하는, 인간만이 가진 장
> 치이다. 문학이 없어지는 날, 감히 말하거니와, **인간다운 삶**도 없어진
> 다고 할 수 있다. 문학이 있다는 사실이야말로, 문학을 억압하는 모든
> 세력에 대한 가장 강렬한 응답인 것이다. (4 : 225)[41] (강조—인용자)

김현은 인간다운 삶에 대한 강렬한 응답이 문학의 존재 여부
라고 강조함으로써 문학의 절대성을 역설하고 있다. 그러나 이
와 같은 김현의 진술은 면밀한 독해를 필요로 한다. 얼핏 보면 문
학의 절대성에 대한 강조처럼 읽히지만, 김현이 궁극적으로 강
조하는 것은 문학만이 아니라 "인간다운 삶"이다.

---

40 자신의 아버지에 대한 회고담(『전집』 14, 369쪽) 외에도 다수 직접적으로 이 구절이
등장한다.

41 원출처는 김현, 「자유와 사랑의 실천적 화해―『당신들의 천국』」, 『뿌리깊은 나무』,
1976.9.

우리는 앞서, 김현의 나르시스 분석에서 문학의 탄생 조건을 살펴본 바 있다. 또한 김현의 문학적 이념형이 '듣기'의 공간과 '읽기'의 공간과의 분열 관계 속에서, 환원불가능한 '듣기'의 공간에 대한 지향과 연계되어 있음도 살펴보았다. 따라서 여기서 "인간다운 삶"이 없어진다는 것은 문학적 감수성을 억압하는 무딘 감각이 지배적인 가치를 얻는다는 것을 의미한다. 여기서 문학적 감수성을 억압하는 감각이란 '삶'을 살아가는 인간의 생생한 구체적 감각을 억압하여 인간다운 삶을 영위하게 하는 것을 불가능하게 하며, 인간다운 삶이 무엇인지조차 알 수 없게 만드는 무딘 감각을 뜻한다. 인간적 삶의 지향점을 상상할 수 없도록 만드는 무딘 감각의 세계가 "인간다운 삶"을 파괴하는 것이다.

'삶'의 실재란 나르시스처럼 이상과 현실로 분열되어 있기에 삶에서 이상을 상상하지 못해 실천하지 못할 때, 삶의 현실은 고정된 채로만 존재할 것이다. "인간다운 삶"이란 삶의 이상을 상상함으로써 우리의 현실을 이상과 연계지어 실천할 때 획득되는 것이다. 삶의 이상을 상상하기 위해서는 '지금-여기'라는 현실에 대한 검토와 비판이 필수적으로 요청된다. 그러므로 김현의 문학론에서 "인간적 삶"과 **문학**은 얽혀 있는 것이며, 그 관계성 안에서 문학은 삶에 대한 절대적 지표가 된다. 요컨대 문학이 문학을 "제약하는 상황 그 자체의 기호"가 된다는 김현의 진술은 우리의 '삶'이라는 보편적 영역이 '문학'이라는 특수의 영역에 의해서 지탱되고 있다는 의미로 해석할 수 있다. 이는 문학이라는 특수 영역이 삶이라는 보편적 영역에 기대어 있는 것이 아니라, '삶'이라는 보편적 영역이 '문학'이라는 특수 영역에 기대어 있다는 점에서 역설적이라 할 수 있다. 김현의 문학관의 이 같은 역설은 『문학과 지성』의 창간에 힘입어 본격적으로 실천된다. 이에 대한 분석은 4장의 '김현의 낭만주의와 인문주의'를 다루는 장에서 구체적으로 다루어질 것이다.

다음 장에서는 김현의 문학에 대한 욕망이 그의 실제 비평에서 어떻게 나타나고 있는가를 살펴볼 것이다. 독자로서의 문학 경험을 비평에 적극적으로 개입시킴으로써 문학이 미학적 대상이라는 것을 드러내고자 했던 김현 비평의 실제가 탐색된다. 이로써 미학적 대상으로서 문학을 실천하고자 했던 김현의 이념이 궁극적으로 어떻게 귀결되는가를 밝혀보고자 한다.

제3장

대화적 비평과 낭만주의적 독서

1. 고백과 대화 : 공감의 비평 / 믿음에 기반한 합리성

"비평은 심판이 아니라 비평가와 작가의 열린 대화의 장소이다"(13 : 281)라는 진술은 김현이 스스로 자신에게 부여한 비평적 태도를 보여준다. 여기서 파생된 것이 '공감의 비평'이라는 그의 비평적 이념일 것이다. 지금껏 제출된 김현론에서도 김현 비평의 두드러진 특징을 대화적 양상이라 규정하는 것은 일반적인 것이었다. 이미 서론에서 진술했던 것처럼 그의 비평 특징이 독자로서의 문학경험을 드러내는 것에 있다고 했을 때, 이를 대화적 양상에 관련지어 본다면 이는 일반적 의미에서 '작가'와 '비평가 독자'[1] 사이의 대화라 볼 수 있을 것이다.

그런데 '작가'와 '비평가 독자' 사이의 대화적 비평의 특징은 엄밀한 의미에서 볼 때 사실상 비평가 김현에게만 해당되는 사안이라 할 수 없다. 따라서 중요한 것은 김현 비평의 특징 중 하나가 대화적 양상이라고 할 때, 김현 비평에 나타나는 대화적 양상의 개별성이 어떠했는가 하는 것이다.

일반적으로 이러한 대화의 양상을 살펴보자면, 우선 '작가'와 '비평가 독자' 사이의 대화가 있다. 그리고 또 하나의 양상은 '비평가'와 비평가의 '독자' 사이의 대화이다.[2] 즉 대화의 양상은 두 개의 흐름을 가지고 있다고 볼 수 있다. 김현의 경우도 마찬가지다. 따라서 김현의 '공감'의 양상도 작가와 비평가 김현 사이의 공감과, 김현과 김현의 독자들 사이의 공감으로 나눌 수 있다.

김현이 자신의 '문학경험으로서의 상상력'을 근간으로 하는 '감정'을 독특한 방식으로 제시한다는 점에서 김현 비평의 '대화 양상'은 두드러진다. 김현은 자신의 독자로서의 경험을 드러내는 데 있어서 텍스트의 작가와의 대화뿐만 아니라 자신의 글을 읽는 독자가 이 대화에 적극적으로 참여할 수 있도록, 자신의 '독

---

1 '비평가 독자'란 일반독자가 아니라 특수독자라 할 수 있는, 비평가의 '독자됨'을 강조하기 위해 사용한 용어이다.
2 의식적이든 무의식적이든 독자를 염두에 두지 않는 글쓰기란 없다. 보들레르처럼 자신의 시는 당대의 독자를 겨냥하지 않고 미래의 독자를 향해 있다고 밝힐지언정, 엄밀히 말해 독자를 배제한 글쓰기란 존재하지 않는다. 다만 김현은 상당히 의식적으로 자신의 독자를 향해 말을 거는 글쓰기를 하고 있다는 점에서 다르다고 할 수 있다.

자로서의 상상력'을 활성화시키는 방향에서 자신의 '감정'을 드러낸다. 그 한 가지는 고백의 글쓰기다.

> 지금까지 나는 김춘수에 대한 서너 편의 글을 쓴 바 있다. 그만큼 그는 젊은 날의 나에게 깊은 영향을 준 시인이다. 그에 대한 여러 편의 시인론을 썼음에도 불구하고 그는 여전히 나에게는 잘 알 수 없는 불투명하고 빡빡한 어떤 존재처럼 느껴진다. 그 이유를 나는 자세히 알 수 없다. 이 짧은 글 역시 그의 불투명성을 가능한 한 투명하게 해보려는 하나의 시도에 지나지 않는다.(4 : 162)[3] (강조―인용자)

> 범상한 시인은 좋은 시인 학교에서 배우고, 그가 배운 대로 쓴다. 그러나 뛰어난 시인은 좋은 시인 학교에서보다는 거친 세상이라는 학교에서 더 많은 것을 배운다. 뛰어난 시인이 못 되는 우리는 뛰어난 시인이 세상이라는 학교에서 배운 것을 가르쳐 받고, 세상에 그런 교훈이 있었나 감동한다. 그 감동도 귀하다. 감동하는 능력만은 배워서 익힐 수 있는 게 아니기 때문이다.(4 : 146)[4] (강조―인용자)

> 그(윤흥길―인용자)가 쓴 작품의 총수는 약 40편에 이르른다. 솔직히 고백하자면 나는 그 40편을 다 읽지 못했다.(4 : 278)[5] (강조―인용자)

---

3   원출처는 김현, 「김춘수의 유년 시절 시」, 『현대문학』, 1980. 1.
4   원출처 미확인. 김현, 「수사와 체험―젊은 시인들의 첫 시집 7권을 읽고」, 1979. 7.

인용된 글들은 김현의 작품비평이 모아져 있는『전집』4권에서만 골랐다. 김현 스스로 에세이스트가 되고 싶었다[6]는 고백을 한『반고비 나그네 길에』에 실린 산문들은 일부러 제외하고 제시한 것이다. 문학평론이 아닌 글들에는 고백의 어조가 더욱 두드러지기 때문에, 장르적 특성상 고백의 어조가 전면에 내세워지지 않을 것으로 예상되는 문학평론만을 인용의 대상으로 삼았다. 김현 비평의 특징이 고백에 있다는 것을 밝히는 데 있어, 작품비평을 대상으로 할 때 김현 비평의 고백체가 보다 예각적으로 드러날 수 있기 때문이다.

인용된 글에서의 김현은 자신이 독자로서 뛰어나지 않다는 것을 말하고 있다. 김춘수론을 여러 편 썼고 김춘수가 젊은 날 자신에게 깊은 영향을 끼쳤다고 말하면서도 김현은 김춘수를 잘 모르겠다고 말한다. 또한 김현은 자신에 대해서 윤흥길론을 쓰는 순간에도 작품을 다 읽지 못한 게으른 독자라고 언급하는데다가 책을 읽는 것도 어렵고 모르는 것도 너무 많은 독자에 불과하다고 자신을 낮추고 있다. 김현의 이와 같은 언급이 과장된 겸손이라고 하더라도 이는 자신의 비평을 읽는 독자와 자신이 다르지 않다는 것을 명시적으로 드러내는 진술들이다.

밝히기 쉽지 않은 것을 남에게 숨김없이 말하는 것을 고백이

---

5 원출처는 김현, 「생활과 신비―윤흥길의 작품 세계」,『한가람』2호, 1978.
6 『전집』13, 332쪽.

라고 할 때, 김현의 이와 같은 표현들은 그의 비평을 고백의 글쓰기로 위치짓게 만든다. 김현은 자신의 글을 읽고 있는 독자들을 향해 고백한다. '나도 당신과 다르지 않은 독자요'라고 고백하는 김현은 자신의 독자들을 자신과 동등하게 수평적 위치에 놓고 자신의 대화 상대자로 독자를 적극적으로 끌어들인다. 비평가와 독자가 '독자'라는 위치에서 동등해짐으로써 김현의 독자는 김현이라는 '비평가 독자'에게 자발적 공감대를 형성하기가 수월해진다. 김현이 실제로 겸손한 것이든 아니면 겸손을 가장한 것이든 간에 김현의 '고백'의 문체는 독자로 하여금 저항 없이 그의 진술을 따라가게 만드는 효과를 가져온다.[7]

누군가로부터 고백을 들을 때, 우리는 일단 그 고백의 내용이 무엇이든지간에 발화자의 내밀성의 영역에 발을 들여놓는다는 입장에 서게 된다. 이는 고백이라는 형식이 갖고 있는 힘인데, 이 힘은 청자로 하여금 고백을 들은 것에 대한 일종의 의무감을 갖도록 하기 때문일지 모른다. 글을 읽을 때도 이는 마찬가지다. 글쓴이의 고백의 어조는 독자로 하여금 필자에 대한 냉정한 판단에 앞서 그의 내밀한 영역에 들어섰다는 감정을 불러일으키면서 글쓴이의 글에 대한 흡입력을 높이는 요인으로 작용하는 경

---

7   이명원은 김현의 고백의 문체를 수사적 전략이라고 규정한다. 김현의 '고백'이라는 형식은 그의 논리적 오류를 은폐하는 전략으로 기능했다는 것이다. 이명원은 가라타니 고진의 논의를 빌어서, 고백이라는 제도 속에는 저자와 독자와의 공모가 존재한다고 언급한다(이명원, 앞의 글, 178~180쪽 참고).

우가 많다. 따라서 이러한 고백이 글에 등장할 경우, 만일 그것이 발화자의 잘못에 대한 고백일지라도 이 대화의 주도권을 쥐고 있는 것은 고백의 주체이지 그것을 읽고 있는 독자는 아니다. 그런 의미에서 고백자의 자기 이해에 참여하는 독자는 자기 이해와 반성에 동참하게 하는 고백자의 상상력에 의해 고백자와 감정적으로 동일시된다. 그러므로 '비평가 독자'인 김현의 고백이 바로 독자 자신의 감정을 움직인다. 공감의 요건이 형성되는 셈이다. 독자 자신의 자기 이해와 반성이 이루어질 가능성은 이 고백으로부터 형성되는 것이다. 고백자의 위치와 독자 자신의 입장이 다르지 않을 때 보다 수월할 수 있는 공감의 형성은 김현의 '고백의 글쓰기'에서 힘입은 바 크다고 할 수 있다.

그러나 고백체가 무조건적으로 독자의 공감을 불러일으키는 것이 아니다. 독자의 공감을 불러일으키는 중요한 요소 중 하나는 바로, 고백하는 자의 진정성이다. 외부 사물의 진위를 가리는 데에는 이성적 판단이 필요하나 문학 작품의 세계로 들어가기 위해서는 현실적 판단작용을 멈추고 "불신을 자발적으로 중단하는 것"이 필요하다는 코울리지의 유명한 요청은, 문학적 진정성의 조건이 만족되기 전에는 불가능한 것이다.[8] 개인의 느낌을 밖으로 밀어내는 행위라는 고백[9]의 내용이 발화자의 내밀한 영역

---

8   이상섭, 앞의 책, 87쪽.
9   폴 리쾨르, 「'고백'의 현상학」, 양명수 역, 『악의 상징』, 문학과지성사, 1999, 21쪽.

에 가까우면 가까울수록 그 내밀함 때문에 고백을 듣는 독자 자신의 감성의 영역을 자극한다. 그 감성을 어떻게 자극하는가에 따라서 이성적 판단의 중지여부는 결정되고 고백의 내용보다는 고백자의 태도에서 나오는 진정성에 가치를 부여하게 될 것이다. 우리가 고백자의 진정성을 믿게 되는 경우는 고백자의 행위의 결과와는 관계없이 고백한 행위 자체의 동기를 독자가 중시하기 때문일 것이다.[10]

문학작품을 다루는 작품 비평에서는 물론이려니와 문학사나 메타 비평적 담론을 다루는 글에서도 그의 비평에 고백의 어조가 등장하는 것은 드문 일이 아니다. 다음은 「한국문학은 어떻게 전개되어왔는가」의 일부이다.

제일 처리하기 힘들었던 것이 한국 문학은 외국 문학에 비해 별로 우수한 것을 산출하지 못했다는 감정적인 문제였다. 세계에서 제일 우수한 글자를 만들어냈고, 세계에서 제일 먼저 활자를 만들어낸 민족이, 한글보다 덜 우수한 글자를 가진 민족이나, 한국보다 더 늦게야 활자를 만들어낸 민족보다 우수한 문학적 유산을 남기지 못했다! 그 감정은 한국사를 점철하고 있는 여러 비극적 사건을 읽을 때에는 분노의 감정과

---

10 근대의 이성중심적 가치의 기준으로 볼 때 진정성이라는 태도를 중시하는 것은 과정이나 동기에 강한 의미부여를 한다는 점에서 반-객관주의적 입장에 가깝다. '진정성' 개념에 대해서는 이어지는 장에서 상세하게 다룰 것이다.

뒤섞이어 어린 가슴을 견딜 수 없게 만드는 것이었다. (1 : 94)[11]

논리적으로 따질 때 여러 가지 문제점을 내포한 위의 글을 골라 인용한 까닭은 「한 외국문학도의 고백」처럼 제목에서부터 개인적 체험을 내세운 글이 아닌, 한국문학사에 관한 상당히 학술적인 주제를 다루고 있는 글에서조차 김현이 자신의 감정을 드러내는 것을 숨기지 않는다는 것을 단적으로 보여주기 위함이다. 그의 『전집』 중 무작위로 골라 어디를 펼쳐 읽어도 위와 같은 김현의 특징을 만나는 것은 어렵지 않다. 독서 경험 중에, 독서 경험에서의 상상력이 분노의 감정을 유발한 것을 그는 숨김없이 드러낸다. 민족적 주체의식이 사회적으로 강조되던 당시의 분위기를 고려할 때 김현이 느꼈다는 민족적 울분이라는 감정에 대해서 당시 독자들은 비교적 쉽게 김현의 감정에 동화되었을 확률이 크다. 게다가 글의 첫 부분에서부터 글쓴이의 고백이 등장할 경우 독자는 글쓴이의 감성의 결을 따라 글을 읽어나가기 십상이다. 따라서 김현 글의 독자는 감성적 지평에 우선적으로 발을 들여놓게 되는 것이다. 물론 모든 독자가 그러한 것은 아니겠지만, 비평서를 읽으려고 김현의 책을 들었던 독자들은 감성적 지평 속에 자기 자신을 우선적으로 위치짓게 될 가능성이 크다.

---

11 원출처는 『문학과 지성』, 1976 가을~1977 여름.

김현이 표출한 민족적 울분의 감정은 독자로 하여금 글의 내용과 더불어 글쓴이 김현의 '태도'에 주목하게끔 하는 것이다. 김현 비평의 이 같은 요소는 그 글이 갖고 있는 내용상의 논리적 모순을 인지하기에 앞서, 김현의 태도에 먼저 주목하게 한다는 점에서 문제적일 수 있다.[12] 하지만 작품 비평을 할 때 텍스트의 저자라는 타자뿐만 아니라 독자라는 타자와도 공감하고자 하는 비평적 태도를 김현은 분명하게 보여주고 있는 것이다.

정리하자면, 김현이 자신의 비평에서 보여주고 있는 '문학 경험으로서의 상상력'은 언어화될 때 주체의 '감정'으로 드러난다. 구체적으로 이 감정이 '반성-후-감정'이라 할지라도 김현의 고백체는 그의 글을 이성적이기보다는 감성적인 것으로 독자에게 각인시킨다. 김현은 그런 점에서 독자들에게 감성적인 비평가로 인지된다. 그러나 그가 근대의 비평가라는 점에서 김현의 글쓰기는 감성적이기만 할 수는 없다.

근대의 비평가에게 요구되는 것은 무엇인가. 노스럽 프라이의 견해를 빌지 않더라도 문학비평가에게는 문학을 체계화·이론

---

12 물론 김현의 태도에 주목하지 않는 독자도 존재한다. 가령, 불문학자 곽광수는 「외국문학 연구와 텍스트 읽기」,(『가스통 바슐라르』, 민음사, 1995)에서 김현의 번역 오류들을 구체적으로 실증적으로 지적하는 가운데 「한국문학은 어떻게 전개되어왔는가」에 등장하는 감싸기 개념에 대해 신랄하게 비판한다.
김현의 글을 읽는 독자를 수동적인 존재로 설정할 때는 문제적이다. 그러나 김현의 태도에 주목하는 독자라고 해서 김현이 갖고 있는 논리상의 모순을 인지하지 못하는 것은 아니다. 김현을 읽는 독자를 반성적·비판적 독자로 설정한다면, 김현 글에 나타난 논리적 오류가 고백체로 인해서 은폐된다는 것은 타당하다고 볼 수 없다.

화시키는 것이 요구된다. 그런데 비평가였던 김현은 문학의 체계화·이론화의 문제에 있어서 근대 계몽주의적 논리의 틀을 전적으로 '이용'하고자 했다는 점에서 근대 계몽주의적 논리와 거리를 둔다. 그의 비공개 일기의 일부를 보자.

논리는 비논리를 은폐하기 위해 세워지는 것이요, 논리가 가장 논리다울 때는 그것이 논리라는 것을 알고 그것의 한계가 비논리를 조금씩 극복하는 가운데 확대되어 간다는 것을 인정할 때 X이요. 그러나 논리가 그런 조작을 거부하고 비논리를 은폐하려고만 할 때 문제는 커진다.(1971년 12월 16일 일기 중에서)[13]

"논리가 비논리를 은폐하려고 할 때 문제는 커진다"라는 진술은 근대적 이성의 독단화 혹은 교리화에 대한 거부를 단적으로 보여준다. 우리사회 구조의 체계나 논리를 이론화하고자 하는 것과 이론이나 체계 자체를 신뢰하는 것은 전혀 다른 문제이기는 할지라도 일반적으로 이론에 소홀할 수 없는 비평가가 이론 자체의 한계를 사유하고 있다는 것은 김현이 근대의 계몽적 이성을 어떻게 규정하고 있었는가를 암시한다. 김현에게 이론은

---

[13] 2009년 8월 24일에 고(故) 김현의 집을 방문하여 그의 미공개 일기를 열람할 수 있었다(김현이 쓴 수기(手記)여서 알아보기 힘든 글자들이 종종 있었다. X는 알아볼 수 없는 부분을 표시한 것이다).

철저히 이용의 대상이다. 그러므로 그는 이론을 독단적으로 적용하고 있다고 여겼던 당시의 실증주의 비평과 교조주의 비평 경향에 대해 신랄한 비판을 감행할 수 있었던 것이다.

비평이라는 것이 이론적 영역과의 친연성이 보다 두드러지는 것이라면, 문학경험의 영역은 실제 삶의 측면과의 친연성이 보다 두드러지는 것이라 할 수 있다. 독서가로서의 욕망이 김현을 비평가로 탄생하게 했던 배경을 고려할 때, 비평가로서 김현 사유의 핵심은 문학이라는 삶을, 이론이라는 영역에서 어떻게 연계지을 것인가라는 문제에 놓여 있었다고 할 수 있다.

문학경험은 문학 자체에 속하는 것이고 문학 자체는 과학일 수는 없다. 김윤식은 문학을 학문화해야 한다는 것에 골몰했다지만[14] 김현은 김윤식과는 달리 문학을 학문화하는 것에 관심이 있었던 것이 아니라, 문학을 문학적으로 '이야기'하는 것에 관심이 있었던 것이다. 즉 문학을 '문학적으로 이야기하는 것'을 근대의 합리적 사유 안에서 형성하고자 했던 것이다. 다시 말하면 비평 행위라는 것이 결국 이차적인 문학 행위라는 점에서 한쪽에는 문학이 위치하며 다른 한 쪽에는 시학의 정립을 목표로 하는 과학이 위치한다고 했을 때[15] 김현은 그 둘의 상호보완적인 작업

---

14 김윤식, 「역사와 비평－자기 모순의 늪 건너기」, 강신재 외, 『좋은 글, 잘된 문장은 이렇게 쓴다』, 문학사상사, 1993, 126～130쪽.
15 필립 르죈, 「서문」, 윤진 역, 『자서전의 규약』, 문학과지성사, 1998 참고.

을 '상상력'을 매개로 추구하고자 했던 것이다.

문학비평을 '대화'라고 규정한 김현은 '대화'의 영역 안에서 독단적 이성에 의해 문학이 압도되는 것을 멀리했다. 김현은 '대화로서 합리성을 추구'했다고 볼 수 있다.[16] 앞에서 그의 고백체를 분석하면서 김현 비평의 '대화'적 양상이 '공감'이라는 것을 살핀 바 있지만, 엄밀히 따져 볼 때 '공감'이라는 것은 개인과 개인의 감정이 연결되고 결합됨으로써 서로 변화할 수 있다는 '믿음' 없이는 성립되지 않는 것이다. '문학경험으로서의 상상력'이 감정을 활성화시켜 타자에게 영향을 미칠 수 있는 감정을 유발시키는 문학적 감동의 힘에 대한 '믿음' 없이는 '공감'의 지향이란 불가능하다. 즉 김현이 추구하는 합리성은 수학적 계산에 의해서가 아니라 '믿음'에 근거해서 성립된다. 따라서 김현의 합리성은 '믿음에 기반한 합리성'이라 명명할 수 있다.

합리적 근거를 추구하는 근대사회에서 '믿음'을 근거로 합리성을 추구한다는 말은 이상하게 들리겠지만, 어떤 점에서 이는 냉정한 현실주의를 뜻한다.[17] 이데올로기화한 근대의 이성은 인

---

16 가다머는 이를 "담화론적 합리론"으로 명명한다. "담화론적 합리론"은 가다머가 자신의 해석학적 윤리의 태도로 삼은 개념이기도 하다. 가다머는 플라톤을 일컬어 그는 "관념이 이론을 펴는 토대론적 합리주의자가 아니라 오히려 공중적 합리성의 처음이요 나중이라 할 수 있는 대화와 그것이 가져오는 합의에 의존하는 일종의 담화론적 합리론자"라고 규정한다(신국원, 「가다머 철학적 해석학의 문화사회적 비평」, 한국해석학회 편, 『해석학은 무엇인가』, 지평문화사, 1995, 175~176쪽 참고).
17 믿음과 이성의 문제라 할 이 사안에 관해서는 테리 이글턴의 『신을 옹호하다』(강주헌 역, 모멘토, 2009)와 알랭 바디우의 『윤리학』(이종영 역, 동문선, 2001)을 참고.

간에 대한 새로운 이미지를 탄생시켰다. 이에 따르면 인간은 자유롭고 주체적이며 위엄있고 책임감이 있으며 감정에 휩쓸리지 않는 공평무사한 존재다. 이성중심주의자들에 의해서 이와 같은 이미지가 더욱 공고해짐으로써 계몽주의적 신화는 탄생했다. 이것이 신화인 까닭은 인간의 이성은 우리의 '행위'와 밀접한 관계가 있는 언어게임이라는 것을 망각하고 있기 때문이다. 근대의 이성중심적 가치들은 인간의 위대한 문명을 창조했지만 반면에 폭력성과 공격성을 전면화한 야만의 극치도 보여주었다. 근대의 양차대전과 아우슈비츠는 이를 단적으로 증언하고 있다. 이성의 과잉이 일종의 광기라는 것을 보여주었기 때문이다. 따라서 근대의 역사가 보여준 이성의 절대화에 의한 합리성의 본질과 위상에 대한 문제제기는 정당하다. 이는 이성 자체마저 압도하는 불합리에 대한 저항을 의미한다는 점에서 합리적이다. 그러므로 근대의 계몽에 저항하는 합리성을 추구한다는 것은 냉정한 현실주의의 소산이라 할 수 있다.

이런 냉정한 현실주의의 출현에 믿음의 문제가 개입된다. 믿음이란 존재에 대한 확신이 아니라 우리가 처한 상황을 변화시킬 수도 있는 행위에 관한 헌신과 충성을 뜻한다.[18] 믿음에 있어서 중요한 것은 그것의 사실성 진위 여부가 아니라, 발화와 동시

---

18 테리 이글턴, 앞의 책, 55쪽.

에 그 말이 나타내는 행위의 수행성 여부이다.[19] 알랭 바디우에 따르면, 믿음이란 '사건(event)'에 대한 끈질긴 충실성을 의미한다.[20] 여기서 사건이란 "상황, 의견 및 제도화된 지식과는 다른 것을 도래시키는 것"[21]이다. 기존의 것에 대해 '다른 것'을 도래시키고 그것에 헌신하는 것이 바로 믿음이라 할 수 있다.[22]

김현이 당시의 문학 비평에서 독자의 문학 경험의 공백에 대한 저항으로서 자신의 문학비평을 정초시킨 것은 하나의 '사건'이며, 자신의 비평적 입장에 대한 끈질긴 옹호는 '믿음'에 기반하고 있었던 것이라 할 수 있다. 문학의 주요 기능이 바로 타자와의 교감이며, 이를 자신의 비평적 방법인 '문학경험으로서의 상상력'을 통해서 이루는 것이 '문학적'인 것이라는, 김현의 믿음 없이 그의 대화적 특징을 보여주는 비평은 불가능하다.

'믿음에 기반한 합리성'이라는 김현의 합리성의 특징은 믿음에 대한 끈질긴 충성과 헌신에 의한 것이라는 점에서 '이성' 자체로 환원되지 않는다. 믿음에 기반한 합리성은 인간의 헌신을 필요로 하지만 이성이 주도적 힘을 발휘하게 하려면 다른 에너지가 필요하다. 서론에서 언급했듯이 이성은 스스로 움직이지 않

---

19 위의 책, 147쪽.
20 알랭 바디우, 앞의 책, 84~88쪽 참고.
21 위의 책, 84쪽.
22 알랭 바디우는 이런 헌신에 의해 새로운 진리가 도래하며 이 진리에 대한 충실성을 윤리적인 것이라고 명명한다.

는다. 문학의 경우 상상력에 의해 촉발되는 감정이라는 에너지에 기댈 때 참다운 이성의 힘이 발휘되는 것이다. 왜냐하면 우리의 삶은 서로 뒤섞이는 관계 속에서 형성되는 것으로 이런 뒤섞임의 필수조건은 '몸'과 '감정'이라는 인간의 주관적 영역을 필요로 하기 때문이다. 이런 주관적 영역과 괴리된 이성이란 우리가 역사에서 보아온 혼란과 폭력의 위험 앞에 무방비하게 노출되었던 것이다.[23]

근대는 과학적 방법을 통해서 지식의 통일성과 객관성을 확보하고자 하는 시도를 하는 반면에, 또 한편에서는 개체성과 주관성의 자유를 추구한다.[24] 이는 근대의 계몽주의의 이중적 유산인데, 이와 같은 계몽주의의 핵심적 딜레마인 객관주의와 주관주의 사이의 분열은 김현이 처한 분열의 입장과 다르지 않다. 이런 분열의 양상 속에서 비평적 입지로서 김현이 선택한 '대화' 지향적 태도는 근대비평가라는 입장에서의 선택이었다. 근대 이성의 독단화를 거부하는 김현에게 합리적 혹은 과학적인 것이 유의미해질 수 있는 것은 철저하게 대화적 관계 속에서이다.

침묵으로 우주와 대화하는 높은 단계의 정신들의 대화야말로 가장 아름답고 힘있는 대화이겠지만, 서툰 사람들의 서툰 대화도 대화는 대

---

23 테리 이글턴, 앞의 책, 121쪽.
24 신국원, 앞의 책, 184~185쪽 참고.

화다. 대화는 내가 나이면서, 내가 아니라는 것을 확실하게 보여주는 삶의 한 양태이다. 나는, 무의식적으로는, 내가 아닌 것처럼 살아가지만, 의식적으로는 바로 나인 것처럼 살아간다. 그 나라는 것은 의식적으로 생각할 수 있는 나의 모든 체험의 총화이다. 나는 그 모든 체험의 주인공이 바로 나라고 생각하고, 나만이 느낀 어떤 것이 있다고 다짐한다. 대화는 바로 그런 내가, 다른 사람들과 마찬가지의 사람이라는 것을 일깨워준다. 내가 생각하고, 느끼고, 체험한 것이, 대화 속에서는, 그 누구나 생각하고, 느끼고, 체험할 수 있는 것이 된다. 내 생각이라고 내가 생각한 것이, 내 생각이 아니라, 다른 사람의 생각일 수도 있고, 내가 느끼고 체험한 것이, 내 체험·감각이 아니라, 다른 사람의 감각·체험일 수도 있다.(6 : 13~14)[25] (강조─인용자)

김현에게 있어서 독립적으로 존재하는 이성이라는 것은 이성의 독단화·교리화로 빠질 위험이 있는 관념론과 다를 바가 없다. 따라서 그에게 있어 '대화'란 이성의 독단화를 견제하는 역할을 하는 장치이다. 대화를 통해서 '나'만이 느끼고 생각하는 것이 아니라 그 누구나 생각하고 느끼는 것을 체험함으로써 그의 '대화'는 독단화를 거부하는 보편의 매개가 된다. '읽기'를 통한 대화적 관계 속에서 반성과 성찰을 야기하는 그의 '반성─후─감정'

---

25 원출처는 김현, 「젊은 시인을 찾아서」, 『젊은 시인들의 상상 세계』, 문학과지성사, 1984.

으로서의 주관성은 '대화'를 통해서 자기 안에 머무는 것이 아닌 외부를 향한 통로가 된다. 즉 매개체로서의 주관성으로 기능하는 것이다.

　정말로 발레리가 열려고 한 문은 무엇이었을까? 아니다. 오히려 내가 열려고 한 문은 무엇일까? 항상 나는 주저하고 망설이고 여기저기를 기웃거리고, 동요하고 있는 듯하다. 그것은 내가 열려고 한 문, 그리고 그 문의 열쇠 — 그것이 무엇인지 확실히 알 수 없기 때문인지도 모른다. 그러면서도 나는 기웃거리고 있다. (…중략…) 왜 그들은 굳건한가? 왜 그들은 자기의 열쇠가 모두들 진짜라고 생각하는 것일까? (…중략…) 왜 그들은 흔들리지 않는 것일까? 나의 흔들림 — 그리하여 나는 항상 이것을 거의 생리적으로 싫어하고 있다. 그런데도 나는 아직 흔들리고 있는 듯하다. 내가 발견한 하나의 열쇠 — 그것은 '만남'의 열쇠이었다. "사랑은 너와 나 사이에 있다"는 부버의 명제에서 출발한 '만남'은 시간이 감에 따라 '영과 혼'이라는 말라르메, 쥘리앙 그린적인 명제로, '나와 세계'라는 사르트르, 하이데거적인 명제로 옮아가고 있다. (…중략…) 여기서 시도하고 있는 존재와 언어의 상관 관계도 하나의 흔들림, 나의 영원한 흔들림에 불과한 것이다. (…중략…) 그리고 이러한 노력의 찌꺼기를 줍는 데 나는 항상 만족하려고 생각하고 있을 뿐이다. 발레리가 세상을 떠날 때 내뱉은 말도 '열쇠'가 아마 아니었을까? 그도 역시 영원히 '열쇠'를 발견 못 했으니까. (12 : 199∼200)[26]

윗글은 김현의 첫 저서인 『존재와 언어』(1964)의 「후기」이다. 김현의 문단 이력에서 볼 때 비교적 초기에 씌어진 글이지만, 이 글에 나타난 '사랑', '만남' 등에 대한 그의 절대적 믿음은 그의 문학 이력의 마지막까지 변하지 않고 강조되었다. 물론 김현 역시 어떤 절대성을 추구한다는 것을 '열쇠'라는 비유어로써 표현할지라도 '열쇠'를 열고 들어가려는 '문'에 대해 보이는 유보적 태도는 그가 스스로 얼마나 절대적 입장과 태도에 대해 견제하고자 했는지 알려준다. 그는 자신에 대해 의심하는 것과 마찬가지로, 회의하지 않는 자들에 대해서도 의심한다. 이는 암묵적으로 계몽주의적 이성의 태도에 대해서 회의하지 않는 자들에 대한 의심이라고 볼 수 있다. 이 글이 씌어질 당시 한국문학 담론은 리얼리즘적 태도가 주도권을 잡고 있었으며 정치사회적으로는 한국사회를 자본주의 시스템으로 이끈다는 목적도 분명히 설정되어 있던 상황이었음을 고려할 때, 김현이 말하는 "굳건한 자"들이 누구를 뜻하는지는 비교적 분명하다. 가치보다 사실을 중시함으로써 이성을 기술관료적으로 재단하여 당시 정치사회적 입장을 주도했던 자들을 의미함과 동시에 이러한 정치사회적 입장의 방법론을 문학 영역에까지 확대 적용하던 당시의 문학인들을 의미한 것이라 할 수 있다.

---

26 원출처는 김현, 「후기」, 『존재와 언어』, 가림출판사, 1964.

사회의 지배적 담론과의 거리두기는 자신을 바라보게 하는 거리의 확보란 측면에서 김현의 반성적 태도라 할 수 있다. "영원히 열쇠를 발견하지 못"할 것이라는 회의는 그러나 김현의 합리성의 한 방식이다. 즉 목적지를 향해 열려 있는 그의 이러한 아이러니적 태도의 견지는 지속적인 운동을 의미한다는 점에서 "실패에 대한 충실성"[27]이라 부를 만한 '믿음'을 반영하는 것이다. 또한 이와 같은 믿음을 견지할 때 인간의 힘이 창조적으로 지속될 수 있다는 김현의 냉정한 현실주의를 보여주는 것이기도 하다. 다음 절에서는 김현의 '믿음'에 의한 헌신의 한 양상을 김수영과의 '대화'를 통해 살펴보고자 한다.

2. 진정성으로서의 대화 : 김수영

김현의 비평은 질문으로부터 시작된다. "질문을 하지 않은 채 문학 연구를 한다는 것은 동어 반복 이외에 아무것도 아니"(4 : 308)라고 김현 스스로 생각했던 것처럼 김현은 자신의 독서 경험

---

27 테리 이글턴, 앞의 책, 43쪽.

을 질문과 대답의 과정으로 간주했던 것으로 보인다. 그러므로 그는 비평을 "두 개의 의식의 능동적 부딪침"(4 : 9)으로 정의할 수 있었던 것이다.

김현은 그것이 문학사에 관한 것이든 개별 작품에 관한 것이든 대화적 양상의 비평 형식을 고수한다. 이에 대해 이찬은 김현의 비평을 "비평"과 대비시켜 "비평적 글쓰기"[28]로 명명하기도 한다. 서론에서 언급한 내용이지만, 이 장의 논의를 위해서 다시 보자면 김현의 비평에 '비평적 글쓰기'라는 지칭을 가능하게 하는 것은 그의 비평의 두드러진 특성이 문학경험을 중심으로 하는 독자중심적 비평이기 때문이다. 그의 비평을 독자중심적이라고 말할 수 있는 까닭은 독자의 문학경험의 '순간'을 중시하는 것이 두드러지기 때문이다. 김현은 자신의 독서 중 체험을 드러내는 것에 대해 다른 비평가와 비교할 때 주저함이 없다고 할 수 있다. 독서 과정에서 독자로서 무엇을 느끼고 무엇을 생각했는가를 중요한 비평적 테마로 수용하는 자의 글쓰기인 것이다. 실상 이 지점은 김현에 대한 비판의 칼날을 세우는 자들의 공통적인 비판 항목이 되기도 한다. 독자로서의 경험이 중시되는 김현의 글쓰기는 주관성이 강하기 때문에 당대의 정치·사회적 현실에 무관심했다는 것이 비판의 주된 이유가 된다.[29]

---

28 이찬, 「창작과 비평과 산문의 사이, 저 문학적인 것의 사유공간을 위하여」, 『정신과 표현』 68호, 2008.

반면에, 그의 비평이 독자중심적·문학경험중심적이라는 것
은 일반 독자를 유인하는 강력한 요인이 되었다는 점은 앞서도
밝힌 바 있다. 김현의 글쓰기가 자신의 독자로서의 문학경험을
드러내는 방식으로 씌어지고 있었던 것은 김현 비평의 영향력이
어떠했든 간에 그가 일반 독자들을 불러들였던 강력한 요인이었
다. 이는 문학경험을 중시하는 그의 글쓰기의 특성과 관련된다.
김현의 글에는 문학텍스트를 읽고 있는 독자로서의 김현 자신이
표출된다는 점에서 그의 비평의 특징은 주관성이라는 문제와 결
부되어 있다. 그래서 김현의 주관성에 대한 이해를 둘러싸고 김
현에 대한 평가는 첨예하게 대립된다.[30] 따라서 김현의 주관성

---

29 2008년에 『김현 신화 다시 읽기』(이룸, 2008)가 출판되었다. 이 책에는 김현을 옹호
하는 글과 비판하는 글이 각각 실려 있다. 이 책에 실려 있는 「김현의 신화와 우상의
탄생」(최강민)에 나오는 "그가 보여준 비평은 사회적, 역사적 영역을 보여주지 못한
채 개인적, 내면적 영역에 머물렀다. 김현의 비평은 역사적, 현실적 천착이 아닌 추
상적, 관념적 범주에 집착했던 것이다"라는 진술은 최강민만의 특별한 관점이 아니
라 그동안 이어져왔던 김현 비판의 공유된 논조라고 보아 무방하다.

30 김현의 주관성을 현상학적인 상호주관성으로서 긍정하는 황지우의 변(辯)을 보도
록 하자. "그의 글을 읽으면, 텍스트라는 숙주가 없으면 굶어 죽을 기생충의 운명을
타고난 비평을 읽는다는 생각이 안 들고 그것 스스로 독립해 있는 또 다른 텍스트를
읽고 있는 것 같은, 그야말로 '메타–텍스트의 즐거움'이 일어난다. 이 즐거움은 텍스
트를 이해시키면서 자신이 이해시킨 그것을 다시 독자의 이해의 대상이 되게 하는
그러한 이해의 즐거움이다. (…중략…) 텍스트에 꼭 끼어들거나 간섭하는 자신의 내
적 체험이 두드러진다. 아마도 그러한 내적 체험의 개입 내지 간섭이 그의 비평을 텍
스트 속에 이미 이야기된 것을 다시 이야기하는 것으로 그치는 주석과 구별되게 하
는 것이며, 텍스트 속에 이야기된 것 밑에 숨어있는 '거대하고 불가사의한 화제거리'
를 콕 집어내어 풀어내는, 어찌 보면 텍스트를 작가보다 더 잘 알고 있는 것 같은, '해
석의 비평'으로 이끄는 힘일 것이다."(황지우, 앞의 글, 190~191쪽) 황지우는 자신
이 독자로서 김현 비평을 읽는 즐거움이 어떠한가를 논함으로써 비평가나 독자 모
두 텍스트에 참여하게 만드는 김현 비평을 해석의 비평으로 평가한다. 한편 황지우

을 평가할 지표가 요청된다. 김현 비평의 특성인 '대화적' 양상을 고려하여, 여기에서는 앞 절에서 언급한 바 있는 '진정성' 개념을 그 지표로 설정하고자 한다. '진정성' 개념에 대한 이해에는 낭만주의라는 하나의 우회로가 필요하다.

'나'의 근원에 대한 탐색과 존중은 근본적으로 낭만주의적 속성을 내포하고 있다.[31] 앞서 보았듯 김현 비평의 특징은 자기를 표현한다는 점에 있는데 근대의 문학사에서 자기를 드러내는 데에 주목하기 시작한 것은 낭만주의에 이르러서였다. 그래서 낭만주의 이론가들이 공통적으로 주장하는 것이 개성, 천재 등의 개념인 것이다. 이사야 벌린에 의하면, 낭만주의 운동에는 가장 핵심적인 무언가가 있었는데, 그것이 인간의 의식에 혁명적 변

는 김현 식의 비평이 인상주의적 착란에 빠질 수 있음을 경계하기도 한다.

반면에 김현의 주관성에 대한 비판은 대표적으로 송희복의 「미적 이데올로기의 분석적 수사」를 참고할 수 있다. 김현의 고백의 어조 등을 명백히 김현 자신의 미적 판단을 합리화하기 위한 수사적 전략으로 분석하고 있는 송희복은 김현의 주관성을 다음과 같이 진술하고 있다. "주관 비평의 수호자답게 그는 결코 객관의 이름으로 말하고자 원하지 않으며, 단지 그에게 이 시가 어떻게 읽히는지를 보여주고자 한다. 절대의 뉘앙스가 풍기는 '객관'이라는 이름 대신 그는 즐겨 간주관성을 말했고, 이로써 그는 비평적 객관지대의 마련이 가능하다고 믿었다. 하지만 '간주관성'의 지대는 누가 마련하고 확인하는가. 그것이 어떤 범위에서 어떤 방식으로 교호되는지 확인되기 어려운, 단지 상정 개념의 지대에 불과한 것이라고 한다면, 간주관의 여지는 결국 절대적 주관의 영역으로 귀착될 수밖에 없을 것이다. 이점에서 주관에서 출발한 그의 비평 논리는 객관화의 문제 앞에서 다시 주관성의 영역으로 후퇴할 수밖에 없고, 따라서 어떤 (객관 이름의) 이론도 그에게는 금기의 대상이 된다."(송희복, 「미적 이데올로기의 분석적 수사」, 『전농어문연구』 10집, 1998, 150~151쪽) 송희복은 김현의 주관성이 절대적인 주관적 영역으로의 귀착이기 때문에 이는 객관화의 관점에 비추어 볼 때 명백히 주관성으로의 후퇴라고 지적하고 있다.

31 '나'의 존재의 근원적 무의식에 대한 탐구도 프로이드 이전에 이미 낭만주의자들의 작업이었다(알베르 베겡, 이상해 역, 『낭만적 영혼과 꿈』, 문학동네, 2001 참조).

화를 가져왔다고 밝히고 있다.[32] 이사야 벌린은 그 혁명적 변화 중의 하나로서 개인의 정직성이나 진정성의 측면을 들고 있다. 그는 이러한 요소들은 낭만주의 이전에는 전혀 고려의 대상이 아니었다고 밝힌다.[33] 한국사회에서 개인의 정직성이나 진정성의 측면이라는 것이 식민지 시기에 유입된 낭만주의로부터 유래했는지에 대해서 단정지을 수는 없지만, 문학에서 '진정성'이나 '정직성'의 개념이 비평적 용어로서 출현하는 데 있어서 낭만주의를 떼어내고 설명하기는 어렵다. '진정성'이라는 개념이 낭만주의 운동과 결부되어 있다고 말할 수 있는 까닭은 근대 이전의 세계에서는 지금처럼 '진정성(authenticity)'의 의미가 개인의 감정이나 진실성을 토대로 한 것이 아니었기 때문이다.[34]

---

32 이사야 벌린, 강유원 외역, 『낭만주의의 뿌리』, 이제이북스, 2005, 37쪽.

33 위의 책, 19~27쪽. 이사야 벌린에 의하면, 1760년에서 1830년 사이에 가지로 새로운 심리 상태가 출현했다. "오직 믿는다는 이유 하나로 자기가 믿고 있는 것을 위해 결사적으로 임할 준비가 되어 있는 심리 상태인데 이러한 태도는 비교적 새로운 것이었다. 전심전력을 다하는 태도, 성실함, 영혼의 순수함, 무엇이든 관계없이 자신의 이상에 헌신하는 능력과 망설임 없는 자세가 사람들의 칭송"을 받았는데, 이러한 태도는 그 이전에는 찾을 수 없는 것이었다. 이런 변화는 처음에는 소수의 사람들 사이에서 그 다음에는 점차 바깥으로 퍼져 나갔다. 그 출발이 독일에서 시작되어 빠른 속도로 퍼져나갔다고 가정함으로써 벌린은 낭만주의의 핵심은 오직 '운동'으로만 존재하는 것이라고 낭만주의에 대한 자신의 입장을 밝힌다.

34 찰스 귀논, 강혜원 역, 『진정성에 관하여』, 동문선, 2005, 31~72쪽 참고. 근대 이전의 사람들에게는 삶의 가치가 외부에 있었다고 가정되지만, 근대인에게 가치란 외부에서가 아니라 인간의 정신인 '내부'에서 발견되는 것으로 가정된다. 이는 근대주의적 가치관이 등장하면서 삶의 기본적인 합일과 일체성이 상실되었다는 것과 동일하다. 그러므로 막스 베버가 근대세계를 "탈주술화"의 세계로 명명할 수 있었던 것이다. 한편 이사야 벌린은 낭만주의 운동과 함께 서유럽에서는 분명히 그 전까지는 없던 의식이 생겨났는데 — 그것을 증명할 수는 없지만 — 그것이 바로 결과보다는 동기를 중요시하고 인간의 의지에도 가치를 두는 미덕으로서 진정성의 개념이 등장했다

찰스 귀논에 의하면, "햄릿"의 유명한 구절인 폴로니우스의 "너 자신에게 진실하라"는 말의 의미는 근대에 통용되고 있는 진정성의 의미와 다르다. 폴로니우스의 이 명령에는 우리가 다른 사람들에게 진실하기 위해 자신에게 진실해야 한다는 것이지 자신에게 진실한 것이 그 자체로 가치가 있다는 암시가 존재하지 않는다는 것이다.[35] 이 말이 강조하는 것은 오늘날 우리가 알고 있는 진정성(authenticity)의 미덕이 아니라 성실성(sincerity)[36]의 미덕이다.

찰스 귀논이 이와 같이 진정성과 성실성을 구분하는 근거는 라이오넬 트릴링의 개념 정의에 의한 것이다. 트릴링은 성실성과 진정성을 대조적인 개념으로 설정한다. 성실성은 말과 행동이 일치된 상태를 뜻하는 의지작용이라면, 진정성이란 우리 자신의 의도나 의지의 힘만으로는 조절될 수 없는 특성을 가지고 있다고 트릴링은 보고 있다. 우리의 마음속 깊은 내부에 있는 어둡고, 비합리적이며, 무의식적인 자아의 요구와 합치하려는 시

고 논한다(이사야 벌린, 위의 책, 222~225쪽 참고).

35 찰스 귀논, 앞의 책, 47~48쪽.

36 위의 책, 48쪽. 번역자 강혜원은 sincerity를 진지성으로 옮기고 있으나, 의미상 '성실성'이 더 적합하다고 여겨져 바꾸었다. 우리말에서 행동과 태도를 구분지어 말할 때, 진지성은 행동을 제외한 태도만을 가리키는 말이지만, 성실성은 행동과 태도를 모두 포괄하는 용어이기 때문이다. 라이오넬 트릴링도 *Sincerity and Authenticity*에서 sincerity와 authenticity를 구분하고 있는데 여기서도 '진지성과 진정성'보다는 '성실성과 진정성'으로 번역하는 것이 의미상 더 타당해 보인다. 찰스 귀논 역시 트릴링의 입장을 긍정적으로 수용하고 있다는 점에서 sincerity는 성실성으로 번역하는 나은 듯하다.

도가 진정성을 이루어낸다는 것이고, 그런 점에서 진정성의 개념은 성실성의 가능성 자체를 묻고 있는 개념이라고 할 수 있다.[37] 김종철에 의하면, 성실성이라는 자질은 어느 정도 우리 자신의 노력으로 도달할 수 있는 것이라면, 진정성은 결국 우리 각자의 전인적인 인격, 또는 총체적인 인간성에 대한 호소를 전제하는 개념이다. 이는 다시 말해서 우리가 원한다고 진정성이 확보되는 것이 아니라 이성적인 언어로는 도저히 접근할 수 없는 저 깊은 무의식의 세계, 근원적인 욕망의 세계까지 가 닿을 때만이 다소간에 문학적 진정성이 이루어진다는 것을 뜻한다. 즉 문학에서 총체적인 진실이란 우리가 피상적으로 생각하는 것보다 훨씬 깊은 마음으로만 접근 가능하다는 것을 의미하는 것일 것이다. 이는 시인 김수영의 용어로 할 때, 문학적 진정성은 "온몸"에서 오는 것이라는 말이 될 것이다. 온 마음으로 전인격이 투입됨으로써만, 그래서 상투적인 윤리나 세계관을 넘어서는 진실이 드러날 때, 문학적 진정성은 거론될 수 있다는 것이다.[38]

문제는 이와 같은 진정성을 어떻게 검증하겠는가 하는 점이다. 또한 진정성을 근대의 자아 개념 문제와 관련하여 볼 때 "진정한 자신이 된다는 것은 사회의 가치관을 인정하는 사람들은

---

37 Lionel Trilling, *Sincerity and Authenticity*, Cambridge, MA : Harvard University Press, 1971 참고.
38 김종철, 「인간, 흙, 상상력」, 『녹색평론』 3~4월호(3호), 녹색평론사, 1992, 110쪽.

볼 수 없는 무엇인가에 접한다는 것"[39]이고 이는 "어느 단계에선가 반사회적"[40]이 됨을 뜻한다는 점에서 문제적이다. 여기에 이르면 남과 다른 관점을 갖는 것이 진정성의 기준이 되는 것처럼 보이고 무리와 전적으로 같은 태도를 갖는다면 진정성이 없는 것처럼 여겨질 수도 있다.[41] 진정성의 어두운 속성인 폭력성·공격성 등의 개념이 진정성의 개념과 만난다면,[42] 진정성의 개념은 폐기처분해야 마땅한 개념으로 전락한다. 그렇다면 진정성이라는 개념은 폐기해야 하는가?

월리엄스에 따르면, 우리의 믿음과 감정에 필수적인 일정성과 유형화는 우리의 사회적 상호작용을 통해 가능해진다. 우리의 언명과 표현이 다른 사람들과의 교류에서 시간의 경과를 따라 일정한 정도의 일관성을 갖기를 사람들은 기대한다. 그 일관성을 가능하게 만드는 것은 일단의 사회적 실천행위이며, 이 실천행위들은 다른 사람들이 유도한 반응, 그리고 결국 스스로 유도한 반응에 일관성이 있도록 만들어준다.[43] 이런 의미에서 진정

---

[39] 찰스 귀논, 앞의 책, 105쪽.

[40] 위의 책, 105쪽.

[41] 위의 책, 105쪽.

[42] 트릴링은 "문화의 씨실과 날실이 되었던 많은 것들이 전혀 중요하지 않게 보이며 다만 판타지나 의식 혹은 허위로만 보이게 된다. 반대로 무질서, 폭력, 무이성과 같이 문화가 전통적으로 비난하고 배제했던 많은 것들이 진정성을 이유로 상당한 도덕적 권위를 얻게 된다"(Lionel Trilling, 앞의 책, 11쪽)고 진정성의 어두운 면에 대해 지적한다.

[43] Bernard Williams, *Ttuth and Ttuthfulness,* Princeton : Princeton University Press, 2002, p.192.

성이란 개인주의적 가치를 내면화한 근대적 인간이 공동체로부터 주어지는 역할 모델과 진정한 욕망 사이에 괴리를 발견하고 이를 주체적으로 극복하는 과정에서 등장하는 새로운 이상이며[44] 윤리라 하겠다.

이런 관점에 입각할 때 진정성이란 개인적 영역이 아니라 사회적 영역인 것이며, 이는 곧 대화적 자아관을 가능하게 하는 요인이다. 진정성이 있는 개인이란 내면의 자아를 발견하고 표현하기 위해 사회로부터 후퇴하여 자신의 주관에 매몰되는 자가 아니기 때문이다. 주목할 것은 바로 한 개인의 진정성이란 "그 사람이 처해 있는 사회적 맥락 안에서 무엇이 진정 추구할 가치가 있는 것인지를 분별할 수 있는 반성적 개인이 되는 능력"[45]이기도 하다는 점이다. 따라서 김현 비평의 대화적 양상으로부터 비롯되는 김현의 주관성은 주관적인 개인성의 고립된 영역에 머무는 것이 아니다. 이에 관한 구체적 예를 김수영론에서 살펴보도록 하자.

김현의 『문학의 유토피아』는 '공감의 비평'이라는 부제를 달고 있다. 김현의 '공감의 비평'에 대해 비판하는 입장에서는, 김현이 자신과 비슷한 문학적 지평에 있다고 여겨지는 작가들을 대상으로 비평 활동을 했기 때문에 그의 비평을 공감의 비평이라거나 대

---

44 김홍중, 『마음의 사회학』, 문학동네, 2009, 26쪽.
45 찰스 귀논, 앞의 책, 199쪽.

화라고 보기 어렵다고 논의한다.[46] 그렇다면 김현과 문학적으로 상대적인 지평에 있었다고 김현 스스로도 밝힌 바 있는 김수영을 그가 어떻게 읽었는가를 살펴본다면, 그의 '공감의 비평'을 비롯한 김현의 '대화'를 보다 입체적으로 들여다 볼 수 있을 것이다.

김현은 김수영에 대해 총 4편의 글을 쓴다.[47] 해석은 확실성이 확보되는 경우가 아니라 관심이 사라질 경우에 끝난다는 것을 고려한다면[48] 다른 작가들에 비해서 김현이 김수영에 대해 가졌던 관심은 지속적이었던 것으로 보인다.[49] 그리고 그 관심은 정현종, 최인훈 등에 대해 가졌던 것과는 다른 차원의 관심이었다.

김현은 「김수영을 찾아서」(1974)에서 "나는 그와 6, 7년 동안 싸워왔다. 그의 시와 산문, 그리고 그의 삶은 나의 그것에 대한 생각과는 너무나 다른 것이었다. (…중략…) 그의 의식적 행위에 대해서는 상당히 공감을 느낄 수 있었지만 그의 시가 나에게 즐

---

46 가령, 임영봉의 "타자와의 교감이 아니라 자신의 원초적 체험을 문제삼고 있다"(「고통스러운 실존의 행복한 정신분석」, 242쪽)는 관점이나 최강민의 "공감의 비평을 위해서는 주체와 타자의 동등한 관계가 필수적이다. 하지만 김현의 비평에서는 자신감에 가득찬 김현이라는 자아가 대상 텍스트를 장악하는 식의 비평이 흔히 이루어진다. 주체 과잉의 이러한 비평 속에 대상 텍스트인 타자는 온전히 제 목소리를 내기 쉽지 않다"(「김현의 신화와 우상의 탄생」, 268쪽)의 관점을 들 수 있다. 이는 조남현, 이명원 등의 선행 연구의 관점과 동궤에 놓여 있다.

47 김현이 두 번 이상 다룬 작가들은 실상 그리 많지 않다. 김춘수, 정현종, 최인훈 정도에 불과하다.

48 알렉산더 네하마스, 「작가, 텍스트, 작품, 저자」, 박인기 편역, 『작가란 무엇인가』, 지식산업사, 1997, 284쪽.

49 김현이 김수영에 대해 처음 글을 쓴 것은 1974년이다. 김수영이 죽고 난 후 6년이나 지난 후, 김현이 김수영론을 썼다는 것은 김수영에 대해 어떤 입장을 드러내기까지 관심의 끈을 놓지 않고 있었다는 것을 보여준다.

거움을 준 것은 아니었다"(3 : 392)고 밝히며 글을 시작한다. 1968년경에 월평 건으로 만났을 때도 자신과 김수영이 계속 충돌했다면서 서로가 여러모로 달랐다는 것을 밝힌다. 시인 고은의 이름을 들며 "그는 고씨의 새로움에서 시적 사기의 징후를 보고 있었고 나는 그에게서 선적(禪的)인 직관을 찾아내고 있었다"며 자신과 김수영이 얼마나 다른 지평에서 문학을 생각하고 있었는가를 명시한다.

정현종이나 김지하, 김춘수의 글을 읽으며 김현이 느끼는 것은 질문과 대답을 통한 자기 자신과의 동일성라고 할 때, 이는 그야말로 공감의 대화라 할 법하다. 가장 성공적인 독서 가운데 하나는 작가와 독자가 완전히 일치하는 것이다. 작가와 독자의 이와 같은 일치야말로 행복하고 즐거운 책읽기의 전형일 것이다.[50] 주관주의 독자반응비평의 이론가 중 한사람인 홀랜드는 모든 해석에 "자기동일성"이 전제되어 있다는 진술을 하기도 한다.[51] 하지만 모든 대화가 자기동일성을 기반으로 하는 것이라면 실상 생산적인 대화라는 것이 존재할 수 있는가에 대해 회의하지 않을 수 없다.

같은 지평에서의 대화는 공감을 선사하기에 최적의 조건이다.

---

[50] Wayne C. Booth, *The Rhetoric of Fiction*, Chicago, 1963, p.137~138. 여기서는 볼프강 이저, 『독서 행위』, 80쪽에서 재인용.

[51] Norman Holland, *Unity Identity Text Self*, PMLA, 1975, p.90. 여기서는 이승호, 「독자반응 비평에 관한 연구」, 경성대 석사논문, 1995, 44~48쪽에서 재인용.

반면에 다른 지평에서의 대화는 대화를 통해 반성과 성찰이 개입되어 독자 자신의 경험구조에 변화를 가져올 경우 가장 생산적인 대화가 될 것이다. 이런 점에서 김현과 김수영의 대화는 공감의 비평을 행하고자 했던 김현의 분규와 알력이 어떤 방식으로 나타나는가를 살필 수 있다는 점에서 흥미롭다.

자신과 다른 지평에 있다고 생각했는데도 김현이 김수영으로부터 관심을 거두어들일 수 없었던 요인은 무엇이었을까. 김현에게 김수영은 만족감을 불러일으키는 시인이었다고 보기는 어렵다. 그렇지만 김수영과의 대화는 그로 하여금 강렬한 도전의식을 불러일으켰던 듯하다. 도전의식을 불러일으킨 요인은 김수영의 정직성이다. 다음은 김현이 인용해 놓은 김수영의 월평이다.

> 사실은 앞서 말한 김재원의 「입춘에 묶여온 개나리」를 읽고 나서 나는 한참 동안 어리둥절해 있었다. 젊은 세대들의 성장에 놀랐다기보다는 그래서 그 달치의 '시단 월평'에 감히 붓이 들어지지 않았다. **그런 사심이 가시기 전에는 비평이란 씌어지는 법이 아니다.** 그러다가 그 장벽을 뚫고 나온 것이 「엔카운터」지이다. 나는 비로소 그를 비평할 수 있는 차원을 획득했다. 그리고 나는 여유있게 그의 시를 칭찬할 수 있었다. 이것은 내가 「입춘에 묶여온 개나리」의 작가보다 우수하다거나 앞서 있다거나 하는 말이 아니다. (김수영, 「제 정신을 갖고 사는 사람은 없는가」) (3 : 397) (강조―인용자)

같은 글에서 김현은 김수영에 대해 "충격적인 월평을 쓰고 간 시인"이라며 "그의 강렬한 공격이나 칭찬은 그가 그 자신을 반성한 후에 행해지는 것이기 때문에 충격적"이라고 하지만, 실상 김현이 1974년에 이 글 「김수영을 찾아서」를 쓰기 이전에는 단 한 번도 김수영론을 쓴 적이 없다는 것을 염두에 둘 때, 김현이 인용한 김수영의 고백처럼 김현도 "사심이 가시기 전"에는 글을 쓸 수 없었던 것인지 모른다. 김현에게 김수영은 끊임없이 눈길을 끄는 알고 싶은 타자였던 것이다.

김수영의 태도를 "위악적 제스처"라고 폄하한 바로 그 지점에서 김현은 김수영의 '진정성'[52]과 맞닥뜨려지고, 그 이후 김수영과의 대화가 시작된 것으로 보인다.

내가 그의 「전향기」를 읽었을 때, 그것은 그의 자기 위악처럼 느껴졌다. 그리고 나는 그를 선우휘씨가 그렇게 불렀듯이 스타일리스트라고 생각했다. 그러나 1965년경부터 나는 그가 그러한 그 자신을 우울하게 반성하고 있다는 것을 보여주는 시편들에 접할 수 있게 되었다.

---

[52] 김현의 김수영 분석을 보면, 김현은 정직성과 진정성을 구분하지 않고 쓰고 있다. 그런데 김현이 다루고 있는 김수영의 "쓰디쓴", "반성", "자기 학대" 등의 내용은 진정성의 항목이다. 즉 정직성과 결합되어 있는 진정성의 항목이라 할 수 있다. 「김수영에 대한 두 개의 글」에서는 김수영의 '진정성'이라고 언급한다. 다시 말하면, 김현이 언급하는 정직성은 앞에서 설명한 성실성(sincerity)이 아니라 진정성(authenticity)임을 알 수 있다. 즉 김현이 사용하는 정직성이란 어휘는 진정성으로 가는 과정의 언어로서 김수영 분석에서 드러난다. 결과적으로 김현은 정직성을 진정성의 의미로 쓰기도 하고, 혼용해서 쓰기도 한다.

「어느 날 고궁을 나오면서」, 「이 한국문학사」, 「H」, 「설사의 알리바이」 등은 그러한 자기 반성의 소산이다. 거기에서 그는 보다 크고 기본적인 것에 분노를 터뜨리지 못하고 사소한 것에만 분노를 터뜨리는 소시민의 한심성을 노골적으로 보여준다. (…중략…) 비교적 후기에 씌어진 이 시는 그의 비겁성과 옆으로 비켜서 있음을 정직하게 노래한다. 그 정직성에서 이 시의 쓰디씀은 우러나온다. 그 쓰디씀은 그만이 느끼는 것이 아니고 의식하고 반성하는 모든 의식인들이 느끼는 쓰디씀이다. (…중략…) 자유가 없는 곳에서의 시란 방랑이며 고초이며 설사이다. 그것은 소음이다. 그러나 그는 그 소음을 더욱 크게 내지르려고 애를 쓴다. 그것은 저질의 참여시가 아니라, 높은 정신의 자기 학대이다. 자기 학대가 무엇을 의미하는가를 깨닫게 된 나는 그의 전향을 소시민의 자기 위악적 제스처라고 생각하지 않기로 하였다.(3 : 397~399)[53]

이 인용문에서 보듯이 우리는 김현이 김수영을 읽으며 어떤 변화를 경험하는지 알 수 있다. 독서과정에서 예상과 회상의 변증법이 중요한 역할을 한다고 할 때 독서과정은 독서의 변증법적인 구조를 따라간다.[54] 다시 말하면 독서과정에서 기존의 생

---

53 원출처는 김현, 「김수영을 찾아서」, 『심상』, 1974.3.
54 볼프강 이저, 「작품과 독자는 계약관계인가?」(대담 : 볼프강 이저 / 차봉희 : 콘스탄츠, 1981년 8월), 차봉희 편, 『독자반응비평』, 고려원, 1993, 41쪽.

각이 구조변화를 일으키는 것이다. 따라서 독서의 경험은 정보의 축적이 아니라 어떤 수정을 의미한다.[55] 이 수정은 김수영의 "정직성"과 "쓰디씀"을 김현 자신이 같이 느끼는 데에서 가능해진다. 독서 중의 상상력은 감정을 불러일으킨다. 김현의 '반성-후-감정'은 김수영과의 대화 속에서 느끼고 반성한다. 이는 김현으로 하여금 김수영에게서 "저질의 참여시가 아니라 높은 정신의 자기 학대"를 보게 만들며, 김수영의 "자기 학대가 무엇을 의미하는가를" 알도록 이끈다. 이후 김현은 이제 김수영의 전향을 "소시민의 자기 위악적 제스처라고 생각하지 않"는다.

이 같은 김현의 입장 변화는 김수영을 향한 계속적인 질문의 산물이다. 김수영 시의 주조가 "설움"이라는 김수명 씨의 말을 듣고 김현은 김수영이 "제일 슬퍼한 것은 무엇이었을까"(3 : 399)라는 질문을 던진다. 따라서 이후 김수영론 「자유와 꿈」에서 김현이 김수영을 읽는 핵심어는 '슬픔'으로부터 시작된다.

「자유와 꿈」(1974)에서 김현은 김수영의 시적 주제를 자유로 전제한 후, 김수영이 "자유보다는 그것의 좌절에서 생기는 비애를 더욱 절절하게 절규"했다고 논의한다. 「자유와 꿈」에서 김현이 여전히 강조하는 것은 김수영의 정직성(진정성)으로부터 올라오는 반성이다. "그(김수영 – 인용자)의 시가 주는 감동은 그가 그의

작품에 대해서 행하는 반성"이라는 것을 김수영 읽기에서 체험하는 김현은 김수영의 정직성(진정성)에 대해 공감을 표명한다. 김현이 1968년 이전에는 시인의 정직성보다는 한국시의 틀문제가 중요해 보였다고 진술했던 것을 고려한다면,[56] 1968년 이후에 김현이 정직성(진정성)이란 덕목을 문학에서 얼마나 의식적으로 강조했는가를 알 수 있다.

> **성실하고 정직한 인간은 언제나 불가능한 것을 가능한 것으로 만들기 위해 싸운다.** 인간의 모든 예술적 노력도 그런 싸움의 기록이다, 혼돈의 영역을 언어로써 조금씩조금씩 인간적 질서의 영역 속에 편입시키는 작업이야말로, 정직하게 세계를 이해하고 관찰하려는 **모든 의식인의 공통된 목표**이다.(4 : 21)[57] (강조—인용자)

위의 진술은 「자유와 꿈」의 마지막 구절이다. 김수영의 정직성으로부터 예술은 '불가능한 것을 가능한 것으로 만들기 위한 싸움'임을 해석해낼 수 있었던 것이다. 이를 김현은 김수영 사후, 김수영을 다시 읽으며 발견하게 되는 것이다. 한편 이는 김현이 김수영을 읽음으로써 김수영과 자신이 다르다고 여겼던 기대가 어긋난 것이기도 하다. 이와 같은 반전은 기대가 어긋남으로써

---

[56] 『전집』 3, 395쪽.
[57] 원출처는 김현, 「자유와 꿈」, 김수영, 『거대한 뿌리』 해설, 민음사, 1974.

예상치 않은 경로를 통해 발견이나 깨달음에 도달하려는[58] 읽기의 욕구가, 김현에게는 김수영 읽기에서 충족된 것이다. 따라서김현은 김수영을 빌어서 "모든"의식인의 공통된 목표가 언어로써 세상을 정직하게 이해하고 관찰하려 하는 것이라며, 김수영과 자신을 동일시할 수 있었던 것이다.

왜 자신이 김수영으로부터 시선을 돌릴 수 없었던가 하는 것에서부터 자신과 김수영이 어떻게 같고 어떻게 다른가, 다시 말해서 김수영의 문학이 자신의 문학과 어떻게 같고 또 다른가에이르는 김현의 질문에 대한 답은 김수영과의 대화에서 찾을 수밖에는 없었던 것이다. 김현은 김수영의 반시론 중 다음 대목을인용한다.

모든 실험적 문학은 필연적으로 완전한 세계의 구현을 목표로 하는진보의 편에 서지 않을 수 없게 되는 것이다. 모든 전위 문학은 불온하다. 그리고 모든 살아 있는 문화는 본질적으로 불온한 것이다. 그것은두말할 것도 없이 **문화의 본질이 꿈을 추구하는 것이고 불가능을 추구하는 것이기 때문이다.**(김수영, 「실험적인 문학과 정치적 자유」) (4 : 21)(강조—인용자)

---

58 프랭크 커머드, 조초희 역, 『종말의식과 인간적 시간』, 문학과지성사, 1993, 31쪽.

김수영의 문학 이념은, "꿈을 추구"하는 것이므로 곧 "불가능을 추구"하는 것이다. 이는 문학이 "불가능성에 대한 싸움"(1 : 52)이라거나 "문학은 꿈"(4 : 436)이라는 것으로 명제화했던 김현의 문학 이념과 다르지 않다. 문학인으로서 궁극적 목표에 있어서 김수영과 김현은 동일 지평에 있었던 것이다.

「자유와 꿈」을 쓰고 한참의 시간이 지난 후 김현은 김수영과의 대화를 다시 시도한다. 김현으로 하여금 문학의 자율성과 절대성에 대한 의문을 품게 했던 '80년 광주' 이후, 김현은 김수영을 다시 찾는다.

「반성과 야유」, 「웃음의 체험」[59]에서 김현은 김수영의 "정신의 날렵함"이 그의 놀라운 자기 비판과 풍자를 가능하게 한 것이라고 하면서 김수영의 통찰에 대해 언급한다. 김수영의 "그 통찰은 끊임없는 자기 반성과 폭넓은 문화적 시각에서" 나오는 것이며 김수영이 "폭넓은 문화적 시각을 얻기 위해 얼마나 열심히 공부"하고 "지독하게 자기 반성"을 했는가를 김수영의 시와 산문이 증명한다고 고평한다.

여기에서도 김현이 계속 주목하는 것은 김수영의 정직성이다.

---

59 김현『전집』뒤에는 거의 대부분 원출처와 시기가 기재되어 있다. 그런데 김수영의 이 글 두 편은 연도와 출처 모두 미확인으로 나와 있다.『문학과 유토피아』(문학과지성사)가 1980년에 출간되었는데 이 글들이『책읽기의 괴로움』(민음사, 1984)에 실려 있는 것으로 미루어 볼 때, 이 두 편의 글은 1980년과 1984년 사이에 씌어진 것으로 보인다.

김수영이 자기 자신에 대해 부정적으로 보여주는 것이 어떤 긍정적인 인물보다 감동적으로 독자들에게 전달되는 것은 김수영 어투의 "고통스러운 성실성"(5 : 45)이라고 김현은 진술하고 있다. 이 성실성이 김수영의 진정성을 획득하게 하며 그것이 김수영의 가장 큰 힘임을 강조한다.[60] 어떤 점에서 김수영과 김현의 차이점이 현대성을 바라보는 차이에서 오는 것이라고 할 때, 그 차이를 넘어서서 합치되는 지점이 있다면 그것은 두 사람 모두의 정직성이고, 그것은 그들을 문학이념의 영역에서 만나도록 하는 요인이다.

그럼에도 불구하고 김현은 암시적으로 자신의 타자가 김수영임을 드러낸다. 「반성과 야유」의 끝 대목을 빌자면, 김현은 김수영을 여전히 '잘' 알 수 없는 존재로 표현하고 있다. 이는 김현이 지향한 '공감의 비평'이 지속적으로 열린 대화를 추구할 수 있도록 하는 미완의 영역이라는 것을 보여주는 것이기도 하다.

그의 비밀의 상당 부분은 그가 번역을 했건 안 했건 그가 읽은 것 속에 있다라고 말하고 싶다. 그가 무슨 책을, 어떻게 읽었는지를 알아보는 것은 그의 시를 이해하는 데 아주 필요하고 긴요한 일이다. 그 작업은 그러나 쉬운 일이 아니다. 그의 시, 산문에 나오는 책, 사람 이름의

---

60 『전집』 5, 45쪽.

목록이라도 만들고, 어떻게 그가 그 책이나 사람을 읽었는가를 알아야한다. 그가 자유롭게 접근한 일본어, 영어로 씌어진 책에 나는 그만큼 자유롭게 접근하지 못한다. 오래 전에 생트-뵈브는 브왈로를 평하면서, 그는핀다로스를 헌신적으로 사랑했지만 그를 하나도 이해하지 못했다라고 쓴바 있다. 내가 그런 평가의 대상이 되지나 않을까 두렵다. (5 : 46)[61] (강조
—인용자)

위의 진술은 김수영과의 대화 즉 그 "마주침"이 김수영에 대한전면적 이해에 이른 것이 아니라 일부에 불과했다는 김현의 고백일 것이다. '타자의 사유의 뿌리를 만지고 싶'어한 김현의 염원을 고려할 때[62] 김수영은 김현이 만지고 싶어했던 절대적 타자였다는 판단을 지우기는 어렵다.[63] 자신이 읽어낸 김수영은 김수영을 하나도 이해하지 못한 것일지 모른다고 생트-뵈브를 빌어서 이야기하는 김현의 우려는, 김현이 김수영을 얼마나 제대로 이해하고 싶어했는가를 방증하는 하나의 우회적 표현일 것이다.
'80년 광주' 이후, 문학과 사회에 대해 김현이 설정했던 이론적

---

[61]　원출처 미확인. 김현, 「반성과 야유」.
[62]　『전집』7, 14쪽.
[63]　김현은 평소에 상당한 애정을 표명했던 시인 정현종을 회고하면서 김수영을 떠올린다. 자신이 애정을 가졌던 존재로부터 연상되는 타자란, 주체에게 상당한 관심의 대상이었다는 것을 암시한다. "나는 개인적인 고백이지만 그(정현종—인용자)의 눈과웃음을 가장 좋아한다. 그의 눈처럼 맑고 깨끗한 눈을 나는 김수영에게서도 찾아볼 수 있었지만 그는 그처럼 맑게 웃지는 않았었다."(3 : 454) (강조—인용자)

지평의 난관에서, 김수영이라는 존재는 자신의 곤경을 헤쳐 나갈 어떤 출구를 보여줄 타자일지 모른다고 김현은 생각했던 듯하다. 말 걸고 싶은 타자가 김현에게는 김수영이었을지 모른다. '80년 광주'를 거치면서 김현이 김수영론을 다시 시도한 것이 이런 추측을 낳게 한다. 1980년 이후 한국의 현실과 문학에 대해 김현이 김수영으로부터 어떤 대답을 얻었는지 구체적으로는 알 수 없지만, 김수영과의 대화를 통해서, 김현이 김수영에게서 발견한 것은 김수영의 정직성으로부터 올라오는 치열성이었다. 또한 김수영의 정직성이라는 진정성의 항목에서 공감의 영역을 김현이 발견한다는 점에서 김현 비평의 주요한 지표가 '진정성'임을 확인할 수 있었다.

지금까지 김현 비평의 특징인 '대화로서의 비평'의 양상을 살펴보았다. 이런 의미로 우리는 그의 비평을 '대화적 비평'이라 부를 수 있을 것이다. 비평가 김현의 이와 같은 특징은 '독서가로서의 김현'의 실제 독서법과 무관할 수 없다. 다음절에서 김현의 독서법에 대해 알아보도록 하자.

3. 제강의 꿈 : 온몸의 시학

김현 비평은 문학경험 중심적이라고 말했다시피, 그의 독서방식은 독서가로서의 입장과 비평가로서의 입장이 만나는 구체적 현장을 보여준다. 또한 김현의 독서법은 그의 비평세계의 핵심과 전모의 실질적 현장이기도 하다.

'행복한 책읽기'라는 제목으로 출간된 김현의 유고 일기는 그의 독서일기로 보는 것이 합당할 것이다. 김인환이나 그의 제자들이 특별히 그를 엄청난 독서가로 이야기하는 것을 차치하고라도 김현의 『행복한 책읽기』를 따라가다 보면 그가 얼마나 많이, 그리고 어떻게 읽었는가를 짐작할 수 있다.

① 그 헌책방의 소설책들을 거의 다 읽어냈다. 읽었다고는 하지만, 지루하고 무슨 소린지 잘 알 수가 없는 지문(地文)은 성큼성큼 뛰어넘고, 멋진 대화같이 느껴진 것만을 읽어가는 괴상한 독법으로 읽은 것이었다. (1 : 39)[64]

② 몇 권의 시집을 쌓아놓고, 천천히 읽는다. 의무적인 책읽기가 아

---

64 원출처는 김현, 「왜 문학은 되풀이 문제되는가」, 『문학과 지성』, 1975 겨울.

니니까, 읽다가 재미있으면, 더 천천히 읽고, 재미없으면 마구 넘긴
다.(15 : 201)[65]

③ 비평가의 가장 큰 고민은 읽어야 할 책은 너무나 많고 거기에 대
해 생각할 시간은 너무나 적다는 것이다. 그래서 성급해지거나 게을러
진다. 둘 다 좋지는 않은 태도이다.(15 : 185)[66]

①은 김현이 자신의 어린 시절을 회고하면서 나오는 구절이고
②와 ③은 1989년에 씌어진 독서 일기의 한 대목이다. 김현 자신
의 진술을 그대로 따라서 ①과 ②를 비교해 볼 때, 유년시절의 읽
기방식이나 비평가라는 직업을 갖고 난 후의 읽기 방식에 커다
란 차이는 없어 보인다. 물론 어린 시절의 독자 김현과 성인이 된
독자 김현의 수준에 차이는 있겠으나 여하간 독자로서 읽고 있
는 책이 마음에 들면 집중해서 읽고, 마음에 들지 않으면 대강 훑
어보았다고 김현은 진술하고 있다. ①이 비평가가 되기 이전의
읽기 방식이므로 제외한다고 하더라도, ②의 읽기 방식인 재미
있으면 더 천천히 읽고 그렇지 않으면 마구 책장을 넘긴다는 독
서방식은 김현의 일상적인 읽기방식으로 볼 수 있을 것이다.

문제는 ③에서의 김현의 진술처럼 비평가로서 읽어야 할 책들

65　원출처는 1989년 6월 1일자 일기.
66　원출처는 1989년 3월 9일자 일기.

은 너무 많았다는 것에 있다. 독서가로서의 일상적인 읽기방식은 그의 말처럼 "의무적인 책읽기"가 아닐 수 있지만 비평가로서 읽어내야 할 책읽기라는 것은 "재미있으면, 더 천천히" 읽는 읽기의 즐거움에 탐닉할 수 있는 상황만을 제공하지 않는다. '비평가가 읽어야 할 책은 너무 많고 생각할 시간은 너무 적다'는 그의 고민은 근대의 모든 비평가들의 공통된 고민이라 할 수 있을 것이다. 한국의 1970년대 비평에 대해 논하면서 김현은 다음과 같이 진술한 바 있다.

> 여러 계층의, 여러 분야의 독자들이 정치적 상황의 압력이 가혹하면 가혹할수록 문학비평에 더 많은 것을 요구해왔다. 비평가에게 그것은 부담이며 동시에 즐거움이다. 부담이라는 것은 그 요구가 문학 작품의 비문학적 독법을 강하게 요구하기 때문이고, 즐거움이라는 것은 문학 비평가에게 주어진 기대가 그만큼 크기 때문이다. (4 : 336)[67]

3선 개헌과 유신체제로 시작된 1970년대에 문학비평에 대한 사회의 기대는 정치적 압력이 가혹할수록 커져갔다. 비평가 스스로 사회가 비평에 거는 기대가 컸다고 언급할 정도로 문학비평의 영향력이 강력했다는 것을 보여주는 이 진술에서 우리는

---

[67] 원출처는 김현, 「비평의 방법—70년대 비평에서 배운 것들」, 『문학과 지성』, 1980 봄.

정치적 억압이 가혹했던 시기에 비평가에게 "비문학적 독법"이 강하게 요구되었다고, 김현이 생각하고 있다는 점에 주목해야 한다. 비문학적 독법을 비평가에게 요구하는 것이 부담이라고 김현은 우회적으로 말하고 있지만 김현이 직접적으로 말하고 싶은 것은, 문학을 "비문학적"으로 읽는 것을 그가 원하지 않는다는 점이다.

그렇다면 김현이 원하는 독법은 비문학적인 아닌, '문학적 독법'이었다는 말이 된다. 그리고 더 나아가 정치적 억압이 가혹한 사회가 비문학적 독법을 요구했다고 한다면 김현이 원하는 '문학적 독법'은 정치적 억압이 가혹한 사회에서 비평으로서의 기능과 역할을 제대로 수행할 수 없는 것은 아닌가 검토되어야 할 것이다.

우선 김현이 생각한 문학적 독법이 무엇인지 알기 위하여 그가 "좋은 독서"라고 명명한 것을 살펴보도록 하자.

사실상 독자들은 작품을 읽을 때에 개인적인 즐거움을 느끼며 동시에 작품이 주는 충격에 의해 자신의 삶을 반성한다. **쾌락과 반성은 좋은 독서의 안과 밖을 이룬다.**(2 : 157)[68] (강조―인용자)

독서 과정 중의 쾌락이란 텍스트와의 합일의 체험에서 오는

---

68 원출처는 김현, 「문학이란 무엇인가 1」, 『한국문학』, 1973.11.

것이며, 반성이란 합일의 체험을 통해 '자기를 돌아보는 것'이다. 김현은 독서의 여타 다른 기능들을 다 배제한 채 "쾌락과 반성"을 좋은 독서의 요건으로 꼽고 있다. 이로써 우리는 김현이 바람직하지 못한 '나쁜 독서'를 상정하고 있었다는 것을 알 수 있다. 그가 말한 "비문학적 독법"이란 곧 이 '나쁜 독서'에 해당한다고 할 수 있을 것이다. 그렇다면 비문학적 독법은 좋은 독서의 기능인 쾌락과 반성을 독자로 하여금 경험하지 못하게 한다고 김현은 생각하고 있었던 것이다. 김현의 입장에서 볼 때 비문학적 독법에는 독자의 쾌락과 반성이 존재하기 어렵다. 쾌락과 반성의 주체가 독자라는 관점에서 볼 때, 김현은 독자라는 '개인의 부재'가 곧 비문학적 독법을 야기한다고 본 것이다. 바꿔 말하면 김현이 보기에, 독자라는 '개인'이 존재해야 문학적 독법이 가능하다.

김현의 프랑스 문학 연구서 중 하나인 『제네바학파 연구』(1986)의 부제는 '제강의 꿈'이다. 전집 편집자는 『제네바학파 연구』가 김현 자신의 "자기분석"(9 : ⅴ)이라고 명시한다. 이는 제네바 학파의 비평이 기본적으로 작가와의 동화를 전제로 하는 비평이란 점에서 타당한 해석이다. 또한 김현 문학비평의 한 축이 불문학이라는 것을 확인할 수 있다. 황현산 역시 김현과 제네바학파의 친연성을 논한 바 있다.[69] 이처럼 김현의 제네바 학파 연구에 대

---

69 황현산, 「르네의 바다」, 『문학과 사회』, 1990 겨울.

한 논의는 주로 김현의 '프랑스 문학'과의 연계성에 초점이 놓여 있다. 그러나 『제네바학파 연구』의 부제를 김현 스스로 '제강의 꿈'으로 붙인 것에 대해서도 우리는 주목할 필요가 있다. 우선 '제강'에 대해서 알아보자.

이곳의 어떤 신은 그 형상이 누런 자루 같은데 붉기가 빨간 불꽃같고 여섯 개의 다리와 네 개의 날개를 갖고 있으며 얼굴이 전연 없다. 가무를 이해할 줄 아는 이 신이 바로 제강이다.[70]

제강(帝江)에 관한 김현의 첫 언급은 그의 독서일기에서 확인할 수 있다.[71] 중국에서 전해져 내려오는 신화라 할 수 있는 『산해경』(정재서 편역)을 읽고 김현은 흥미롭다면서 몇 개의 희귀한 상상적 존재들을 일기장에 적어둔다. 그 중 하나가 제강이다.

신(神)으로 불리지만, 그림에서 보듯이 제강은 얼굴이 없다는 점에서 볼 때 온전한 존재가 아니다. 인간의 시각에서 볼 때 제강은 태생적으로 결핍이 숙명인 존재다. 완전하지 않은 결핍의 존재라는 점에서, 김현은 제강에게서 자기와 같은 '인간'을 본 것이라 할 수 있다. 김현이 『산해경』에 나오는 희귀한 존재들이 다 "인간과 관계되어"있다고 한 것은 '완전하지 않은 인간'과의 유사성 때문이었을 것이다. 따라서 김현이 제강에게 특별한 관심을

70　정재서 역주, 『산해경』, 민음사, 1985, 90쪽.
71　『전집』 15, 19쪽.

보인 것은 제강과 자신을 동일시하는 측면때문이었던 것으로 보인다.

제강은 얼굴이 없다. 즉 머리가 없는 존재다. 그럼에도 불구하고 가무를 이해하는 신이다. 머리가 없어서 몸으로 가무를 이해할 수밖에 없는 숙명을 지닌 '제강의 꿈'은 결과적으로는 온몸으로 가무를 이해하는 것이다. 온몸으로 예술에 참여함으로써 예술을 이해해야 한다. 그렇다면 제강과 자신을 동일시한 김현에게 있어 문학에 대한 이해는 '온몸'으로 이루어져야 한다. 그런 의미에서 '온몸의 시학'은 김현의 문학 읽기의 방법론인 셈이다. 온몸으로 문학을 이해해야 한다는 것은 문학 독자에게 존재론적 참여를 요청하는 것이라 할 수 있다. 독자 자신의 존재론적 참여로써 '텍스트를 다시 사는' 경험은 김현의 경우, 독서가로서의 욕망 충족이기도 하다. 즉 온몸으로 텍스트에 참여하여 텍스트를 읽어내는 것은 바로 '김현의 꿈'이다. 김현이 글쓰기에서의 "진실 내용은 전이성적 관계에서 이해되는 것이지, 이성적 관계에서 이해되는 것은 아니"(1 : 68)라고 말할 때, 독자로서의 읽기에는 이성적 관계만으로 파악되지 않는 삶을 파악하기 위해 전이성적 관계가 요청됨을 강조하는 것이라 할 수 있다. "전이성적 관계" 의 이해란 곧 '온몸'으로의 읽기인 것이다.

김현이 읽기에서 추구하는 '온몸의 시학'은 근대의 이성주의의 논리로는 설명되기 어렵다. 그러므로 이 맥락에서 '꿈'이라는 용어는 자연스럽다. 근대의 이성주의와 거리두기를 하는 이와 같은 '김현의 꿈'은 근대 이전의 사유들이나, 근대 이전의 사유에 영향을 받은 논의들[72]과 관련되어 있다. 이런 사유들은 주체와 객체의 만남을 대립이 아니라 협력으로 본다. 이런 관계 속에서 주체인 정신은 객체인 현실에 능동적으로 참여하고 객체에 내재한 명료성을 겉으로 드러냄으로써 객체만이 아니라 주체 자신의 힘까지 알찬 자기실현으로 이끈다. 이런 사유에서, 경험은 우리가 세상에 몸으로 참여하는 정도에 따라 달라진다.[73]

주체와 객체의 관계를 대립이 아닌, 관계와 연장으로 보는 이와 같은 사유에 기반한 독서법은 근대의 비평가에게 쏟아지는 엄청난 읽을거리를 고려할 때, 하나의 '꿈'일 수 있을 것이다. 로버트 단턴은 롤프 엥겔징에 의해 주장되는 18세기 말에 있었다는 독서혁명을 언급하면서, 18세기의 읽기 방식에 어떤 변화가 있었다는 것은 사실이지만 독서혁명 자체는 가짜라고 언급한다.[74] 하지만 독서혁명은 인쇄술의 발달에 힘입어 근대 이전과는 달라질 수밖에 없는 근대의 독서 상황을 설명해준다는 점에서 독서법의 변화양상으로서는 염두에 둘 수 있다. 이때의 독서

---

72 대표적으로 전자의 인물들로 아퀴나스, 아우구스티누스, 안셀무스 등을 꼽을 수 있으며 후자의 인물들로는 아도르노, 하이데거, 비트겐슈타인 등을 들 수 있다.
73 테리 이글턴, 앞의 책, 105~111쪽 참고.
74 로버트 단턴, 「독자들은 루소에 반응한다—낭만적 감수성 만들기」, 조한욱 역, 『고양이 대학살』, 문학과지성사, 1996, 353쪽.

혁명이란 광범위한 독서, 즉 다독을 의미한다. 그렇다면 광범위한 독서와 대비되는 그 이전의 독서에는 어떤 것이 있었는지 보도록 하자.

읽을거리가 많지 않았던 시기의 독서는 집중적인 독서법을 가능하게 한다. 반복적인 읽기를 통해서 정신적 훈련을 행하며, '독서'와 '삶'과 '사랑'을 일치시키고자 한다. 이반 일리치는 『텍스트의 포도밭』에서 대학이 세워지기 이전까지의 독서법인 13세기의 '수도사의 독서'를 소개한다. '수도사의 독서'는 영혼의 형성 및 독서인 자체의 존재 변화에 관심을 두는 독서 방식을 의미한다.[75] 집중적이고 반복적인 독서를 통해서 영혼의 구원이나 독서와 삶의 일치를 통한 자기 삶의 변화를 추구하는 이 독서법은 삶의 초월적 영역과 관계된다. 이는 독자의 의식이 책과 하나 되는 과정 속에서 창출된다. 이때 독자의 의식을 병합시키는 것은 그가 의식을 빼앗겼다는 의미가 아니라, 타인의 의식과의 일치를 통한 참여 속에서이다. 독자가 작품에 참여하는 것은 이제 지금 만들어지고 있는 그 무엇의 진행과정에 참여함과 같다. 존재가 되어 가는 텅 빔, 그 내밀성에 참여하는 것이다.[76] 이와 같은 내밀성에 참여하고자 하는 독자의 의지는 스스로를 다른 차원으

---

75 Ivan Illich, "Monastic reading", *In the Vineyard of the Text,* University of Chicago Press, 1993.

76 모리스 블랑쇼, 박혜영 역, 『문학의 공간』, 책세상, 1990, 278쪽.

로 넘나들게 하려고 한다는 점에서 초월에의 의지를 갖고 있다고 할 수 있다. 따라서 독자는 작품세계를 나의 세계로 '다시 경험'한다는 의미의 체험을 통해서 초월의 영역에 도달하려고 한다. 광범위한 독서와 대비되는, 이와 같은 독서법은 요컨대 자기 삶의 변화를 추구하며 초월적 영역과 관계하는 것인데, 방법적으로는 독자의 존재론적 참여에 의한 것이다. 김현은 이런 독서법과 다를 바 없는 독서를 "좋은 독서"의 과정으로 명명했던 것이다. 김현이 언급한, 쾌락과 반성을 야기하는 "좋은 독서"의 과정에는 존재론적 참여가 요청되기 때문이다.

김현은 좋은 독서로부터 쾌락과 반성이 가능하다고 보았던 것이고, 이를 통해 읽기의 즐거움을 경험할 수 있다고 본 것이다. '텍스트의 즐거움'은, 바르트도 이야기했듯이, 그것은 감각으로 읽어야만이 잡힌다.[77] 황지우는 김현의 독서법에 대해 다음과 같이 서술한다.

김현은 텍스트를 자기 **마음**으로 읽는 비평가이다라고 앞서 쓴 것은 조금 고쳐져야 하겠다. 그는 그것을 자기 **감각**으로 읽는 비평가이다. 반복하면, 그는 그것을 자기 **육체**로 읽는다. 텍스트는 그의 감각을 유인하며, 그것이 의미의 전체성을 이해하는 데 문제가 되는 주제, 또는

---

77 롤랑바르트, 김화영 역, 『텍스트의 즐거움』, 동문선, 1997, 64쪽 참고.

이미지를 만나게 되면 그의 감각의 전신이 민감하게 울리는 것이다. 주제, 이미지를 그는 꼭 자신의 감각의 감광판에 대어본다.[78] (강조— 인용자)

텍스트를 '마음'으로 읽는 것에 더하여 '감각'으로 더 나아가 '육체'로 읽는다고 했을 때, 그런 독자에게 마음은 곧 감각인 것이고 감각은 곧 육체이다. 그러므로 황지우는 '마음 = 감각 = 육체'로 텍스트를 읽는 '온몸의 시학'의 구현자로 김현을 평가한다. 그런데 김현의 독서가로서의 즐거움은 지속가능한 상태로만 있지 않다는 점에서 문제적이다. '온몸의 시학'을 구현하는 독법의 이론적 의미가 분명해지지 않는다면 존재론적 참여를 이루어내는 독법이라는 것은, 비평가에게는 '이루어지지 못할 꿈'에 불과하게 될 것이다. 따라서 김현에게는 '온몸의 시학'에 기반한 독법의 역할과 의미를 이론화하는 것이 요청되었던 것이다.[79] 김현은 '공감의 비평'이라는 자신의 비평적 이념에 대해서 바슐라르, 제네바 학파 등의 연구를 통해 이론화 작업을 수행했다고 할 수 있을 것이다.

'이론적'이란 것은 추상적인 것을 의미하는 것이 아니라 반성

---

78 황지우, 앞의 글, 197쪽.

79 김현은 어떤 방법론 없이 비평을 하는 것이 불가능하다고 여겼다. "작품을 어떤 방법에 의해 분석하지 않고 분석한다는 것은 공허한 동어 반복이다."(4 : 308)

적인 것, 즉 자신을 되돌아보는 것을 의미한다. 자신을 되돌아보는 담론은 바로 이 '이론적인 것'에 의해서 가능하다.[80] 따라서 존재론적으로 참여함으로써 독서에 몰입하고 집중하는 김현의 독서 방식은 그에게 하나의 방법론이었던 것이다. 궁극적으로 그에게 쾌락과 반성을 가져오는 '과정'에 존재론적 참여가 요구되는 독서법의 구체는 놓여 있다.

김현 비평에서 '대화'는 지금 마주한 타자에게 도달하여 '서로 이야기한다'는 것이다. 이야기를 지속시킴으로써 도달해야 하는 것은 궁극에는 자신의 '마음'에까지이다. 더 구체적으로 말하면 자신의 '마음의 비판적 습성'까지에 이르러야 한다. 이는 그의 말처럼 '자기 됨의 근거를 밝힌'다는가 '몽상의 영역'으로 들어간다든가 하는 문제로 자기의 영혼의 고양에 관심을 둔다는 점에서, 그의 책읽기 방식은 궁극적으로는 존재론적 변화를 목표로 하게 된다. 그래서 그는 자신의 비평을 '공감의 비평'이라고 칭할 수 있었던 것이다.

그의 대화적 이념은 '공감'을 지향한다. 그런데 여기서 '공감을 지향한다는 것'은 공감을 '향해' 있는 것이지, 공감에 도달한다는 '목적' 자체에 있는 것이 아니다. 타자와의 "교감이란 종교의식적인 요소들을 내포하는 경험이 개념을 기록"[81]하는 과정으로서

---

80 엘리자베드 프로인드, 「리챠즈를 다시 논함」, 신명아 역, 『독자로 돌아가기』, 인간사랑, 2005, 78쪽.

존재하기 때문이다. 그렇다면 김현의 독서법의 하나인 공감하기 '위해' 읽는 것이란 김현에게 구체적으로 어떤 읽기 방식인지, 공감을 지향하는 김현의 대화 과정을 살펴보도록 하자.

공감을 불러일으킬 수 있는 독자의 조건은 일단 그의 자아가 '유동적 자아'여야 한다. 유동적 자아만이 낯선 타자의 차원으로 넘나듦을 가능하게 한다. '고정된 자아'를 소유한 독자일 경우, 공감하는 읽기는 시작조차 될 수 없다. 다른 차원으로 넘나듦을 가능하게 하는 유동적 자아의 반대항인 고정된 자아는 유동적 자아처럼 타자를 경험할 수 없다. 왜냐하면 고정된 자아는 자기를 움직여 타자에게로 들어가는 순간 자체를 경험하지 못하기 때문이다. 다시 말하자면 독서 중의 상상력이라는 것이 거의 작동하지 않는다고 할 수 있다.

공감을 지향하는 자아에게 중요한 것은 타자를 경험한 유동적 자아가 궁극적으로 자아로 복귀한다는 점에 있다. 타자에 대한 경험은 동일자가 변화하여 스스로를 타자로 재발견하는 운동이다. 다시 말해 이는 타자되기의 베일을 쓰고 있으나 실제로는 진정한 '자기되기'의 과정을 달성하기 위해서 자아는 자신이 아닌 것, 혹은 최소한 그렇게 보이는 것을 경험해야 한다는 것을 의미한다.[82] 그럼으로써 독서 경험은 존재변환의 순간을 체험함으로

---

81 발터 벤야민, 「보들레르의 몇 가지 모티브에 관해서」, 반성완 역, 『발터 벤야민의 문예이론』, 민음사, 1983, 150쪽.

써 자기의 자아로 복귀하게 되는 것이다. 이를 도식화를 무릅쓰
고 말하자면, 다음과 같다.

> 첫째, 자아가 타자에로 들어가는 단계이다.
> 자아는 타자에로 들어갈 수 있을 정도로 유동적이어야 한다.
> 둘째, 타자에게로 들어간 자아는 타자에 대해 체험한다.
> 이것이 독서에서의 대화라고 일컬어지는 단계이다.
> 셋째, 대화 후 자아는 새롭게 확장된 자아로서 자기로 복귀한다.

이 세 단계는 모두 독자의 상상력이라는 자질과 관련된다. 다
시 말해서 유동적 자아의 조건은 바슐라르적 의미에서의 '물질
적·역동적 상상력'이 활성화될 때에라야 가능해지는 것이다.
이러한 상상력이란 이미지를 재현하는 텅 빈 구멍이 아니라, 상
상하려는 의지, 상상하는 것을 살려는 의지[83]임을 고려할 때, 유
동적 자아의 상상력이란 개인의 열망과 관련된다. 바슐라르의
표현대로 "상상력과 의지는 같은 심오한 힘의 두 국면이다. 상상
할 줄 아는 자는 원할 줄 안다."[84] 그러므로 열림의 경험, 새로움
의 경험을 열망하는 독자의 상상력은 물질적 상상력으로 활성화

---

82 앙트완 베르만, 윤성우 외역, 『낯선 것으로부터 오는 시련』, 철학과현실사, 2009, 90쪽.
83 『전집』 9, 129쪽.
84 바슐라르의 진술은 김현 『전집』 9권의 「행복의 시학―바슐라르의 원형론 연구」에
    서 재인용한 것이다.

되는 것이다. "물질적 상상력은 그것의 형태를 변모시키고 대상의 내면으로 깊이 들어갈 수 있다는 점에서 물질적일 뿐만 아니라 역동적"(9 : 130)이라고, 바슐라르의 논의를 정리하는 김현의 진술은 그의 온몸의 시학에 기반한 독서법의 첫 단계인 유동적 자아의 상상력을 말해준다.

확고한 이성의 구제와 제어, 그 간섭 작용에 의해 조성된 심적 자아와 결별하고, 내적 부유함과 풍요함, 내적 자아의 자발적 유출을 이끌어내기 위해선, 무의식이 스스로 자기를 텅 비게 해야 한다. (…중략…) 이런 초현실주의가 가장 잘 나타나는 형태는 '대화'에서이다. 두 개의 딴 뇌에서 만들어진 두 개의 생각이 맞부딪칠 때이다.(12 : 74)[85]

인용문에서 말하는 무의식이 "자기를 텅 비게 해야 한다"는 것은 사실 '유동적 자아'의 조건과 같다. 내적 자아의 자발적 유출의 가능조건이 바로 '자기 비우기'인 셈이다. 자기로 돌아오기 위해서 자기를 비워야 한다는 것이다. 이는 자기로부터 내적 충만함을 끌어내기 위해 자기를 벗어나야 한다는 것으로, 초월을 지

---

[85] 원출처는 김현, 「초현실주의 연구」, 서울대 문리대 불문과 졸업논문, 1964. 김현의 학부 졸업 논문이 이 글이고, 대학원 석사 졸업 논문은 「Le Vomissement de Céline」 (김광남, 1966)이다. 당시에는 불어로 석사논문을 썼던 것을 알 수 있다. 『전집』 12권에는 「Le Vomissement de Céline」(1966)의 한글본인 「셀린과 사르트르에 나타난 구토 연구」(1967)가 실려 있다.

향하는 독서의 조건 자체가 역설적이라는 것을 보여준다.

이런 역설을 체화하는 자아가 두 번째 단계에서 타자로 들어간 경우, 그 유동적 자아는 "이상적 자아"[86]에 대한 기억을 보존하는 자아이다. 따라서 타자와의 대화 속에는 자아의 다양한 판단이 개입되는데 거기에는 자아가 보존 중인 이상적 자아에 대한 기억이 상당 부분을 차지하고 있다는 점에서 그들의 대화는 역동성을 갖출 수 있게 되는 것이다. 자아가 보존 중인 이상적 자아에 대한 기억과의 관련 속에서 이들 대화의 공감의 특성이 결정된다.

단순하게 생각한다면 일치하는 지점이 발생할 때 공감이 생겨나고 반대의 경우에 공감이 발생하지 않을 것으로 예상되지만, 읽기의 영역에서의 공감이란 바슐라르적인 물질적 상상력의 작동이라는 점에서 이런 예상으로는 설명될 수 없다. 자기로 복귀하는 세 번째 단계에서 공감의 특성이 결정된다고 할 수 있는데, 타자와의 역동적 관계 속에서 어떠한 경험을 한 자아로서 복귀하는가의 문제는 단순히 타자와의 일치 여부에서 결정할 수 있는 것은 아니다. 타자와의 일치 속에서 공감 여부가 결정되는 것이 아니라, 타자와의 대화 속에서 자아가 보존 중인 이상적 자아

---

[86] 이상적 자아의 형성은 다양한 경험을 토대로 이루어진다. 이상적 자아는 독자의 책 읽기 경험은 물론이려니와 독자의 의식적, 무의식적 삶의 경험 전체를 포괄하여 형성된다.

의 기억을 얼마나 역동적인 상상력으로 변모시킬 수 있는가의 여부가 공감의 특성을 결정한다.

중요한 것은 '자기로 돌아오는 자아'는 공감의 특성에 따라서 반성적인 특성을 지닌다는 점이다. 이해하고 해석하는 자신을 되비추는 존재에 관한 해석이라는 점에서 김현이 강조하는 독자의 주관성이란 반성으로서의 주관성을 뜻한다. 그렇지 않다면 자아는 영원히 고정되어 있는 존재이며, 이때 자아의 주관성이란 상상력의 매개체가 아니라는 점에서 "공감의 대화"를 이뤄낼 수 없을 것이다.

> 원이 사변철학의, 즉 자기 자신에만 입각하는 사고의 상징이자 문장이라면, 타원은 감성적 철학, 즉 직관에 입각하는 사고의 상징이다.[87]

윗 구절은 한스-마르틴 자스의 진술이다. 김현은 『제네바학파 연구』의 부제를 '제강의 꿈'으로 정한 후, 두 개의 제사를 나란히 배치했다. 하나의 제사는 앞서 본 제강을 소개하는 이야기이고 나머지 하나는 한스-마르틴 자스의 윗 구절이다. 두 개의 제사가 나란히 배치되고, 하나는 책의 부제로까지 삼았다. 자스의 윗 구절은 부제로 나란히 배치된 '제강'에 관한 설명으로 보기에

---

[87] 한스-마르틴 자스, 정문길 역, 『포이에르바하』, 문학과지성사, 1986, 97쪽.

무리가 없을 것이다. 선별적으로 제사를 배치하는 데 있어서 아무런 의도가 없었다고 보기는 어렵기 때문이다. 다음은 김현이 자신의 일기에 적어놓은 구절이다. 자스의 원문대로 옮긴 윗글과, 조금 다른 아래의 글을 비교해 읽어보자.

원이 사변철학의, 즉 자기 자신에만 입각하는 사고의 상징이자 문장이라면(거기에는 머리라는 하나의 중심점이 있으므로—인용자),[88] 타원은 감성적 철학, 즉 직관에 입각하는 사고의 상징이다.(거기에는 머리와 가슴이라는 두 개의 중심점이 있으므로—인용자) (15 : 20)[89]

자스의 원문과 다른 괄호 안의 말들은 김현의 의도를 보여주고 있다. 김현은 '제강'이 타원이라는 감성적 철학, 직관에 입각한 사고를 상징한다는 것을 자스의 구절을 빌어서 암시하고자 한 것이다. 그렇다면 '제강의 꿈'을 위해서 "머리와 가슴"이라는 두 개의 중심점 중에서 어느 하나에 두드러진 무게중심을 두어서는 안 된다. '온몸의 시학'에 기반하여 텍스트를 읽고자 하는 '제강'의 꿈은 탈중심을 통하여 타자의 중심으로 스스로 이동해야 한다. 중심점이 하나인 원의 경우, '이동'이 불가능하다. 그러나 타원의 경우, 중심점이 두 개이므로 타자로의 '이동'이 상징적

---

88 여기서의 '인용자'는 김현 자신을 뜻한다.
89 원출처는 1986년 3월 1일자 일기.

으로 가능하다는 것을 암시한다. 즉 타원을 상징하는 감성적 철학에서 자아는 타자로의 이동이 가능하다는 것을 뜻한다. 상징적 차원에서 타자로 이동한 자아의 주관성의 목적은 궁극적으로는 교감을 토대로 자기를 되돌아보는 것에 있다. 이는 반성을 야기하고 궁극적으로 자기분석에까지 이른다. 이와 같은 김현의 독서법의 특징은 다음과 같은 독서에 고스란히 드러난다.

그는 바슐라르에게서 인간은 행복하게 숨쉬게 되어 있다는 행복의 시학을 배우며, 풀레에게서 작가의 표현에 동화되어가는 독자의 즐거움을 배운다. 그래서 그는 저주 받은 시인들에게서 행복의 시도, 투기를 찾아내며, 한 작가의 표현이 울려내는 갖가지 울림에 대단히 민감하게 반응한다. (⋯중략⋯) "위대한 문학이라면 바로 그런 순간으로부터 행복한 관계의 선택된 영역을 이룰 것이다"와 같은 그의 단언은 그가 바슐라르와 풀레의 아들임을 분명하게 보여준다. 그러나 **그**(작가이름을 '그'로 바꿈. 이하 동일 – 인용자)는 바슐라르와 풀레의 영향을 받았으면서도, 그들과 다르다. (⋯중략⋯) 그가 생각하기로는 목록이나 범주는 여러 울림을 단일화시키고 논리화시키는 경향을 갖기 마련인데, 작품이야말로 그런 논리나 단일화를 벗어나는 움직임 그자체이다. 그런 의미에서, **그**는 문학 일반론을 수립하려고 애를 쓰는 비평가가 아니라 작품을 잘 읽는 것으로 행복감을 느끼는, 바슐라르나 바르트가 꿈꾸었지만 실현하지는 못한 시도를 실현한 비평가이다.

그에 의하면, "작품을 읽는다는 것은 (여러 측면의 경험 사이에 자리 잡는 여러 가지 경험의) 메아리들을 자극하고 이 새로운 관계들을 포착하여 여러 가지 병행되는 요소들의 다발을 연결하는 것이다." 그렇게 읽으려면 천천히 꼼꼼하게 읽을 수밖에 없다. 그가 그의 책읽기를 꼼꼼한 책읽기라고 부르고 (…중략…) 그는 꼼꼼하고 자세하게 읽는다. 꼼꼼하고 자세하게 읽는다고 해서 작품의 모든 의미 현상이 다 밝혀지는 것은 아니다. 꼼꼼함, 자세함도 의도된 꼼꼼함, 자세함이다. 그것은 의도되지 않은 것들까지 드러내지는 못한다. 그의 꼼꼼함은 "문학창조의 최초의 순간"을 찾아내려는 꼼꼼함이다. (9 : 247~248)[90] (강조―인용자)

바슐라르로부터 행복의 시학을 배웠다고 말하는 것, 자신의 꼼꼼함이 모든 것을 다 밝혀내겠다는 꼼꼼함은 아니라는 것, 그리고 논리나 단일화를 벗어나려 한다는 것 등의 구절을 읽을 때, 밑줄 친 '그'는 마치 김현을 지칭하는 것으로 생각되기 쉽다.

그러나 위의 인용문은 『제네바학파 연구』에서 김현이 리샤르를 분석하고 있는 대목이다. 마치 김현이 자기자신을 분석하듯이 리샤르를 분석하고 있는 것이다. 그렇기 때문에 '리샤르'의 이름에 '김현'을 넣어도 무리없이 읽힌다. 그런 점에서 김현이 제네

90　원출처는 김현, 「제네바 학파의 몇몇 업적들」, 『제네바 학파 연구―제강의 꿈』, 문학과지성사, 1986.

바 학파를 통해서 "자기 분석"(9 : v)을 행하고 있다는 말이 나올 수 있었을 것이다. 이 점에서 김현의 자기화 능력은 탁월하다. 김현의 제네바학파 분석만이 아니라 김현이 스스로 '공감의 비평'이라 칭했던 비평의 경우, 김현은 '대상을 분석하여' 자기를 바라본다.[91] 김현이라는 비평가의 손에서 자기화가 이루어지지 않는 경우란 거의 없다. 가령 김현이 전적인 공감을 표하지 않는 시인에 대한 평론에서도[92] 자신을 돌아보는 김현이 드러난다.[93] 그러나 김현의 '자기화'는 타자를 경유한 자기화라는 점에서 '독서 후의 자기'로서 개진된다.

그럼에도 불구하고 김현의 입장이 강하게 드러난다는 점에서 그의 비평은 과도한 주관주의적 비평으로 비판받기도 한다. 이에 대한 김현의 입장은 다음과 같다.

---

91 대표적으로 「속꽃 핀 열매의 꿈―김지하에게」(1986)를 들 수 있다. 이 글은 『전집』 7권에 실려 있다.

92 신경림론인 「울음과 통곡」(1987)을 꼽을 수 있다(『전집』 7). 글의 초반에서부터 신경림에 대한 선입견으로부터 자유롭고자 했다는 것을 밝히면서 김현은 신경림 시세계를 한국문학사 흐름과 관련지어 통시적으로 평가한다. 뿐만 아니라 신경림의 시세계는 시적 공간이 아니라 시로서 수필의 세계를 지향하는 것이라고 논의하기도 한다.

93 신경림의 시세계가 개인이 없고 통개인적 시간들로 이루어져 있다는 것을 김현이 우회적으로 비판할 때, 역사적 개별성이 사라진 세계에 대한 김현의 비판적 입장은 다음과 같은 진술로 드러난다. "자신의 개별적 체험을 숨기는 한, 삶이란 도도히 흘러가는 강물일 수밖에 없으며, 역사적 사건이란, 놀라워라, 빗소리, 천둥 소리에 지나지 않을 것이기 때문이다."(7 : 88) 이와 같은 김현의 입장은 개체의 구체성과 전체의 역사가 매개될 때 참다운 문학적 형상화가 이루어지는 것이라는 점에서 타당한 비판일 수 있다. 김현의 이런 비판으로 볼 때, 김현이 개인의 구체적인 정서와 감정을 얼마나 중시했는지 알 수 있기도 하다.

주제분석의 주관적 성격에 대해 비난할 수 있으나, 모든 이해는 언제나 주관적인 것이며, 내부에서 작업해야 동화될 수 있다는 반론을 제기할 수 있다. 문학에서의 객관성이란 내적 조리정연함일 뿐이다.(9 : 253)

제네바 학파의 구성원인 리샤르의 방법론인 주제분석의 주관성이 비판받는 것에 대해 김현은 이견을 제시하고 있다. "문학에서의 객관성이란 내적 조리정연함"일 뿐이라는 김현의 반론은 사실상 자신의 주관성이 비판받는 것에 대한 자기 변론이기도 하다. 우리가 주목해야 하는 것은 주관성에 대한 김현의 옹호 자체가 아니다. 앞서 살펴본 대로 김현의 주관성이 타자를 경유한 자아라는 점에서, 김현의 주관성에는 타자와의 연대가 전제되어 있다는 점이 중요하다. 이는 타자로부터 절연된 고립적 주관성이 아니라는 점에서도 그러하지만, 문학에서의 객관성이란 내적 조리정연함에 있다는 것의 의미를 해석할 수 있도록 하기 때문이다. 주관성에서 출발해야 객관성에서도 타당성이 존재한다고 김현은 전제하고 있었기 때문에 주관성으로부터 출발하지 않을 경우 문학의 객관성이라는 것에는 접근조차 할 수 없다고 여겼던 것이다. 여기에서 말하는 문학에서의 객관성이란 무엇을 의미하는 것인지 다음 절을 통해서 접근해보도록 하자.

4. 낭만적 독서에서 비평적 독서로

김현은 비평을 "삶을 이해하고 반성하는 정신의 움직임"(2 : 193)이라고 말한다. 그가 종종 잘 쓰는 "마음의 움직임"과 "정신의 움직임"이란 표현은, 그의 문학 경험에서 생성되는 현상학적 순간의 다른 표현일 것이다.[94] 문학경험과 비평은 엄연히 차이를 갖고 있는 것이라고 전제했던 독자들에게 김현의 이러한 비평 방법은 신선한 문학경험이었겠지만, 일반적으로 '비평'이라는 양식의 기대지평으로부터는 벗어난 것이었다. 하지만 앞에서 논의한 김현의 독서법에 의한 비평을 통해서 현상학이 무엇인가에 대한 논의 없이도 현상학의 한 양태를 독자들은 경험했다고 할 수 있을 것이다.

앞에서 언급한 독서란 우선적으로 텍스트의 저자와의 동일화를 기반으로 하는 독서방식이다. 이 같은 독서법은 동일화를 바로 이해의 한 수단[95]으로 삼는 것이다. 독서방식에서 이와 같은

---

94 김현의 무의식과 관련된 것이겠지만, 김현이 "마음의 움직임"이라는 표현을 쓸 때는 그의 독서가로서의 입장이 강조되는 때이고, "정신의 움직임"이라는 표현을 쓸 때는 비평가로서의 입장이 강조될 때이다. 여기서 공통적인 것은 "움직임"이다. 김현에게 비평이란 이론과 체계를 형성하는 것이라고 할 때, 이는 고진의 표현처럼 "경계적 = 위기적 공간"에 서서, 비평은 정해진 입장이 아니라 끊임없는 이동임을 강조하고자 한 김현의 의지가 드러난 것이라 볼 수 있다(가라타니 고진, 박유하 역, 『일본근대문학의 기원』, 민음사, 1997, 245쪽 참고).

95 조르즈 풀레, 「동화의 비평」, 조르즈 풀레 편, 김붕구 역, 『현대비평의 이론』, 홍성신

동일화에의 초대란 남의 생각의 리듬을 연장하려는 것으로 이는 곧 비평적 사고의 첫 주도행위이다.[96] 여기서 우리가 주목해야 하는 것은 동일화에의 초대란 읽기의 과정에서 저자를 독자 안에서 다시 재창조하는 과정이지만, 이것 자체가 비평은 아니라는 점이다. 동일화란 비평적 사고의 첫 단계라는 점에서 비평의 착수과정이다. 이 과정이 변화하여 '비평적 독서'에 이를 때 비평가로서의 목적과 의무에 충실하다고 할 수 있을 것이다. '비평적 독서'와 대비하여 앞서 언급한 독서법이었던 독자의 존재론적 참여에 기반한 독서(온몸의 시학)에 이름을 붙인다고 할 때, 무엇이 적절하다고 할 수 있을까.

김현 비평의 특징을 고려하여 가장 적절한 명명이 되어야 할 것이다. 우리가 지금까지 거론했던 김현 비평의 특징을 열거하자면, 주관성, 상상력, 감정, 진정성, 도구적 근대 이성에 대한 저항 등을 꼽을 수 있을 것이다. 이를 포괄적으로 포섭하는 것은 낭만주의적인 자질이라고 할 수 있을 것이다. 그리고 김현의 '온몸의 시학'에 기반한 독서법의 이론적 기반을 제공한 바슐라르와 제네바 학파의 성향이 낭만주의적이라고 하는 데에는 무리가 없을 것이다. 따라서 '비평적 독서'와의 비교를 위해서 앞 절에서 거론한 김현의 독서법을 '낭만적 독서법'[97]이라 부르기로 하겠다.

서, 1979, 17쪽.
96 위의 글, 17쪽.

‘비평적 독서’가 총체화·체계화를 목표로 하는 독서라면 ‘낭만적 독서’는 개인의 변화, 개인의 역량강화가 일차적 독서의 목표로 설정된다고 할 수 있다. 작품의 변화를 비롯한 문학의 역량강화는 ‘낭만적 독서’와 ‘비평적 독서’가 연계된 비평을 통해서 이루어지는 것이다. 즉 비평은 총체화·체계화 ‘과정’을 통해서 도래할 문학의 가능 조건까지도 논의될 수 있도록 이끄는 것이다. 모리스 블량쇼는 낭만적 독서에서 비평적 독서로 변화하는 과정을 다음과 같이 표현한 바 있다.

> 독자가 작품에 참여하는 것은 이제 지금 만들어지고 있는 그 무엇의 진행과정에 참여함과 같다. 존재가 되어가는 그 텅빔, 그 내밀성에 참여함과 같다. 이러한 독서방식, 마치 그 생성기원으로 향하듯 작품에 현존하는 **이런 방식의 독서**(낭만적 독서—인용자)**가 변하여 비평적 독서가 탄생된다.** 비평적 독서에 의해서 독자는 전문가가 되어, 어떻게 그 작품이 만들어졌는가를 알기 위해 작품을 조사하고 창조의 비밀들과 조건들을 묻고, 작품이 이러한 조건들 등등에 잘 부합하는지 엄격하게 묻는다. 전문가가 된 독자가 거꾸로 작가가 되는 것이다.[98] (강조—인용자)

---

97 이 글에서 ‘낭만주의적’과 ‘낭만적’의 개념적 차이는 두지 않는다.
98 모리스 블량쇼, 앞의 책, 278쪽.

독자가 작품에 참여하여 독서의 과정에서 존재론적인 참여를 시도함으로써 자기를 비움과 동시에 자기를 넘어서는 경험을 하는 것은 '온몸'의 참여를 갈망했던 김현의 독서방식의 하나이다. 그런 의미에서 낭만적 독서방식이라 부를 수 있을 것이다. 그리하여 낭만적 독서에서 비평적 독서로의 변화과정을 체험함으로써 비평가라는 전문독자이자 작가가 등장하는 것이다. 김현이 '좋은 독서'에서 언급한 "쾌락과 반성"을 상기해보자면 낭만적 독서 행위에서 "쾌락과 반성"을 경험하는 독자의 주관성은 궁극적으로 비평적 독서를 향해 열려있는 주관성이라 할 수 있다.

반면에 독자의 주관성이 상상력을 통해서 쾌락과 반성의 감정을 경험하지 못한다면 이는 독서 중의 자아가 주관 안에 갇혀 버린다는 점에서, 궁극적으로 반성 자체가 불가능하다. 사실상 반성이 가능했다면 주관 안에 머무르기만 할 수는 없기 때문이다. 따라서 자아가 주관 안에 갇혀 버린다면 독서의 경험들은 쾌락과 반성이 부재한 개별적 흔적으로만 존재할 것이다. 이에 대한 암시적 발언으로 김현은 "너와 나는, 무서운 일이지만 흔적들이다. 욕망만이 웃는다. 불쌍한 개인성이여"[99]라며 탄식하기도 했다.

비평적 독서란 개인성의 흔적들의 성좌를 연결해 내는 것이다. 체계화·총체화의 작업이 비평적 독서에서 행해지는 것이라

---

[99] 『전집』 6, 212쪽.

할 수 있다. 김현의 경우, 읽기의 세계에서 듣기의 공간을 구현하고자 하는 독서가로서의 욕망이 체계화와 총체화를 지향하는 비평가로서의 욕망과 어떻게 만나는지 보도록 하자.

> 문학은 억압하지 않으므로, 그 원초적 느낌의 단계는 감각적 쾌락을 동반한다. ① 그 쾌락은 반성을 통해 ② 인간의 총체적 파악에 이른다. (1 : 50)[100]

일반적으로 쾌락과 반성은 함께 하기 어려운 특질처럼 여겨진다. 그러나 독서의 경우는 다르다고 할 수 있다. 쾌락이 강력할수록 반성도 강력하게 일어날 수 있는 곳이 독서의 현장이기 때문이다. 낭만적 독서인 ①의 '쾌락은 반성을 경유'한다는 것은 이런 생각의 결과라 할 수 있다. 그리고 ①의 낭만적 독서는 이어서 ②의 총체성 지향이라는 비평적 독서를 이끌게 된다. 요컨대 김현의 "좋은 독서"란 낭만적 독서와 비평적 독서의 협동작업의 결과물인 것이다. 따라서 ①과 ②는 낭만적 독서와 비평적 독서가 비평적 발언으로써 어떻게 나타나고 있는가를 보여주는 전형적 대목이라 할 수 있다. 낭만적 독서행위는 궁극적으로 반성이라는 행위를 이끌어내는 것을 목적으로 하고 있다는 것을 앞서 언

---

[100] 원출처는 김현, 「문학은 무엇을 할 수 있는가」, 『문학과 지성』, 1975 겨울.

급했듯이, ①이 바로 김현의 낭만적 독서행위가 비평으로 등장하는 것이라면 ②는 비평적 독서방식의 목적을 보여주는 것이다. 따라서 ②의 '총체적 파악에 이른다'는 진술은 사실상 '총체적 파악에 이르러야 한다'는 당위적 표현과 다르지 않다. 다시 말해 총체화·체계화는 비평가로서 김현이 추구하는 이념의 하나인 것이다.

> 서구라파를 문화적 모범이라고 생각하고 거기에만 매달렸다가는 결단코 주변 문화를 벗어날 수가 없다. 아마도 오랜 후에는 13세기 전후해서의 사대가 지금 크게 비판을 받듯이 근대정신, 근대화라는 말 자체가 비난의 대상이 될지도 모른다. (…중략…) 한국이 뒤쫓고 있는 서구라파 역시 그 한계를 지니고 있는 한 문화체로 파악해야 된다는 진술이다. 한국사회, 한국 문화와 마찬가지로 모든 사회, 모든 문화는 그 역사적 구조를 밝혀야만 그 전모를 알 수 있다는 인식을 **해야 한다**는 말이다.(1 : 27)[101] (강조—인용자)

서구문화를 보편자로 설정하고 있던 1970년대의 상황에서, 서구문화 역시 한국문화와 마찬가지로 역사적 구조를 파악하기 전에는 전모에 접근하지 못한다는 인식을 해야 한다는 김현의 주

---

[101] 원출처는 김현, 「한국 문학사 시대 구분론」, 『문학과 지성』, 1972 봄.

장은 '…… 해야 한다'는 표현으로써 당위성을 강조한다. 김현이 가정하고 있는 보편자가 따로 있음을 알 수 있는 김현의 이 같은 진술방식은 비평가로서 총체적 인식에 이르고자 하는 것을 분명히 목적하고 있을 때 나오는 것이라 할 수 있다. 김현은 서구를 보편자로 설정하고 있던 당시의 인식에 제동을 거는, 총체적 사유를 목표로 했던 것이다. 그러므로 김현은 '한국과 다른 사회의 역사적 전모를 파악하기 위해서' 부단히 '읽고 사유해야만 한다.' 이것은 비평가로서 김현의 의무이자 당위였던 것이다. 어떤 점에서 비평가로서의 이런 당위에 충실했기 때문에, 서구를 보편자로 인식하는 것이 한국사회에서 일반화되었던 1970년대에 서구의 보편성을 의심하는 진술이 나올 수 있었을 것이다. 사회의 "전모"를 인식하기 위해서는 물론 텍스트에 대한 깊이 있는 독서법인 반복적으로 꼼꼼하게 읽는 낭만적 독서가 필요한 것이지만, 한편으로 낭만적 독서가 필요한 텍스트를 선별하기 위해서 근대의 비평가에게는 광범위한 독서 또한 필수적으로 요청되지 않을 수 없다.

김인환은 김현이 엄청난 양의 독서를 하고 있는데 어떻게 김현이 그런 광범위한 독서를 할 수 있었는지 질문한다. 김인환은 김현의 광범위한 독서를 일컬어 "맥락의 독서"라고 지칭한다.[102]

---

[102] 김인환, 「글쓰기의 지형학」, 『문학과 사회』, 1988 가을, 1179~1180쪽.

이는 곧 비평적 독서의 '과정'을 설명한 것으로 볼 수 있다. 김현은 "본문을 읽은 것이 아니라 맥락을 읽은 것이었다"[103]는 김인환의 언급은 비평적 독서의 과정에서 출현하는 방법적 절차의 하나를 보여준 것이라 할 수 있다.

왜냐하면 개별 텍스트 비평의 경우 모든 개개의 작품들에서 작품의 총체적 계시를 기대할 수는 없다. 한 작가의 작품들 하나하나는 불완전한 판본들에 불과하다. 작가들은 끊임없이 독자에게 정신세계의 총체를 보여주려고 하지만, 단편으로 된 이미지를 전달할 뿐이다. 개개의 작품들은 추후에 통일화가 이루어질 수 있는데, 이는 남이 한 독서라는 행위를 통해서이다. 곧 비평가의 비평적 독서를 통한 비평적 실천을 통해서 텍스트들의 총체화가 이루어지는 것이다.[104]

요컨대 비평가의 총체화·체계화의 욕망이란, 문학 전체의 혹은 한 작가의 문학세계 전체의 지도를 그리고자 하는 것에 있고 이를 가능하게 하는 것이 비평적 독서인 셈이다. 아래의 예문은 비평가로서 김현의 지향점을 보여준다. 여기에서도 김현의 낭만적 독서가 어떻게 비평적 독서의 과정을 거치는지 함께 보도록 하자. ①은 낭만적 독서의 결과, 독자에게 일어나는 변화와 관계된 논의라면 ②는 비평적 독서 자체에 관한 것이다.

---

103 위의 글, 1181쪽.
104 조르즈 풀레, 앞의 글, 24쪽.

① 좋은 작품은 그것을 읽는 자들의 감정을 세척시키는 것이 아니라, 읽는 자들의 정신이 편안해지려는 것을 오히려 자극하고 고문한다. 좋은 작품은 정신을 해방시켜 주체를 망각케 하는 것이 아니라, 그 주체의 삶에 대한 태도와 세계 인식을 끊임없이 상기시켜 삶을 반성케 한다. 그것은 그의 본래적 자아를 각성시켜 정직하게 세계와 인간을 바라보게 한다. (…중략…) 감정을 세척시키는 문학을 조심할 필요가 있는 것은 그것은 고문하지 않기 때문이다. 고문하는 문학은 보다 높은 의미에서 그것은 삶의 이유와 세계를 이해하는 방법에 대한 끈질긴 탐구를 가능케 함으로써 개인적인 감정을 규제하고 억압하여 타인과 그를 관련맺게 한다.(2 : 161)[105]

②㉠ **좋은 작품은 좋은 형태를 가지고 있다.** 좋은 형태란 장르의 법칙에 맞추어 쓴 것이라든지 좋은 문장이라고 알려져 온 것을 쓴 것을 지칭하지 않는다. 좋은 형태란 오히려 협소한 장르의 규칙을 벗어나려는 노력 끝에 얻어지는 것이며, 좋은 문장이라고 알려져 있는 미문은 좋은 형태보다는 잘 만들어진 형태에 오히려 알맞은 것이다. (…중략…) 좋은 형태란, 그러므로 장르의 법칙이나 세련된 문장 때문에 얻어지는 것이 아니다. 그것은 무질서하고 정리되지 아니한 세계에 통일성을 부여하려는 정신의 작업을 오히려 지칭한다. 형태란 질서개념이다. 혼

란되어 있고 질서를 얻지 못한 것에 질서를 부여하려는 노력처럼 힘든 것은 없으며, 좋은 형태는 그러한 질서화의 작업의 결과이다. 좋은 형태는, 그러므로 상투화된 질서를 오히려 배격한다. (…중략…) 좋은 형태는 아직까지 드러나지 아니한 것까지를 목표한다. 질서화되지 못한 것을 질서화하는 어려움을 그것은 동반하고 있는 것이다. (…중략…) 자기가 새롭게 본 세계와 그것의 의미를 전하려고 한다는 것은 진실한 삶의 어려움을 확인시키는 행동 이외에 다른 아무것도 아니다. 일상적인 삶 뒤에 감추어져 있는 진실은 그것을 질서화하고 거기에 형태를 부여하려는 노력이 없다면 끝내 드러나지 않는다. ⓒ 질서로서의 형태에 대한 집착이 없는 한, 문학은 상투형에 지나지 않게 된다. 상투적인 발상이나 상투적인 형식에의 집착은 작가들의 사고를 지나치게 단순화시키며 지나치게 획일화시킨다. 문학이 자유를 요구하는 것은 그것 때문이다. 좋은 형태는 자유로운 탐구 밑에서 가능한 것이지, 억압 속에서 이루어질 수 있는 것은 아니다. 억압은 곧 획일이기 때문이다. 미리 주어지는 질서는 질서화하는 정신을 오히려 마비시킨다. 정신이 마비되면 형식만이 남는다.(2 : 161~163) (강조－인용자)

①과 ②는 김현의 「문학이란 무엇인가1」의 같은 페이지에 연속으로 배치되어 있다. 길게 인용한 까닭은 비평에서 실제적으로 김현의 독서 방식이 어떻게 조직되어 나타나는가를 살펴보기 위함이다. 즉 두 개의 독서방식의 결과가 김현의 비평적 이념을

구성하고 있는 것을 확인하고자 하는 것이다.

①에서의 "고문하는 문학"은 독서의 결과 야기되는 감정이 궁극적으로 독자로 하여금 현실을 비판하게 만든다. 여기서의 감정은 "개인적인 감정을 규제"하여 "타인"과 관계맺는 것을 가능하게 한다는 점에서 '반성-후-감정'이라 할 수 있을 것이다. 타인과의 관계를 가능하게 하는 정서적 감정의 요인이란 "좋은 독서"(2 : 157)로부터 유발되는, 다시 말하면 김현의 낭만적 독서 행위의 결과물인 셈이다.

김현의 비평적 독서행위는, 이와 같은 낭만적 독서가 지속될 수 있을 때 가능하다. 즉 낭만적 독서행위가 전제되지 않을 때 비평적 독서란 불가능한 것이다. 비평적 독서의 필요조건이 바로 낭만적 독서라 할 것이다. 따라서 이어지는 문장이 곧바로 ㉠에서처럼 "좋은 작품"의 "좋은 형태"에 관한 진술로 이어지는 것이다. 다시 말하면 '고문하는 문학'이란 무엇인가 하는 것에 대한 비평가로서의 총체적 설명이 이어지는 것이라 하겠다.

㉡을 보자면, 비평적 독서의 결과 총체화·체계화가 이루어지기 위해서는 질서로서의 형태를 파악해야 한다. 그런데 여기서 김현은 '질서로서의 형태'와 '상투적 형식'을 구분하고 있다. 전자나 후자 모두 질서에의 개념에 기댄 것이지만 전자는 질서를 구현하여 총체적 파악을 가능하게 하는 것이라면, 후자는 기존 형식에의 집착으로 말미암아 총체적 파악은커녕 질서의 이름 아래

서 단순화와 획일화가 자행된다는 것이다. 결과적으로 문학에서의 자유에의 이념이 총체화·체계화와 분리되지 않는다는 것을 제시하고 있는 것이다. '자유라는 개념'과 '총체화·체계화의 개념'이 사실상 조화롭게 화해되기 어렵다는 것을 고려한다면, 비평가로서의 김현의 이념은 창조성에 역점을 두고 있는 것이라 할 수 있다. 즉 김현이 제기하는 좋은 형태란 "질서화되지 못한 것을 질서화"하는 창조성에 기반한 개념이기 때문이다. 자신의 이념적 지향이 과제 제기적인 새로움을 창조하는 것이었기에 김현의 당위적 표현의 강도는 사실상 보다 강하고 반복적으로 제시되기도 한다.

김현이 같은 글에서 "문학은 인간 정신의 자기 전개가 형태를 얻는 것에 지나지 않는다"(2 : 165)고 언급할 수 있는 것은 그의 이념적 지향이 문학을 통해서 매개되어 있음을 제시하는 것에 다름 아니다. 김현의 이념적 지향이란 앞에서 보았던 읽기의 세계에서 듣기의 공간이 구현될 수 있는 조건과 관련되어 있다. 인간을 인간답게 살지 못하게 하는 모든 것에 대해 인간이 얼마나 다양하게 저항했는가를 문학의 다양성이 입증한다는 그의 진술[106]은 김현의 비평적 이념을 방증한다. 김현의 비평언어가 '무용성의 유용성', '행복스러운 고통' 등의 역설의 언어로 이루어진 까닭

---

106 『전집』 2, 165쪽.

은, 문학에서 개인과 사회 중 어느 한 쪽으로도 기울어질 수 없었던 그의 선택이자 문학적 창조의 과제였던 것이다. 이는 비평가로서의 그의 당위임과 동시에 윤리였다고 할 수 있다.

"고통스럽고 가난한 시대이기 때문에 오히려 우리는 행복을 생각"(1 : 58)할 수밖에 없음을 강조하는 김현의 비평언어는 결코 "숨을 잘 쉬는 것을 어떻게 포기할 수 있는가"(1 : 58)라고 우리에게 되묻는다. "어떻게 사느냐 하는 문제야말로 나에게 가장 큰 문제였다"(1 : 69)는 그의 언급에는 "한국문학의 중요한 과제 중의 하나가 이 문제가 되기를"(13 : 281) 바랐던 김현의 열망이 담겨 있다. 김현의 이런 질문은 김현의 문학론에서 단 한 번도 변치않고 지속된 것이라는 점에서 그의 비평세계를 나타내는 특질을 형성한다. 또한 김현 비평의 주관주의가 사회로 어떻게 매개되는가를 보여주기도 한다. 고통스럽기 때문에 행복을 생각한다는 김현의 역설적 비평 언어는 궁극적으로 개인의 행복을 지키기 위해 '우리의 이곳'을, 문학을 통해서 변화시킬 수 있다고 믿었던 것이다.

김현의 비평적 이념은 '문학 경험으로서의 상상력'으로 구체화된다. '문학 경험으로서의 상상력'은 김현의 비평적 방법론임을 서론에서 살펴본 바 있다. 그는 독자로서의 상상력을 문학 비평에 적극적으로 개입시킴으로써 독자의 감정이 실제 비평에서 대화적 양상으로 구현되기를 원했다. 따라서 '공감의 비평'이라는 비평적 지향은 독자로서의 상상력에 의한 감정이 주관성을 매개로 하여 실제화되고 있었던 것이다. 이 글의 처음에서부터 지금까지 검토한 것에 따르면, 김현이 비평을 통해서 특별히 강조하고자 한 것들은 '개인', '상상력', '감정' 등이었다. 이는 가치의 측면에서 볼 때 '주관성'라는 항목 하에 배치될 수 있는 것들이다. 김현의 이 같은 비평적 강조점들의 대립 개념을 열거해보자면 '사회', '과학성', '이성' 등을 꼽을 수 있고, 마찬가지로 가치의 측면에서 볼 때 이는 '객관성'라는 항목 아래에 설정될 수 있을 것이다. 김현이 보기에, 이성 중심적 지배 질서 아래에서 객관성에의 지향은 1960~1970년대 당시의 주된 가치질서를 이루고 있었다. 따라서 당시 한국사회에서 '개인', '상상력', '감정' 등은 그 참된 가치를 인정받지 못하고 있었던 것이다. 이를 드러내고 강조하여 가치를 부여하고자 한 김현은, '지금-여기'를 부정한다는 점에서 낭만주의적 저항의 요소로부터 비평의 과제를 설정했다고 할 수 있다. 다시 말해서 김현이 설정한 비평의 방법론은 1960~1970년대 문학 비평의 방법론에 대한 비판과 저항으로부터 형성된 것이었다. 그리고 그에 대한 대안으로서 설정한 방법론은 자신의 독서가로서의 욕망으로부터 기원한 것이었음을 검토한 바 있다.

이상에서 볼 때 김현이 추구했던 비평의 특징은 낭만주의적 성향이 두드러진다. 따라서 대화적 양상을 추구했던 비평에서의 지표 역시 낭만주의 운동에서부터 시작된 진정성의 개념이었던 것이다. 더구나 상상력·개인·주관성 등의 개념은 낭만주의를 떠나서 생각하기는 어려운 일이다. 그러므로 김현 비평을 규정하는 특질들을 낭만주의적이라 할 수 있고 김현을 낭만주의자로 명명할 수 있을 것이다.

그런데 낭만주의라는 말은 김현도 언급했다시피, "그 내포가 굉장히 넓어, 때때로 반대되는 것까지를 그 속에 간직하고 있다. 삶을 긍정하고, 그 삶에 가능한 한 많은 양의 감정적 충일과 지적 자유를 부여하려는 경향도 낭만주의이며, 삶을 부정하고, 이 삶의 밖이라면 어디에라도 튀어나가려는 환상적 모험과 지적 방기도 낭만주의"(1 : 309)이기 때문에 이 두 범주의 어디에 '김현의 낭만주의'가 자리하는지 밝힐 필요가 있다. 서론에서 김현의 낭만주의와 인문주의가 교직된다고 말했던 것처럼 김현의 낭만주의는 인문주의와 결합되어 존재한다. 인문주의와의 결합양상은 그의 낭만주의를 '현실적 낭만주의'로 위치짓는다. '지금-여기'를 부정하고 다른 곳을 꿈꾼다는 점에서 그는 근본적으로 낭만주의자이지만, 그 스스로 다른 곳이 반드시 "이 땅"(7 : 270)이어야 한다고 여기며 "돌아가야 할 세계는 세계 그 자체"(7 : 279)라고 규정한다는 점에서 그는 현실적 낭만주의자이다. "이곳"을 "살 만한 곳"으로 만들어야 한다는 인문주의적 이념과의 교직양상은 김현의 낭만주의를 현실에 입각하도록 한다.

앞서 보았듯 '공감의 비평'을 김현이 자신의 비평적 지향점의 하나로 삼을 수 있었던 것은 문학이 타자의 마음을 움직이는 '힘'을 갖고 있다는 '믿음'에 의해 가능했던 것이다. 문학이 갖고 있는 힘에 대한 믿음은 김현으로 하여금 문학을 통해서 '지금-여기'의 변화를 추구하게 한 원동력이었다. 문학적 심미안의 전수가 불가능하다고 믿는 것이 반(反)인문적 입장이라면 문학을 통해서 삶에 대한 덕성과 지혜가 전수될 수 있다고 믿는 것은 인문주의의 한 특징이라 할 수 있다.[107] 요컨대 개인의 변화가 문학으로써 가능하다는 것을 토대로 자신의 비평적 이념을 설정했다는 점에서 그는 인문주의자였고 문학을 통해 '지금-여기'를 부정하고 변화를 지향한 점에서 그는 낭만주의자였다.

그러나 문제는 김현의 비평적 특수성을 낭만주의자와 인문주의자의 그것으로 규정한다고 해서 그의 낭만주의적·인문주의적 특수성을 변별적으로 드러낼 수는 없다는 점이다. 김현의 낭만주의를 '현실적 낭만주의'로 규정한다고 해도 김현 비평의 낭만주의적·인문주의적 특수성을 드러내는 데는 미흡하다고 할 수 있다. 따라서 김현의 비평을 추동한 낭만주의적·인문주의적 특수성이 규명되려면, 김현의 이 두 양상이 어떻게 교직되는가를 살펴보아야 할 것이다. 그럴 때 김현 비평의 특수성이 보다 변별적으로 밝혀질 수 있을 것이다. 따라서 다음 장에서 김현의 낭

---

107 유종호, 『시와 말과 사회사』, 서정시학, 2009, 169쪽.

만주의적·인문주의적 양상과 특수성이 비평적 실천으로 어떻
게 드러났는가를 밝혀보고자 한다.

제4장

김현의 낭만주의와 인문주의

1. 4·19세대론과 '지성'

김현이 한국문단에 등장했던 1960년대 한국 지성계의 주된 담론은 "한국적인 것"의 탐색이었다고 요약할 수 있다.[1] 특히 당시 사학계에서의 주체적 근대화론이 이러한 한국적인 것의 탐색의 한 양상이었음은 주지의 사실이다. 게다가 1960년대는 그 시작부

---

1   "한국적인 것의 탐색"이란 1950년대 전통담론의 논의로부터 연속되는 것이다. 한데 이는 전통이 갖고 있는 인습의 의미에서 벗어나 미래지향성을 추구한다는 의미에서 1960년대에 이르면 "한국적"인 것으로 문화일반의 논의가 이동한다(이명원, 「최일수 문학 연구」, 성균관대 박사논문, 2005 참고; 김주현, 「1960년대 '한국적인 것'의 담론 지형과 신세대 의식」, 『상허학보』 16집, 2006. 2, 380쪽 참고).

터 4·19를 경험한 세대가 한국 지성사에 자신을 4·19세대라 명명하며 등장한 시기였다. 그 대표적 인물이 김현이라 할 수 있다.

"세대를 살고 세대를 호흡하는 지성"이란 표제를 내건 잡지 『아세아』는 당시 지식인들의 대담 시리즈를 기획한다. 그 중 세 번째 시리즈는 「한국의 세대」란 주제였고 김현이 대표 집필을 맡았다. 「한국의 세대」[2]는 여러 입장과 의견이 제시되어 있는 글이 아니라, 4·19세대를 중심으로 각 세대론이 정리되어 있다는 점에서 김현의 세대론으로 보아 무방하다. 『아세아』의 다른 대담 시리즈와 달리 이 글만은 일관된 논지로 논의가 진행되고 있기 때문이다.[3]

「한국의 세대」에서 김현은 한국의 세대를 '개화기 세대 / 일제하 세대 / 해방~6·25세대 / 4·19세대'로 나눈다. 그리고 한국 역사에서 자기 세대의 의미를 긍정적으로 파악한 세대로는 '개화기 세대'와 '4·19세대'가 유일하다고 강조한다.[4] 그러면서 각 세대의 입장과 역사의식에 대해 논의한다. 집필자인 김현이 결론

---

2 「한국의 세대」, 『아세아』, 1969.4.
3 가령, 이 시리즈의 첫 주제였던 「한국적인 것의 탐색」은 외국문화 수용에 대해서도 외적양식의 수용과 내적양식의 수용이 분리된 것으로 본다든가, 서양에서는 지식인들에게 진리 그 자체에 대한 사랑의 자세가 확립되어 있었고, 동양은 그렇지 않았다는 식의 단견이 일관성 없이 나열되어 있다. 참석한 지식인들의 이름은 기재되어 있지만, 한편의 글로서 기술할 때 의견을 달리 했던 논자들의 구분이 없이 글을 기술했다. 따라서 일관성 있는 논지의 글이 되지 못했다. 반면에 「한국의 세대」는 4·19세대를 중심에 놓고 논의를 배치시킴으로써 한 편의 글로서 논지적 일관성을 보여준다.
4 「한국의 세대」, 『아세아』, 1969.4, 41쪽.

에서 밝히듯 「한국의 세대」는 "각 세대 간의 단절과 4·19세대"의 가능성에 초점을 두어 기술되었다. 그 글이 쓰인 1969년은 4·19세대가 대개 아직 이십 대였던 시절이고, 4·19에 대한 역사적 거리 역시 충분히 확보되지 않은 시점이었다. 그러므로 김현의 4·19세대에 대한 긍정은 자기 세대가 "하나의 테제로서 정립될 수 있기"[5]를 바라는 그의 세대론적 열망이었던 것으로 보인다.

한국역사에서 유일하게 자신의 세대와 비교될 수 있다는 개화기 세대(대표적으로 춘원, 육당, 이승만을 들고 있다)에 대해 김현은 다음과 같이 진술한다.

이 세대(개화기 세대―인용자)의 주안점은 그러므로 구세대와의 단절을 과감하게 선언하여, 자기 세대의 새로운 존재이유를 확립하는 것이었다.[6]

김현이 보기에 개화기 세대는 구세대와 단절함으로써 자기 세대의 존재 이유를 확립한 세대였다는 점에서 '4·19세대'와 가장 닮은 세대였던 것이다. '4·19세대' 역시 '해방~6·25세대'와 단절해야만 한다고 김현이 여기고 있었기 때문이다. 개화기 세대처럼 '4·19세대'도 구세대와의 단절이 필요하다고 김현은 판단

---

5   위의 글, 46쪽.
6   위의 글, 42쪽.

했던 듯하다. 따라서 세대론적 열망이 다분히 담긴 김현의 진술은 자신의 세대를 '4·19세대'로 명명함으로써 의도적으로 과거 세대와의 단절을 도모했다고 할 수 있다. 그리고 김현은 개화기 세대를 비판함으로써 자기 세대의 역사적 사명을 무엇으로 설정할 것인지를 변별지었다고 볼 수 있다.

> 이 세대(개화기 세대—인용자)에서 우리가 발견할 수 있는 특징은 해외에서 계속 '교육받으면서 교육시켜 온' 층과 국내에서 결국 정치적으로 변절함으로써 친일파가 된 층의 두 층이 거의 동일한 자기 기만의 포즈를 보여준다는 사실이다. 해외에서 교육받은 층은 개화기 초의 저 '신세대의식'에 뿌리를 둔 자기오만과 지나친 자기신뢰로 말미암아 「자기만이 이 일을 할 수 있다」는 생각에 이르른다. 반면 국내에서 일본과 손을 잡고 개화에 대한 흥분을 죽여야만 했던 개화기 인텔리들은 그 반대급부 현상으로 민족에 대한 강렬한 조소 냉소 모멸을 내보인다. 그러나 이 두 태도의 어느 것에도 **사태를 논리적으로 파악하겠다는 의지는 보이지 않는다. 있은 것은 흥분과 열기뿐이다.**[7] (강조—인용자)

김현은 개화기 세대의 맹점으로 사태를 '논리적으로 파악하려는 의지의 결여'를 꼽는다. 근대라는 새로움에 대한 감정적 흥분

---

7   위의 글, 43쪽.

과 열기가 존재하지만 그 새로움에 대해 냉철하게 논리적으로
접근하겠다는 의지가 개화기 세대에게는 부재했다는 것이다. 이
는 4·19세대인 자신은 사태를 '논리적'으로 파악하려는 '의지'를
갖겠다는 것이고, 4·19세대인 자신의 '과제'는 논리에의 지향에
있음을 표명한 것이다. 여기서 주목할 점은 김현의 세대론의 주
체가 '지식인'이라는 점이다. 이전 세대의 지식인을 탐구함으로
써 자기 세대 지식인의 과제를 규정하고 있다는 점에서 김현의
세대론은 한국 '지성'의 계보에 초점을 맞춘 세대론인 것이다.

「한국문학의 양식화에 대한 고찰」(1967)에서도 그가 탐색하는
대상은 한국역사에 등장하는 지성의 계보다.[8] 다시 말해서 김현
이 판단하기에, 한국문학의 양식화를 위해 필수적인 작업은 이
전 문학의 양식화의 주체들을 탐구하는 것이다. 김현이 설정한
문학 양식화의 주체는 지식인층이다. 김현은 문학의 대중화에
관심이 있었던 것이 아니라, "대중의 문학화"(2 : 33)에 관심이 있
었다. 그리고 이를 선도할 주체는 "정신노동층"인 지식계급이라
고 규정한다. 이런 규정의 타당성 여부는 여러 시각이 있을 수 있
는 것이지만, 그는 자신을 비롯한 4·19세대가 한국문학의 양식
화를 창출해내야 할 사명을 갖고 있는 세대라고 규정하고 있었
기 때문에 이와 같은 설정은 가능했을 것이다. 이런 사명의 실현

8　김현은 이 글에서 신라로부터 조선에 이르기까지 지성인들의 태도에 대해 고찰하고
있다.

가능성을 그는 4·19를 통해서 목도한다.

> 4·19가 일어났다. 사일구는 성공한 혁명은 아니지만 완전히 실패
> 한 혁명도 아니었다. 그것은, 한글로 사유하고 글을 쓰고 행동하는 세
> 대가 하나의 실천적 세력으로 존재하고 있다는 것을 보여준 사건이었
> 으며, 민주주의가 책에만 씌어져 있는 제도가 아니라 한국민이 싸워
> 얻어야 하는 제도라는 것을 가르쳐준 사건이었다. (7 : 231)[9]

김현에게 4·19는 정치적 사건이기에 앞서 근대사회에서 '제
도'라는 것이 어떻게 만들어지는가를 목도한 사건이었다고 할
수 있다. 제도와 이념의 관련성 문제에 있어서 주도권의 문제가
인간의 행동에 있다는 것이 분명하게 각인된 사건이었던 것이
다. 그런 의미에서 4·19는 문학인으로서 김현이 문학에서의 '제
도' 문제를 어떻게 만들어가야 하는가에 대한 실천방향과 가능
성을 보여준 사건이었던 셈이다. 김현이 "새로운 세대의 자신
감"(7 : 231)이라는 말을 서슴없이 쓸 수 있었던 것은 이런 것과 무
관하지 않았던 것으로 보인다.

김현은 4·19세대로서 자신의 세대는 한글로 사유하고 한글
로 글을 쓰는 세대이기 때문에 전(前) 시대의 지식인들과 다르다

---

[9] 원출처는 김현, 「비평의 유형학을 향하여」, 『예술과 비평』, 1985 봄.

는 것을 강조한다. 김현의 이 같은 세대론적 전략은 단순히 자기 세대를 규정하는 전략이기에 앞서, 문학에 대한 그의 이념적 지향성을 결정하는 것과 연관되어 있다. 자기 세대의 '글쓰기'를 이전 세대의 지식인들과 근본적으로 다르게, 새롭게 하겠다는 선언인 것이다. 도대체 그가 말하는 한국어로 사유하고 한국어로 글을 쓴다는 것은 무엇을 의미하는가?

김현이 4·19세대를 일컬어 모국어인 한국어로 사유하는 세대라고 언급할 때, 이는 전시대인 식민지 세대와는 다르게 일본어로부터 자유로웠다는 점에서 이해되어야 할 대목이지만, 더불어 주목할 것은 한국어로 "쓴다"는 부분이다. 근대문학 태동 이후로 한국문학은 한국어로 씌어졌다. 그런데 왜 특별히 한국어로 쓴다는 것을 강조하는가? "한국어로 사유하고 한국어로 쓰는 세대." 이는 다시 풀면 4·19세대가 한국어를 그 이전 세대와 '다르게' 쓰겠다는 의지의 표명이다. 다르게 쓰는 것. 새로운 것. 그것을 가능하게 하는 것은 무엇인가. 그는 그것을 '지성'에서 찾았다.

『현대 한국문학의 이론』(공저, 1972)에서의 "지식과 언어에 대한 무한한 사랑"[10]이라는 낭만적 표현에서도 보이듯, 비평가로서 김현의 방법론에는 '지성'이 놓여 있다. 김현의 지성관에는 기존의 언어와는 다른 언어로 '지금-여기'를 부정하는 새로움을 추

---

10 김현·김병익 외, 『현대 한국문학의 이론』, 민음사, 1972, 서문에서.

구해보겠다는 낭만주의적 요소가 들어 있다. 지식인 주체라는 점에서 계몽적 요소가 나타나는 것은 불가피한 결과이지만 그가 상정하는 '지성'의 내용적 측면은 다분히 낭만주의적 속성을 갖고 있다. 구체적으로 그것은 언어 사용의 측면, 다시 말해 한글의 사용과 관련된다. 그렇다면 이 한글을 "다르게" 쓰겠다는 그의 이 '다르게'의 이념적 내용이 무엇인지 궁금하지 않을 수 없다.

김현은 한글을 전용해야 한다는 입장을 견지한다.[11] 1960~1970년대 당시 글쓰기에서 전적으로 한글을 사용하자는 논의[12]는 그 이념적 지향의 궁극을 고려할 때, 민주주의의 평등 개념[13]을 내포하고 있는 것이다. 전문화가 야기한 고착화된 언어 사용은 표현의 측면에서 반민주적·반지성적이라 할 수 있는 반면에, 한글 전용의 강조는 이에 대한 저항의 성격을 띠었다고 할 수 있다. 그리고 한글 전용은 "개성과 형태에의 열망"[14]과 "보편화"

---

[11] 한문 교육을 철저히 병행해야 한다는 전제를 단다(『전집』 13권의 「한글 전용 문제의 진정한 의미」 참고).

[12] 김현은 처음에는 한글전용에 대한 입장을 분명하게 하지 않다가 이후에 한글전용을 주장한다(『전집』 13권, 위의 글 참고).

[13] 김현의 평등 개념은 기계적 평등 개념이 아니다. 앞서 김현이 문학담당의 주도계층을 지식계급으로 설정했던 것에서도 알 수 있듯이, 그는 철저히 엘리트주의자다. 그는 지식인의 죄는 지식인이 "엘리트주의를 포기"(2 : 190)하는 것에 있다고 논할 정도로 지식인의 사명에 관한 의식을 갖고 있었다. 이는 그의 정신적 거점이 어디에 있었는지를 시사한다. 문학인이자 지식인이라는 경계인으로서, 그에게는 지식인으로서의 사명을 포기하지 않는 것이 중요했던 것이다.

[14] 김현은 18세기 이후, 문학이 자율성을 얻게 되는 과정을 서술하면서, 작가들이 글쓰는 것의 의미를 다음과 같이 생각하기 시작했다고 논의한다. "자신을 불행한 사람으로, 다시 말해 찢긴 사람으로 느끼면서부터, 글쓰는 사람은 개성을, 상상력을 그들의 중요한 탐구 대상으로 설정하고, 그것을 대담하게 노출시킨다. 누구를 위하여, 왜 써

의 문제와 연관된 것이기도 하다. 그는 4·19세대의 언어가 비밀 또는 종교적 계시의 형태가 되는 것을 거부하고 한국사회에서 "드러냄의 형태"[15]를 취해야 한다고 보았다. 그는 한국 사회에서 유통되는 사상과 가치가 민주적이지도 않고 지성적이지도 않은 데, 그런 원인의 하나가 언어의 사용에 있다고 보았던 것이다. 김현은 당시의 지식인들이 과거의 권위주의적 태도와의 관련 아래에서 한글을 사용하고 있다고 여겼던 것이다.

이렇듯 한국 지성의 계보에 의해 4·19세대를 규정하는 김현의 언급에는 과거의 지식인에 대한 부정이 놓여 있다. 반면에 자기 세대인 4·19세대 지식인들은 전후 지식인들과 달리 권위주의적이지도 않고 패배주의적이지도 않다고 논의한다.[16] 이는 4·19의 권위주의에 대한 항거의 경험이 있는 4·19세대는 그 이전 세대와 다른 차별성을 갖고 있을 것이라는 김현의 바람이 반영된 진술이었다고 보아야 할 것이다. 그렇기에 그는 4·19세대가 어떤 의미를 획득할 수 있는가에 대해서 단정지을 수 없음을 이야기하지만 자신의 세대가 "민족중흥의 역사적 사명"에 대한 투철한 자각을 하고 있다고 확신에 차서 말한다. 확신의 근거

야 하는지를 알 수 없다면 자신을 위해서, 즉 자기 개인을 드러내기 위해서 써야 하며, 그것을 보편적인 것처럼 믿게 하기 위해서는 자기의 불행한 의식을 보편화시켜야 한다고, 다시 말해서 보편적인 틀 속에 가두어야 한다고 믿기 시작한 것이다. 개성과 형태에의 열망은 거기에서 생겨난 것이다."(1 : 42)

15 에드워드 W. 사이드, 앞의 책, 109쪽.
16 「한국의 세대」, 『아세아』, 1969.4, 46쪽.

는 다음과 같다.

논리적인 귀결로써 얻어지지 않은 것은 오래 지속하지 못한다는 것
에 대한 확신 때문이다. 그 확인은 해방~6·25세대의 퇴폐적인 면을
극복하게 만든다. 새 세대가 윤리적인 면에서 아주 건실한 반응을 보
이는 것은 그 전세대의 퇴폐적인 면이 비논리적인 것에 기인한다는
사실을 파악한 때문이다. (…중략…) 논리적으로 모든 것을 해결해 보
겠다는 태도는 좋은 의미에서의 개인주의의 발달을 의미한다. 이때의
개인주의란, 상황에 대한 모멸 조소를 나타내는 태도가 아니라 상황
에 대해 자신의 우위성을 주장하는 태도이다. 그런데 상황에 대해 어
떤 태도를 갖느냐 하는 것은 그 개인의 윤리관에 전적으로 매달려 있
다. 자기 나름의 윤리관에 기반을 둔 개인주의는 트리비얼리즘의 소
산이 아니라 오히려 그것을 극복하려는 의지의 소산이다. 이러한 개
인주의에 대하여, 그것은 현실과 쉽게 타협하고, 야합한다는 비난이
행해질 수도 있겠지만 그것은 지나치게 표면현상을 중요시한 발상이
다. 사실상 정당한 윤리관의 보조를 받고, 논리적 귀결로서 현실과 타
협한다는 것은 '악덕'이 아니라, 오히려 가장 바람직한 사회참여이기
때문이다.[17]

---

17 위의 글, 46쪽.

김현은 4·19세대가 이전 세대의 퇴폐적인 면을 극복하고 있
다고 논의하고 있다. 이전 세대의 비논리성은 퇴폐적인 것에 그
원인이 있다고 4·19세대가 파악했기 때문이라는 것이다. 김현
은 자기 세대는 '논리에의 의지'가 강력하다는 것을 지속적으로
강조하고 있는 것이다. 김현이 4·19세대의 "역사적 사명"에 대
한 논의에 끌어들이는 것은 '논리'와 '개인주의'이다. 그에게 '논
리'와 '개인주의'는 별개의 것이 아니라 서로 연계되어 있다. 상
황을 논리적으로 파악하거나 해결하는 것이 개인주의의 발달을
가져온다는 것이다. 개인주의의 발달이란 곧 자신의 우위성의
주장이란 측면에서 주체의 확립과 관련된다. 김현에게 이는 곧
개인의 윤리인데 여기서 중요한 것은 개인윤리의 확립이 곧 사
회참여를 의미한다고 그가 설명하고 있다는 점이다. 김현의 진
술에 의하면, 논리적 파악을 유발하는 개인 윤리에 따라서 현실
과 '타협'하는 것이야말로 사회참여라는 것이다. 여기에서의 '타
협'은 현실과의 타협을 의미하는 것이 아니라 현실에 대한 논리
적 파악을 의미한다. 즉 김현에게 사회참여란 논리적 파악에 따
른 현실 판단으로부터 출발한다. 개인이라는 주체로부터 '논리'
가 개입됨으로써 개인윤리가 성립되고 이로써 곧 사회참여라는
보편에의 의지에 가 닿는다는 것이 김현의 입장이었던 것이다.

그런데 이러한 논리는 당시 민족주의가 강하게 강조되었던 한
국 지식사회의 담론 양상을 고려할 때 상당히 낯선 언어였다고

볼 수 있다. 「한국의 세대」 첫머리에서 세대의식이란 역사의식의 유무로써 갈라진다고 강조한 것을 고려하면, 개인주의라는 윤리관을 자기 세대의 특질로 삼는다는 이 논리에는 비약이 내재되어 있지만 김현이 강조하는 '개인주의'란 당시 주류 담론의 획일화에 대한 하나의 저항으로서의 의미를 갖는다. 김주현의 지적대로 "주체적 전통 강조, 조국 근대화는 1960년대 어느 잡지에서나 반복"[18]되는 상황이었다. 그런 상황에서 주체적 전통의 강조, 조국 근대화의 대타항으로서 "개인주의" 윤리를 강조하는 것은 동시대 지배적 담론에 대한 저항을 함의하는 양상이었던 것이다.

김현의 세대의식은 그의 말처럼 역사의식의 한 발현이었고, 지식인으로서 역사에의 사명에 충실할 것에 대한 자신의 과제였다고 할 수 있다. 그의, 역사에의 충실은 한국 지식인으로서의 과제로부터 자유로울 수 없었음을 방증하는 것인데 여기에서 그는 '새로운' 언어를, 즉 '개인'과 '윤리'를 내세운다는 사실에 주목할 필요가 있다. 김현이 '개인'과 '윤리'를 자기 세대의 과제로 설정하고 실천하는 것은 『문학과 지성』 창간으로 더욱 본격화된다. 1970년에 창간된 『문학과 지성』[19](이하 문지)의 창간호 서문을 보자.

---

18 김주현, 앞의 글, 405쪽.
19 "현대비평"이라는 제호가 당시 정권의 방침에 따라 거절되자 김현은 "문학과 지성"이라는 제호를 제시한다(김병익, 「김현과 '문지'」, 『문학과 사회』, 1990 겨울 참고).

식민지 인텔리에게서 그 굴욕적인 면모를 노출한 이 정신의 샤머니
즘은 그것이 객관적 분석을 거부한다는 점에서 정신의 파시즘화에 짧
은 지름길을 제공한다. 현재를 살고 있는 한국인으로서 우리는 이러한
병폐를 제거하여 객관적으로 세계 속의 한국을 바라볼 수 있는 여건이
형성되기를 희망한다. 그러기 위해서 우리는 한국 현실의 투철한 인식
이 없는 공허한 논리로 점철된 어떠한 움직임에서도 동요하지 않을 것
이며, 한국 현실의 모순을 은폐하기 위한 어떠한 노력에도 휩쓸려 들어
가지 아니할 것이다. 진정한 문화란 이러한 정직한 태도의 소산이라고
우리는 확신하고 있으며, 그런 의미에서 우리는 정신을 안일하게 하는
모든 힘에 대하여 성실하게 저항해 나갈 것을 밝힌다.[20]

인용문은 식민지 지식인의 한계로 현실에 대한 투철한 인식의
부재를 거론하고 있다. 이에 반해 문지의 정신은 객관적 분석을
거부하는 투철한 인식 없는 공허한 논리에 저항하겠다는 것이
다. 이는 문지 등장 이전의 1950년대 문단에 대한 대타의식의 발
현일 뿐만 아니라 한국근대문학의 역사에 등장했던 지성사 전체
에 대한 저항의식을 표명하는 것이었다고 할 수 있다. 이것이 한
국의 지성사 전체에 대한 대타의식인 것은 김현이 문지 창간 이
전부터 한국지성의 계보학에 대한 탐색을 지속해왔다는 것에서

---

20 『문학과 지성』, 1970 가을(창간호), 5쪽.

추론가능할 뿐만 아니라 문지가 당시의 지식인 잡지들과는 다른 방향성을 추구했다는 것에서도 알 수 있다.[21]

　세대론을 지성사의 중심에 놓고 있는 것에서도 알 수 있듯이 김현의 주된 관심 사항 중 하나는 지식인의 '지성'을 향해 있다.[22] 김현이 문단에 등장한 이후, 지성론에 이토록 관심을 보인 이유는 무엇인가? 다음 장에서 이를 살펴보도록 하자.

<hr>

[21] 1970년 문지 창간 당시를 보면, 1966년에 창간된 『창작과 비평』이 『사상계』와 더불어 한국지식인 잡지의 선도 역할을 하고 있었다. 『사상계』는 이 잡지의 전신인 『사상』까지의 시간을 합치면 거의 20여 년 가량 한국지식계를 이끌면서 주도적 담론을 형성해 온 잡지라 할 수 있다. 일간지가 10만 부 팔려나갈 때, 『사상계』가 8만 부 정도의 판매실적을 보였으니 당시 『사상계』의 위상을 짐작할 수 있다(이용성, 『한국 지식인잡지의 이념에 대한 연구―『사상계』를 중심으로』, 한양대 박사논문, 1996, 참고). 『사상계』는 문학을 특집으로 다루는 경우도 있었으나, 잡지의 성격 자체가 문학지는 아니었다. 『창작과 비평』 역시 문학 담론의 방향은 『사상계』의 주된 이념이었던 민족자주라고 하는 모토의 영향력 하에 놓여 있었다고 할 수 있다. 이런 상황에서 1970년 문지의 창간을 통해 김현은 그간 지식계의 주된 흐름이었던 민족자주라고 하는 것의 영향력으로부터 거리를 두고 문학담론의 영역을 새롭게 구축하고자 한다.

[22] 문지 창간호에 롤랑바르트의 「작가와 지식인」이 소개되는 것을 비롯하여 이후에도 지속적으로 "지성"을 둘러싼 논의들은 지속된다. 「지성과 반지성」(김병익, 1971 여름), 「지성의 불연속성을 넘어서」(이홍구, 1971 겨울), 「한국기독교와 반지성」(서광선, 1971 겨울), 「지성과 권력」(김려수, 1971 겨울) 등.

2. 김현의 '문학'과 '지성'

김현의 문학에 대한 욕망의 뿌리에 놓여 있는 독서가로서의 욕망이 비평가라는 드러난 자의식과 연결되어 있다는 것을 이미 보았듯이 '지성'에 대한 관심은 김현의 **문학**에의 욕망과 겹쳐 있다.

그가 『한국문학의 위상』에서 몇 번이나 반복한 이야기가 있다. 그것은 김현의 문학론이라 불리는 "문학의 쓸모 없음"에 대한 것인데 이 논의에는 그의 어머니의 말이 등장한다.

그 아무 짝에도 쓸모 없는 소설책을 읽어서는 무엇하려는 것이냐는 푸념이 어머니의 주된 공연 프로그램이었다. 판사나 검사가 되지 않고 문학 나부랭이를 했다고 어머니는 돌아가시기 직전까지 나를 꾸짖었다.(1 : 40)[23]

김현의 어머니는 자신의 아들이 "문학 나부랭이"나 가르치는, 즉 하찮은 것으로 여겨지는 것을 가르치는 선생인 것이 불만이었던 것이다. 그의 어머니의 판단에 의하면 문학은 실질적인 권력과는 무관한 것이다. 그러므로 자신의 아들이 '힘' 없는 문학을

---

23 원출처는 김현, 「왜 문학은 되풀이 문제되는가」, 『문학과 지성』, 1975 겨울.

한다는 게 불만스러웠던 것이다. 문학이 무력한 것이라는 이미지는 김현 어머니만이 갖고 있던 편견이었다고 할 수 있을까.

주지하다시피 과거 유교사회에서는 문학을 하는 것이 권력의 길과 밀접히 관련되어 있었다. 반면에 식민지 시기를 거치며 형성된 한국의 근대문학은 문학자에게 룸펜의 이미지가 따라 붙을 정도로 권력과는 관계없는 영역이라는 인상을 주었다고 할 수 있다. 이 같은 이미지는 김현이 태어나고 성장했던 1940~1950년대에도 여전했던 듯하다. 문학이란 곧 '힘없음'과 동의어로 인식되는 경향이 사람들에게 널리 퍼져 있었기 때문에 문학에 대한 그의 어머니의 폄하 발언도 김현에게는 쉽게 잊히지 않았던 것으로 추측된다. 그래서 문학을 쓸모없는 것으로 인식하는 사회 일반의 시선을 김현이 염두에 둔 채 자신의 문학론을 정립했던 것으로 보인다. 실질적인 문학의 위상이 당시에 어떠했는가를 논의하는 것은 여러 분과 학문의 분석이 뒤따라야 할 것이지만 문학은 당시의 한국사회에서 무기력하고 힘없는, 구체적으로는 특히 권력이라는 것과는 대조적인 위치를 점하는 것으로 이미지화되었고, 김현 역시 그러한 인식을 내면화했다고 볼 수 있다.

이미 살펴보았듯 김현은 어린 시절의 독서 경험이 자신에게 굉장한 기쁨을 선사했다고 『한국문학의 위상』에서 반복적으로 언급한다. 자신의 기쁨과는 별개로 사회에서는 효용성을 이유로, 즉 '힘'이 없다는 이유로 문학은 하찮은 취급을 받고 있다고 김현은 여겼던 것이다. 따라서 여기에서 우리는 김현이 문학에 '힘'을 부여하고 싶었다고 가정해 볼 수 있다. 김현이 직접적으로 문학에 '힘'을 부여해야 한다고 기술한 적은 없다. 그러나 김현이 비평가로서 문학 장 안에서 해야 할 과제로서 "정신을 안일하게 하는 모든 힘"[24]에 저항하는 수단으로 "지식과 언어에 대한 무한한 사랑"[25]을 내세운 것은, 문지 창간호 서문에 밝혔듯 정신의 안일함을 조장하는 "힘"을 상대로 저항할 수 있는 "힘"을 기르겠다는 것이다. 그가 강조한 "지성과 언어"는 그 힘을 기르는 방법적 전제였다고 볼 수 있다. 다시 말해 정신의 안일함 때문에 현실의 사태에 대한 논리적 파악을 불가능하게 하는 힘에 저항하여 문학인으로서 지성과 언어를 무기로 싸울 수 있는 힘을 기르겠다는 것이다.

1960~1970년대 한국지성의 과제가 이 '힘'의 논리의 자장 안에서 움직여지고 있었다는 점을 참고한다면[26] 김현이 문학에

---

24 『문학과 지성』, 1970 가을(창간호), 5쪽.

25 김현·김병익 외, 앞의 책, 서문에서.

26 당시 한국의 국학계(특히 국사와 국문학)에서는 식민사관을 비판하는 분위기가 팽배했다. 문화적 측면에서, 이전 세대인 이어령·조윤제 등이 한국의 민족성으로 규정한 은근, 끈기, 한 등은 야나기 무네요시가 "조선의 미"를 여성적이고 정적인 것으로 규정한 것을 일정하게 수용한 것이었다. 따라서 이에 대한 반발로 조동일이나 김지하 등은 조선적인 것의 특질을 새롭게 강조하기에 이른다. 그들은 동적인 미의 예로서 봉산탈춤, 산대놀이, 마당극 등을 제시한다. 사회역사적 측면에서는 식민지 근대화론에 대한 저항으로서 내재적 발전론이 제출되었다. 내재적 발전론 역시 '힘'에의 동경으로서 민족, 민주주의 이데올로기와 결합하는 양상을 띠고 있었다(김주현, 앞의 글 참고).

'힘'을 부여하려고 한 것은 김현 역시 한국 지식인의 자장 안에 놓여 있었음을 알려주는 것이지만, 김현의 특수성은 **문학**을 향한 과정에 그의 '지성'을 놓아두었다는 점에 있다.

지식인에게 '지성'은 보편적인 것이라면, **문학**은 특수한 것이다. 문학인이자 한국의 지식인이었던 김현에게는 그러므로 지성과 문학이라는 것은 보편과 특수의 영역이 어떤 방식으로 조화를 이루어야 할 것인가 하는 문제를 남긴다. 한국지식인으로서의 역사적 사명(과제)에 충실해야 한다는 점, 그리고 문학인으로서 자신의 사명(과제)에 충실해야 한다는 이 지점은 문학비평가이자 독서가인 그에게서 아무런 대립 없이 공존할 수 있는 것이 아니다. 한국의 지식인으로서의 당시의 과제(조국근대화 / 경제성장)와 문학인으로서의 과제를 고려할 때, 이 두 과제는 논리적 모순 없이 공존하기 어렵다.

하지만 반면에 이 두 과제가 논리적 모순 없이 공존하는 근대의 문학지식인들은 주지하듯 식민지 시기부터 있어 왔다. 이는 결과적으로 한국 근대문학이 한국인들로 하여금 그 자신을 국민의 일원으로 인식하게 하는 민족주의 이데올로기를 내면화하도록 만들었다. 이 경우 당시 지식인의 과제와 문학인의 과제는 대립하지 않았다고 보아야 할 것이다. 그러나 문학의 이념에는 사회에 대한 저항의식 역시 존재한다. 사회의 지배적 담론에 대한 저항의식이 어느 정도였느냐 하는 것에 따라 지식인과 문학인으로서의 과제에 대한 갈등의 정도가 결정되었을 것이다.

그런 점에서 김현의 입장은 후자에 보다 가까웠다고 할 수 있다. 따라서 한국의 지식인으로서 당시 한국지식계에 놓여 있던 과제인 한국사회에 '힘'을 부여하는 방향 ― 이는 당시의 용어로 말하면 조국 근대화 ― 과 문학에 '힘'을 부여하는 것이 김현에게 서로 모순 없이 공존했다고 보기는 어렵다. 이것은 김현이 처한 이중구속의 상황을 암시한다. 그 중 문학의 자율성과 생산성에 관한 그의 논의는 이러한 모순된 상황을 구체적으로 보여준다.

김현이 『한국문학의 위상』과 『문학사회학』에 정리해 놓은 문학과 사회의 관계에 대한 탐색을 살펴보면 그가 근대적 문학원리를 '자율성'과 '생산성'의 두 개념으로 설정하고 있음을 알 수 있다. 근대문학의 전개과정에서 문학의 상품화와 문학의 자율성은 동시적으로 발생되는 개념이라는 것을 김현은 다음과 같이 진술하고 있다.

이 시기(18, 19세기)에 이루어진 가장 큰 영향은 문학에 대한 개념 자체를 바꿔놓은 것이었다. 이 시기에 이루어진 변화로서 주목해야 되는 것은 문학이 음악에서 독립하였으며, 산문 문체가 점차로 형성되기 시작하였고 문학작품이 상품화되기 시작하였으며, 문학이 그 자율성을 획득하였다는 것 등이다. (1 : 158)[27]

문학이 상품화되기 시작했다는 것은 곧 문학이 생산성을 획득했다는 것을 의미한다. 그리고 문학의 생산성은 기존에 문학을 원조하던 세력으로부터 문학이 독립되도록 함으로써 문학이 자율성을 획득하게 하는 원동력이 된다. 한국 근대문학의 경우 서양과학기술의 도입으로 한글의 보급이 확대되고 한글이 한문보다 중요한 기술(記述)수단으로 성장해가는 과정은 유교적 이데올로기로부터 한국 사회가 벗어나는 과정이었고, 궁극적으로 한글로 씌어진 한국근대문학은 지배이데올로기로부터 분리되는 과정을 거쳤다. 김현은 이에 대해서 정치와 문학이 분리되자 문학은 정치에 대해서 대항력, 즉 '힘'을 갖게 되었다고 기술한다.[28] 다시 말하면 문학의 자율성이란 정치사회적인 것에 저항할 수 있는 힘을 의미한다. 한마디로 문학의 자율성은 '문학이 꿈'일 수 있다는 것을 알려주는 지표인 것이다. 그렇기에 김현은 자신의 문학적 전 생애에 걸쳐 문학이 정치와 맞서 싸울 수 있는 힘은 문학의 자율성에 있다는 것을 어떤 상황에서도 철회한 적이 없다. 그런데 근대 과학기술의 도입이 야기한 문학의 생산성은 결과적으로 문학의 자율성과 연결되는 개념이자 문학제도의 문제라는 정치사회제도의 산물이라는 점에서 문제적 개념이라 할 수 있다. 왜냐하면 문학의 생산성 개념과 맞물리는 문학의 자율성은

---

27 원출처는 김현, 「문학사회학—서장을 대신하여」, 『문학사회학』, 민음사, 1983.
28 『전집』 1, 160쪽 참고.

절대적 자율성일 수 없다는 모순을 낳게 되기 때문이다. 김현은
이 모순을 어떤 방식으로 논의하는가.

> 문학의 자율성과 생산성은, 문학인들로 하여금 문학은 누구를 위해,
> 누구에게, 무엇을 어떻게 쓰느냐 하는 문제와, 문학을 식기나 가재 도
> 구처럼 대량 생산·판매하려는 근대 산업 사회의 경향과 싸워야 하게
> 만든다. 그 싸움은 문학과 사회의 관계를 선명히 하려는 싸움에 다름
> 아니다.(1 : 198)

이 인용문은, 정과리가 지적한 바 있듯이 문학이 시장 경제 속
에 놓이게 된 사정을 가리킨다. 위의 문장을 검토해보면 주어인
문학의 생산성은 대량 생산·판매의 특성을 갖는 근대 산업사회
와 싸운다는 논법이 성립한다. 즉 문학의 생산성이 근대산업사
회와 싸워야 한다는 점에서 생산성이 생산성을 야기한 모체와
싸운다는 모순을 내장한 문장인 것이다.[29] 드러난 문장만으로
볼 때 또 다른 주어의 하나인 문학의 자율성이 근대산업사회와
싸워야 한다는 것에는 논리적 모순이 보이지 않는다고 할 수 있
지만, 문학의 생산성은 표면적으로 문학의 생산성을 위해서 시
장 경제의 논리를 긍정해야 하는 상황과 동시에 시장경제의 논

---

29 정과리, 「김현 비평의 현재성」, 『문학과 사회』, 2000 여름, 429쪽.

리와 싸워야 한다는 모순을 발생시킨다. 그러므로 문학 자율성도 문학 생산성으로 말미암아 형성되었다는 것을 고려한다면, 문학자율성이 근대사회와 싸운다는 것도 역시 모순이 된다. 이는 자본주의 시장 경제의 논리 안에 있는 문학 제도 문제와 직결되는 사안인 것이다. 풀어 말하면 자율성·생산성 모두 제도의 산물이라는 점에서 결국 문학 제도가 문학제도와 싸워야 한다는 것이 된다. 이 모순되는 싸움에 대해 김현이 문학과 사회의 관계를 "선명히" 하려는 싸움이라고 말할 때, 이 '선명히'라는 어사는 문학과 사회에 대한 이분법적 분리에 있는 것이 아니라는 점에서 주목을 요한다.

김현은 최인훈론에서 한국 소설의 결함 중 하나로 "돈에 대한 경멸"(2 : 365)을 꼽는다. 돈에 대한 경멸은 인물들을 "허공에 떠 있거나 땅속에 숨어"(2 : 365)있게 만든다는 것이다. 이는 김현이 자본주의 시장경제의 논리를 긍정하고 있는 대목이 아니다. 김현은 자본주의 시장경제의 논리를 '인식'해야 한다고 강조하고 있는 것이다. 김현은 "돈에 대한 경멸"은 "근대화에 대한 투철한 이해"(2 : 365)를 방해한다고 주장한다. 즉 그는 근대의 삶의 물리적 조건에 대한 냉철한 인식을 촉구하고자 했던 것이다. 그래야 문학의 생산성이 갖고 있는 이중적인 특성을 파괴하지 않은 채[30]

---

30 『전집』1, 198쪽.

문학과 사회의 관계가 제대로 논의될 수 있다고 여겼던 것이다.
김현은 인간 삶의 모순과 역설이 반영된 문학과 사회의 이중적
특성이 파괴되지 않은 채 표현되어야 문학과 사회의 두 관계가
'선명히' 드러난다고 본 것이다.

　김현은 우리의 현실이 처한 삶의 모순과 역설을 있는 그대로
바라보되, 이를 '지성'을 통해 '논리화하고자' 한다. 그렇기 때문
에 그는 기존의 문학에 역점을 두어 '문학만을 위한 문학'을 주장
하는 경향과 사회에 역점을 두어 '인간·사회를 위한 문학'을 주
장하는 경향이 논쟁하는 것을 가짜논쟁이라 비판했던 것이다.
그가 보기에 문학과 사회를 둘러싼 이와 같은 이분법적 대립은
가짜대립인 것이다.[31]

> 　문학과 사회를 어떻게 정의하느냐 하는 것은 근대 이후의 미학의 한
> 주된 문제였으므로 그 정의 역시 다양하지만, 나는 문학과 사회를 각
> 각 비현실적 기능과 현실적 기능으로 정의하고 싶다. 문학을 비현실적
> 기능이라고 하는 것은 그것이 아름다운 형태 속에 ─ 형식 속에서가
> 아니다 ─ 일상인이 마치 밤의 꿈속에 갈등을 표출시키듯 현실을 표출
> 시키는 것이라는 것을 지적한다. 사회는 인간의 현실을 문학과는 다르
> 게 인간이 질서있게 살 수 있도록 제도화시키는 것이라는 뜻에서, 문

---

[31]　위의 책, 198쪽.

학이 비현실적 기능이라면, 그것은 현실적 기능이다. 문학은 사회적 갈등이나 모순을 있는 그대로 표출하여 그것의 부정적 성격을 승화시키려 하며, 사회는 그것을 제도적으로 억압하려 한다. 문학은 꿈이며 사회는 제도이다. 문학은 꿈이며 행복에의 동경이지만, 그것은 앞뒤가 어긋나지 않는 형태를 요구한다. 사회는 제도이지만, 그것 역시 앞뒤가 어긋나지 않는 형태를 요구한다. (…중략…) 문학적으로 사회를 이해한다는 것은 인간이 질서있게 살아가기 위해 제도화시킨 것을, 쾌락 원칙에 의거해서 인간이 갖고 있는 꿈에 비추어서 재반성하는 것을 뜻한다. 그런 의미에서 문학가는 떠돌이인데 왜냐하면 그는 제도 안에 있으면서 그 제도 밖을 꿈꾸기 때문이다. 이 사회에서는 어떠한 꿈이 어떠한 형태로 제도화되어 있는가, 그 제도화는 어떠한 모순을 드러냈는가, 그 모순은 어떻게 극복될 수 있는가를 문학은 꿈·행복에 비추어 드러내는데, 문학의 특수한 점은 그 드러냄이 결핍에 의지해 있다는 점이다. 꿈을 꿈 자체로 드러내는 방식을 문학은 취하지 않는다. 그것은 아마도 예언적 철학자가 할 임무이리라.(1 : 199)

문학과 사회의 이중적인 특성을 파괴하지 않은 채 문학과 사회의 관계를 드러내고자 김현이 취하는 방식은 일단 문학을 '비현실적 기능'과 '현실적 기능'으로 분리하는 것에 있다. 이를 표피적으로만 읽어낸다면, 분리를 표현하고 있다는 점에서 김현이 문학과 사회의 이중적인 특성을 그가 의미하는 바의 "선명"한 것으로 보여주는 것은 아니다. 게다가 "문학은 꿈"이라는 진술은 앞에서 문학의 생산성과 문학의 자율성의 측면이 동시적으로 출현한다는 논의에 의한다면 모순적임을 알 수 있다. 또한 문학은 "꿈을 꿈 자체로 드러내지 않는다"는 진술은 문학의 세속성 혹은 현실성을 의미한다는 점에서 "문학은 꿈"이라는 진술이 의미하는 바는 겉으로 드러난 진술만으로 설명되기 어려운 중층적인 것임을 보여준다. 그러므로 여기서 '문학은 꿈이다'라는 진술은 사실명제가 아니라, 문학에 요청되는 수행명사의 성격을 갖고 있는 상징적인 것으로 이해될 때, 위와 같은 김현의 문학 논의는 설명될 수 있다.

문학의 자율성·생산성을 둘러싼 문학 제도의 관계 개념은 이념형이 아닌, 현존하는 문학의 실재이다. 그러나 문학의 자율성 개념에 의해 도출되는 "문학은 꿈"이라는 진술은 김현의 이념형이자 당위이다. 그렇기 때문에 그는 꿈을 꿈 자체로 드러내지 못하고 결핍으로 드러내야 한다는 자신의 논리를 전개할 수 있었던 것이다.[32] '꿈을 꿈 자체로 드러내지 않는다'는 문학의 세속성을 인정하는 김현의 문학관은 꿈과 제도의 관련성을 부정하지 않는다는 점에서 문학과 사회의 이중적 특성을 포괄하는 것이며, 문학의 실재에 관한 이런 이중적 층위로부터 야기되는 혼란

---

[32]　위의 책, 200쪽.

을 자신의 말처럼 "혼란을 다른 방법으로 진정시키려 하다가 그
것을 더욱 조장시키지 말고, 그 혼란을 의식함으로써 진정시키
는 것이 제일 쉬운 일"(2 : 63)이라고 생각했던 대로 그의 논리를
실천했던 것이다. 즉 그는 역설을 역설로, 모순을 모순으로 수용
하는 논리를 설정하고자 한 것이다.

> 자기 시대와 환경을 완전히 벗어났다고 믿는 순간에도, 그의 노력은
> 그의 시대나 환경 속에 갇혀 있다고 할 수 있다. 그것은 꿈이 제도와 떨
> 어질 수 없는 관계를 맺고 있기 때문이다. 어떤 꿈이나 동경이 제도와
> 관계없이 어느 날 갑자기 생겨났다고 생각해서는 안 된다. 그것은 제
> 도가 갖고 있는 모순, 갈등의 오랜 축적의 결과이다. (1 : 200)

이처럼 모순과 역설의 상황을 그것 자체로 논리화하고자 하는
것이 바로 김현의 지성관이었다고 할 수 있다. 따라서 문학의 자
율성이라는 특수성이 문학 외부와 관계된 보편성 속에서 어떤
관계에 놓여 있는가를 탐색하고 이 탐색의 결과 얻어진 중층적
관계 양상 속에서 이 관계가 어떠한 이념적 층위에 자리해야 하
는가 하는 문제가 바로 비평가 김현의 과제였고, 이를 토대로 그
의 비평적 지향점이 실천된다.

그는 문학에 대한 자신의 이념형을 위해서 "문학을 사회적으
로 이해하고자"했기 때문에 "문학이 어떤 형태로 제도화되었는

가를 생각하고 그것의 의미를 반성하는 일"(1 : 200)로부터 **문학**의
가능성을 찾고자 했다. 이런 점에서 김현은 자신의 이중구속으
로부터 한바퀴 원을 돌아 자신의 문학적 지향점이었던 원점으로
끊임없이 회귀하고자 한다. 따라서 그의 '지성'은 **문학**의 자리로
회귀할 수 없는 상황이 무엇인지 탐색해야 한다. 문학과 사회를
외부에서 바라보는 보편적 시각에 의해서 문학이라는 특수의 자
리를 탐색해야 하는 것이다. 다음 절에서 이를 보다 구체적으로
살펴보도록 하겠다.

3. 교양과 상상력

　이 장의 1절에서 김현이 '지성'을 토대로 한국사회의 현실을
정확히 포착할 것을 요구했다고 살핀 바 있다. 현실에 대한 정확
한 포착에서 요청되는 것이 있다면 그것은 현실에 대한 비판적
인식이라 할 수 있다. 비판적 인식이 전제되어야만 현실을 정확
히 포착할 수 있기 때문이다. 들뢰즈의 말을 빌자면, 현실을 포착
하는 능력에는 상상력이 필수적이다. 상상력의 두 활동이란 '포
착과 총괄'로 요약되는 바, 포착은 서로 다른 부분의 표상들을 결

합해 가는 능력이며, 총괄은 그 결합한 표상을 하나의 전체로 재생하는 능력을 뜻한다.[33] 마찬가지로 김현이 현실을 정확히 포착하고자 할 때 그의 '지성'에는 '상상력'이 요청되는 것이다. 지성과 상상력이 동시적으로 움직여질 때에라야 현실을 포착하여 현실을 전체적으로 바라봄으로써 사태에 대한 정확한 판단을 이끌어낼 수 있기 때문이다. 지성과 상상력의 결합을 가능하게 하는 것은 무엇인가. 이를 위해 인문주의 개념의 하나인 교양 개념에 대해서 살펴보도록 하자. 인문주의의 교양(Bildung) 개념은 김현의 '지성'의 개념을 토대로 한 인문주의와 낭만주의적 상상력 개념의 관계를 살피는 데 있어서 중요한 역할을 담당하고 있기 때문이다.

주지하다시피 우리 사회에서 교양이라는 말은 식민지 시기에 독일어 빌둥(Bildung)이 일본을 통해 들어와 정착된 번역어이다.[34] 근대 서구의 교양 개념에 대한 일반적 설명에 따른다면 18세기를 통해서 교양은 단순히 자기의 능력이나 재능의 계발이 아니라 인간의 자기완성의 과정을 뜻하는 말이 되었다.[35]

---

33   서동욱, 『들뢰즈의 철학』, 민음사, 2002, 40쪽.

34   신인섭, 「교양개념의 변용을 통해 본 일본근대문학의 전개양상 연구」, 『일본어 문학』 23집, 한국일본어문학회, 2004, 345쪽 참고.

35   오늘날 우리가 이와 같은 의미로 교양의 개념을 규정하는 것은 헤르더가 교양을 '인간성에로의 고차적 형성'으로 정의한 것에서부터 비롯된다(가다머, 이길우 외역, 『진리와 방법』, 문학동네, 2000, 42쪽 참고).
일본에서의 번역어로서의 '교양' 역시 단순한 지식이나 개인적 자질이 아니라 한 개인의 인격형성과 발전에 필요한 인문학적인 소양의 습득을 통해 일정한 문화이상을 교양이 인간의 자기완성의 과정을 뜻한다고 할 때 우리는 이 '과정'이 의미하는 바에 주목할 필요가 있다. 이는 교양 개념을 이해하는 데에 있어서 개인의 주관성으로부터 야기되는 상상력의 문제를 어떻게 이해할 것인가 하는 문제와 관련되기 때문이다. 즉 '자기완성의 과정'의 범주 안에서 개인과 사회의 문제를 어떤 방식으로 관련지을 것인가의 문제에 따라 교양의 범주가 개인성의 영역의 문제인 것인지, 아니면 공적·사회적 영역의 문제인 것인지가 가늠된다. 물론 헤겔을 비롯해 교양에 관한 논의를 펼치는 주요논자들은 모두 교양의 본질로서 정신적 개방성과 보편성을 들고 있다는 점에서 당연히 후자에 무게를 두고 있다.[36] 그럼에도 불구하고 교양개념이 개인의 영역을 넘어서는 보편성을 갖고 있는 개념인가에 대해서는 실제 언어 사용의 측면에서 그렇게 쉽게 단정지을 수 있는 문제가 아니다.[37][38] 이해

체득하고, 세상을 종합적으로 판단하고 이해할 수 있는 능력을 의미했다(이향철, 「근대 일본에 있어서의 '교양'의 존재형태에 관한 고찰」, 『일본역사연구』 13집, 일본사학회, 2001, 84쪽 참고).

36 빌헬름 폰 훔볼트, 매튜 아놀드, 한스-게오르그 가다머 등을 들 수 있다.

37 한국의 경우, 교양이라는 단어가 사회순응적, 체제 순응적 어의를 갖게 되는 역사적 사실을 상기해보라(이에 대해서는 김종철, 「교양체험과 욕망의 교육」, 『시적인간과 생태적 인간』, 삼인, 1999 참고).

38 가다머는 이와 같은 혼란과 혼용의 원인을 칸트에게서 찾고 있다. 가다머는 교양의 보편성을 논의하는 데 있어서 보편적 감각을 관련짓는데, 그럼으로써 공통감각을 교양의 본질을 설명하는 범주에 포섭한다. 공통감각뿐만 아니라, 판단력, 취미까지 연계적으로 설명함으로써 궁극에 가서는 칸트의 취미개념을 공격하는 데까지 이른다. 가다머에게 공통감각이란 인류 전체 혹은 한 민족에게 공통으로 인정되는 지식을 의미하며 구체적 보편성을 형성할 수 있는 능력이다. 공통감각에 작동하는 감지력의 범주에는 감정, 무의식, 인식방식이 동시에 존재하며 이는 자연히 교양과 연계되는

것이다. 따라서 가다머에게 공통감각은 시민적·윤리적 존재가 지닌 한 요소이다. 모든 사람은 공통의 감각, 즉 판단력을 충분히 갖고 있기 때문에 우리는 그들이 공통 감각, 다시 말해 진정한 윤리적인 시민적 연대의식을 지니고 있다고 믿을 수 있는데, 이 감각은 결국 올바름과 올바르지 않음에 대한 판단과 공동의 이익에 대한 관심을 의미한다. 이처럼 교양과 공통감각 그리고 판단력은 궁극적으로 교양의 보편성이라는 관점을 매개로 할 때 윤리적인 보편성을 내포하게 된다. 여기에 취미개념까지가 모두 포괄된다. 취미개념이란 칸트가 『판단력 비판』의 기초로 삼기 이전에는 미학적 개념이 아니라 오히려 도덕적 개념이었다는 것을 가다머는 강조한다. "취미는 자신을 자연과 예술의 아름다움에 제한하지 않고 아름다움을 장식적 성질에 따라 평가하면서 도덕과 예절의 전 영역을 포괄"하는 개념이라는 것이다. 도덕개념이라는 것이 명확하게 규범적으로 규정되는 것이 아니라는 것이다. 법과 도덕의 규칙으로는 사람에게 철저한 질서를 세우는 것이 불완전하기 때문에 생산적인 보충이 필요하다. 구체적인 경우들을 바르게 평가하는 데 판단력이 필요하다는 것이다. 즉 모든 도덕적 결정은 판단력을 요구하는 취미를 요구한다는 결론에 도달한다. 이와 같이 인문주의의 개념들은 통합적 사유의 산물임에도 불구하고 가다머가 이를 구분하여 논의하는 목적은 칸트를 비판하고자 하는 것에 있다. 가다머에 의하면 칸트가 감각적 판단능력을 취미판단으로 제한하고 공통감각을 오직 취미의 영역에 국한시킴으로써 공통감각의 개념이 지닌 도덕적이며 정치적인 전통을 더 이상 고려하지 않게 되었다는 것이다. 칸트에게 취미판단이란 대상에 대한 객관적 인식이 아니다. 그것은 대상에 대한 구체적인 지각 내용과는 무관한 것으로 오직 대상의 표상으로 인해 야기된 우리의 자유로운 상상력과 오성 사이의 조화에서 얻어지는 주관적 만족에 불과하다. 반면에 취미판단을 포함하는 가다머의 공통감각이란 주관성을 넘어서서 타자로 개방시키는 능력이며 동시에 그러한 능력을 통해 획득한 공동의 개연적 판단이기도 하다. 물론 칸트에게 공통감각은 공동체와 연결되며 공동체를 이루고 살아가는 인간에게 주어진 더 이상 사적이지 않은 공동체적 감각으로서 상호 주관적 감각이라 할 수 있다. 따라서 칸트에게 취미판단은 "일반 타당한(공적)" 판단이며 나의 사적 판단이 아니라 다른 사람과 공유 '가능한' 판단일 뿐인 것이다. 다시 말해서 칸트에게 공통감각은 실제로 이미 형성된 공통성을 나타내는 판단은 아니다. 취미판단은 단지 다른 사람들의 동의와 인정이라는 보편성과 공동성에 대한 요구를 담고 있을 뿐이다. 그러므로 칸트의 경우 취미판단은 참된 공동성을 포함하지 않으며 단지 보편성 혹은 일반 타당성에 대한 주관적인 요구만을 담고 있다고 할 수 있다. 그러므로 가다머와 같은 인문주의자의 입장과는 다른 의미에서의 보편성이라고 할 수 있을 것이다. 그렇다면 가다머와 칸트가 결정적으로 갈리는 취미판단의 개념을 결정하는 공통감각의 개념이 상이해진 원인은 어디에 있는 것인가? 가다머는 공통감각의 인문주의적 이해에 작용하는 적극적인 윤리적 개념이 라틴, 영국 계통의 비코, 샤프츠베리 등의 공통감각 개념이 독일에 계승될 때에 독일의 정치적 상황에 의해 공통감각의 의미의 일부만이 계승되었다고 본다. 가령 샤프츠베리가 추구하는 것은 도덕뿐만 아니라 미학적 형이상학적 전체를 그 위에 기초짓는 것은 공감의 정신적, 사회적 덕이다. 다시를 위해 가다머의 견해를 참고해보자.

가다머는 『진리와 방법』에서 인문주의의 주요개념을 교양, 공통감각, 판단력, 취미의 네 가지로 나누어 설명한다.[39] 하지만 가다머가 교양의 보편성을 설명하는 범주로서 공통감각, 판단력, 취미를 결합하여 통합적으로 설명하고 있다는 점에서 가다머가 논의하는 교양이란 곧 인문주의를 결정짓는 관점이다.

가다머에 의하면 교양은 진정한 역사적 개념으로서 '보존'이라는 의미를 갖는다. 이는 역사적 전승을 포괄하는 보편성에로의 고양을 의미하는데, 이는 교양을 삶의 시공간적 경계를 넘어서 있는 인간 보편을 추수하는 태도로 이끈다.

말해서 공통감각이란 정신적·사회적 덕의 연계로서의 의미인 것인데, 그것이 18세기 독일에 수용되면서는 정신적·사회적 덕의 의미는 삭제된 채로 칸트 윤리학의 배경을 형성했다. 영국과 라틴계 나라들에서는 공통감각이라는 개념이 비판적 슬로건일 뿐만 아니라 시민의 일반적 특질을 나타냈는데 반해서, 샤프츠베리를 추종했던 독일인들은 18세기에 공통감각이 의미했던 정치적·사회적 내용은 물려받지 않았다. 따라서 칸트에 이르러 공통감각은 내용적으로 공허한, 주관의 형식적 능력으로 자리잡게 된다. 요컨대 18세기의 강단 형이상학과 통속철학은 계몽 사상의 주도적 나라인 영국과 프랑스를 배우고 모방하면서 지향했음에도 불구하고 사회적·정치적 조건들이 전혀 갖추어져 있지 않은 탓에 계몽사상을 자기 것으로 할 수 없었다. 공통감각의 개념을 받아들이긴 했으나 완전히 탈정치화했기 때문에 이 개념은 원래의 비판적 의의를 상실했다(가다머, 앞의 책 참고). 가다머와 칸트의 상이한 입장을 길게 설명한 까닭은, 김현의 '지성'이 가다머식으로나 칸트식 어느 한 가지 입장만으로는 설명되지 않기 때문이다. 김현의 잘 알려진 문학론의 입장, 다시 말해 문학의 자율성, 순수성 옹호의 입장은 칸트식의 미학적 방식을 취할 때 일부만이 설명된다. 김현이 문학을 통해서 자신에게나 우리에게 던지고 있는 질문이란 칸트식의 미학적 범주만으로는 설명되지 않는 인문적 보편의 범주라는 것을 고려할 때 가다머식의 인문주의적 개념으로부터 도출되는 미학적 개념에 가깝다.

39 이후 가다머의 논의에 관해서는 가다머, 앞의 책, 31~94쪽 참고.

교양에는 자기 자신에 대한 절도와 자기 자신으로부터 거리를 두는 것에 대한 보편적 감각(ein allgemeiner sinn)이 있으며, 그리고 이 점에서 교양에는 자기 자신을 넘어 보편성에로의 고양이 있다. 자기 자신과 자신의 사적인 목적을 거리를 두고 주시한다는 것은, 타인이 보는 것처럼 주시하는 것을 말한다. 이 보편성은 분명 개념이나 오성의 보편성이 아니다. **보편적인 것으로부터 특수한 것이 규정되는 것이 아니고, 또 어떠한 것도 논박의 여지없이 증명되지 않는다. 교양인이 자신을 열어놓게 되는 보편적 관점들이란 그 자신에게 유효한 어떤 고정된 척도가 아니라, 가능한 타인들의 관점으로만 현존할 뿐이다.** 이 점에서 교양인의 의식은 사실 어떤 감각의 특성을 더 많이 가지고 있다. (…중략…) 교양인의 의식은, 자연적 감각들(다섯 가지 감각들)이 각기 한 특정한 영역에 한정되어 있다는 점에서, 이 개개의 감각들을 초월한다. 교양인의 의식 그 자체는 모든 방향에서 활동한다. 이 의식은 보편적 감각이다.[40] (강조―인용자)

타자의 시선으로 자기를 주시할 수 있는 교양이라는 개념에서 야기되는 보편성이란 개념이나 오성으로 설명되지 않는다. 보편성으로부터 특수한 것이 규정되지 않는다는 진술로써 가다머는 보편성의 척도가 자신에게 고정된 것이 아님을 분명히 하고자

---

[40] 가다머, 앞의 책, 55쪽.

한다. 가능한 타인들의 관점으로부터 보편적 관점이 존재한다는 것에는 정신의 '자기자신으로의 회귀'라는 헤겔식의 개념에 대한 비판이 전제되어 있다.[41]

개개의 감각들을 초월하는 것이 보편적 감각이라는 언급을 고려한다면 특수한 것 자체를 벗어나는 '초월성'의 영역이 궁극적으로 교양개념으로부터 도출되는 보편성의 개념에 관계하고 있음을 알 수 있다. 요약하면 이러한 보편성에 도달하기 위해서는 특수성 자체를 넘어서는 것이 요청되는 것이다. 즉 자기의 완성을 이루는 교양의 개념이란 자기를 벗어난 '초월'에 이르러서 보편성을 획득하게 되는 것이다. 결과적으로는 교양이란 자기와 타자를 동시적으로 바라볼 수 있는 보편에의 개념이라 할 수 있다. 따라서 교양에는 자기와 타자의 경계를 자유롭게 넘나드는 유연성이 필요하다.

이러한 유연성에 요구되는 것이 바로 상상력이다. 김현이 '문학경험으로서의 상상력'을 강조할 때 문학읽기란 지극히 개인적인 경험에 불과한 것이 아니라 궁극에 가서는 타자를 향한 보편성을 획득하게 되는 과정이라는 믿음이 전제되어 있다고 볼 수

41　헤겔 철학에서 교양은 보편적 형이상학적 범주인 '정신'의 한 속성이고, 정신이 그에 대한 타자를 자신 속으로 결합시키면서 궁극적으로 그 자신을 완전하게 실현하는 모든 역사적 과정을 나타낸다. 타자 수용의 목적이 결과적으로 자기 자신으로의 회귀를 통한 자기실현에 있다는 헤겔의 이론은 그러므로 근대의 제국주의 논리의 기반이 되었다고 비판받는다. 따라서 이런 비판은 인문주의의 역사적 개진에 대해서도 마찬가지로 적용된다.

있다. 이렇듯 상상력으로부터 비롯되는 인문주의적 교양은 "훌륭한 일을 행하고자 하는 도덕적 및 사회적 정열"[42]로까지 나아가는 보편성을 지향하는 범주로 확대된다. 그럼으로써 인문적 지성의 교양은 궁극적 목적인 개인의 완성에 그치는 것이 아니라 인식의 끊임없는 확장을 토대로 자신이 속한 공동체의 향상 즉 사회 전체의 향상을 전제할 수 있도록 한다.

김현이 당시의 정치사회사와 관련하여 대외적인 발언을 공식화하지 않고 거리를 두었다는 것을 근거로 하여 김현의 '지성'의 개념을 칸트식의 개념으로만 정리할 때[43] 김현이 지속적으로 제기하는 '우리는 어떻게 살아야 하는가', '우리가 사는 곳을 어떻게 살 만한 곳으로 만들 수 있을까' 하는 인문주의적 질문이 왜 김현에게 지속되는가를 설명할 수 없으며 그런 방식의 평가가 계속될 때, 김현의 인문주의적 특성과 낭만주의적 특성은 철저하게 주관적인 개인성의 고립된 영역의 것으로 설명되고 만다.

인간이 어떻게 살아야 하는가의 문제, 그리고 이 세계는 살만한 것인가의 문제, 즉 인간의 '삶'의 문제에 대한 질문을 김현은 자신의 비평에서 놓았던 적이 없다. 따라서 삶과 문학의 관계성 속에서 김현의 문학론이 설정되었다는 것을 고려한다면 그의 지

---

42 Matthew Arnold, *Culture and Anarchy*, ed., j. Dover Wilson, rpt Cambridge, 1969(1869). 여기서는 김종철, 「인문적 상상력의 효용」, 『외국문학』, 1987 봄, 114쪽에서 재인용.
43 예컨대 이명원, 「김현문학비평연구」, 서울시립대 석사논문, 1999를 꼽을 수 있다.

성론을 고립된 미학주의자의 지성 개념으로 볼 수 없다. 김현의 문학관을 순수 미학주의자의 그것으로 설정할 때 김현의 문학관은 반쪽만 드러날 뿐이다.

따라서 가다머의 인문주의 개념을 김현에게 적용해 본다면 김현의 인문주의적 지성의 내용은 인식과 실천을 포괄하는 개념이라 할 수 있다. 따라서 문학의 정치적·사회적 독립성을 실천하기 위해 그가 (이념으로서의) '문학 자율성' 개념을 역설할 때 그의 '지성'은 정치·사회와의 관련성을 실천하는 지성이었던 것이다. 김현이 창비와 대비하여 지칭한 문지의 문학적 실천인 '이론적 실천'[44]의 의미가 여기에 있다고 할 것이다.

문학과 사회의 관계 속에서 던지는 김현의 질문은 개인과 사회가 서로 결합되어 있다는 의식 속에서 제출된 질문이라는 점에서 김현이 강조하고 있는 인문주의적 지성의 개념은 앞서도 언급했듯이 보편적 교양주의의 개념과 연계되어 있다고 할 수 있다.[45] 이와 같은 인문주의적 지성의 교양개념은 일정 정도 당

---

44 이와 대비하여 김현은 창비의 입장을 '실천적 이론'이라 명명하기도 했다(『전집』 4, 345쪽 참고).

45 한국이 서구의 근대 인문주의를 수용했다는 것을 고려한다면, 인문주의가 어떤 관점에서 비판받는가에 대해서도 관심을 기울일 필요도 있다. 서구의 근대 인문주의는 근대에서 행해진 야만적 행위인 전쟁과 학살, 환경파괴, 인종차별 등의 이론적 근거로 활용되었다는 점에서 비판받는다. 아도르노는 휴머니즘적 언사를 선포조차 하지 말아야 한다고 언급할 정도로 인문주의에 대해 경계한다. 그러나 이 절에서 특별히 가다머의 인문주의의 교양개념을 소개하는 까닭은 인류가 저지른 야만의 역사를 비판하는 것 역시 인문주의를 토대로 하고 있다는 것을 밝히는 데 있어서 가다머가 설명하는 인문주의 개념이 적합하기 때문이다.

시 한국의 문학지식인들에게 공통적인 것이었을지 모른다.[46] 그렇다면 김현의 인문주의적 지성의 개념은 한국문학 장 안에서 어떤 특수성을 보여주는가.

김현은 문지 창간호에다가 「한국소설의 가능성」을 싣는다. 소설을 매개로 하여 자신의 문학론을 피력하고 있는 이 글은 김현의 문학을 매개로 한 지성론이 실제로 문학 평가에서 활용된 점에서 주목할 필요가 있다. 리얼리즘 소설을 논하면서 김현이 나아가는 지점은 예술 일반에 대한 이해인데 여기서 그는 사회주의 리얼리즘에 대한 비판을 가한다. 사회주의 리얼리즘이 "현실의 예술에 대한 우위성" 때문에 "예술을 말살"한다고 설명하면서 가져오는 예가 마르크스와 엥겔스라는 것은 흥미롭다.

문학이 예술로보다는 하나의 도구로 이해되기 시작한 것은 그러나 마르크스나 엥겔스에 의해서가 아니라 레닌, 스탈린에 의해서이다. (…중략…) 트로츠키의 열린 문화론이 수정주의로서 철저히 배격되고, 사회주의 이론에서 레닌의 교조주의가 득세하게 됨에 따라, 경향문학은 마르크스, 엥겔스, 그리고 트로츠키 등의 교양인들이 그토록 빠지지 않으려고 애를 쓴 도식주의에 빠지게 된다. (2 : 82)[47]

---

46 김현은 1960년대 후반의 비평가들이 대개 인문·사회과학파들이었고 진술한다. 당시의 인문사회과학파들은 문사철(文史哲)을 하나로 인식하는 전통적 사유와 맞닿아 있는 교양주의자들이었다는 것이다(『전집』 7, 233쪽 참고).
47 원출처는 김현, 「한국소설의 가능성」, 『문학과 지성』, 1970 가을(창간호).

마르크스나 엥겔스는 경향문학의 발호를 오히려 걱정하며, 정치적
입장의 반동성에도 불구하고 발자크를 인정하지 않을 수 없게 된다.
(…중략…) 마르크스나 엥겔스로서는 그(발자크-인용자)가 어떠한
사회적 신분이나 위치에 있든지, 그리고 그가 표명하는 정치적 신념이
여하하든간에 위대한 작가를 역사에서 제외할 수 없는 교양인의 세계
에 살고 있었던 것이다.(2 : 85)

마르크스나 엥겔스가 경향문학의 도식성을 비판하고 발자크
를 옹호할 수 있었던 것은 김현이 보기에 그들이 "교양인의 세계"
에 살고 있었기 때문이다. 여기서의 교양인의 세계란 문학과 예
술, 사회와 정치 문화 모두를 포괄적으로 이해하고 판단할 수 있
는 교양의 세계를 뜻한다. 그것은 가다머 식의 공통감각에 기댄
인문주의적 교양의 범주로부터 등장하는 미적 판단력을 가능하
게 하는 교양의 세계인 것이다. 예술을 사멸시킨 사회주의 리얼
리즘의 도식성에 대해 레닌, 스탈린, 카프의 김기진, 박영희 등의
지성인들을 예로 들어 비판할 때 김현이 적용하는 관점 중의 하
나는 이렇듯이 보편적 교양의 강조이다. 김현에게 문학적 판단을
야기하는 지성은 궁극적으로는 인문주의적 '교양'이었던 것이다.

리얼리즘이라는 것을 한 시대의 핵을 파악하는 능력으로 파악한다
면, 그것을 리얼리즘이라고 구태여 부를 필요가 없을지도 모른다. 위

대한 문학은 어느 곳에서도 어느 시대에서도 그것을 행해냈기 때문이
다.(2 : 88)

한 시대의 핵을 파악하는 것이야말로 김현이 보기에는 지성의
의무였다. 그렇다면 김현에게 위대한 문학이란 시대와 장소를
초월하는 보편적인 것이므로 문학에는 보편적 교양이 전제되는
것이고 이런 교양이 있어야 시대의 핵이 파악된다는 것이다. 다
시 말해서 현실에 대한 정확한 파악에 교양이 요청되고 있는 것
이다. 김현의 '지성' 개념에는 문학을 매개로 한 보편적 교양주의
가 전제되었던 것이다. 교양주의를 전제로 한 보편성이 거론될
때 궁극적으로 야기되는 질문은 윤리의 문제이다.

근대미학의 일반은 칸트의 미학개념에 전적으로 기대고 있다
고 해도 과언이 아니다. 따라서 문학의 자율성 개념 역시 칸트의
미학개념에 기대고 있다. 이 경우 보편성의 영역에서 질문될 수
있는 윤리의 문제는 가다머적 개념이 아니기 때문에 설득적일
뿐인지 강요될 수 있는 영역이 아니다. 칸트에게 있어 취미판단
의 책임은 전적으로 개인의 문제로 귀결되므로 타인에게 다만
동의를 요청할 수 있을 뿐이다. 칸트의 경우, 미적 주관성은 공통
감각을 매개로 해서 타자에게 요청될 수는 있어도 강요될 수는
없는 것이기 때문이다. 그렇기 때문에 책임의 영역이란 절대적
으로 개인에게 한정된다고 할 수 있을 뿐이며 따라서 미적 영역

에서의 자율성의 문제 역시 절대적으로 개인의 주관의 문제로 한정된다. 이것은 흔히 알려진 대로 김현의 문학론인 '문학의 무용성의 유용성'을 토대로 한 자율성에 관해 책임 소재를 질문할 경우에도 그것은 개인의 문제에로 한정된다는 것을 뜻한다. 또한 이 경우 문학을 통해서 '나는 어떻게 살아야 하는가'는 질문될 수 있지만 '우리' 혹은 '인간'은 '어떻게 살아야 하는가'라는 삶의 보편성을 지향하는 김현의 질문은 야기될 수가 없다. 뿐만 아니라 문학적 가치판단의 문제도 상대적일 수밖에 없다.

문학적 사실은 가치와 관련된 사실이다. ― 이 주장은 많은 반발을 자아낼 주장이다. 가령 에스카르피는, 가치와 관련없이 문학적 사실을 분석할 수 있다고 믿고 있다. 그의 용어를 따르자면, 문학은 비기능적인 것이며, 무상의 것이다. 그것을 그대로 인정한다면, 무협소설 같은 것이 문학의 정상에 위치하게 될 것이다. 무협소설에서 우리는 완전한 무상성을 꿈꿀 수 있기 때문이다. 동시에, 문학적 사실이 가치와 관련이 없다면, 소설과 신문 사회면의 기사, 시와 정신병 환자의 자유 연상, 수필과 노인들의 주석에서의 방담 사이에는 별다른 구별이 있을 수 없게 된다. 문학사회학은 문학적 사실에 고유한 것, 어떤 다른 것이 아닌 바로 문학적인 것의 사회학이어야 하는데, 그 문학적인 것은 결국 가치와 관련을 맺고 있다. (1 : 301~302)[48]

문학 작품의 자율성을 보장하면서 사회학적으로 그것을 설명하는 것, 그것이 문학사회학을 문학사회학으로 존재하게 하는 것이라는 김현의 설명에 이어서 윗글이 등장한다. 여기에서 김현이 비판하고자 하는 것은 문학적 사실의 "두께"(1 : 301)가 사회학적으로 재단되는 것이다. 문학적 사실에 '두께'라는 표현을 그가 사용하는 까닭은 문학이 우리의 보편적 삶의 의미와 별개일 수 없다는 점에서 문학적 사실과 가치가 서로 배제된 채 문학사회학이 형성되는 것에 대한 거부의 근거를 제시하고자 한 것이다. 가치판단을 강조하는 관점이란 인문학적 교양주의자의 정신에서 비롯된다는 것을 고려한다면, 김현의 문학개념에는 이처럼 인문주의적 사유가 상당한 영향력을 끼치고 있는 것이다. 김현에게 가치판단의 문제는 상대적인 것이 아니라, 절대적인 문제였던 것이다.

가치판단의 문제가 절대적으로 중요한 김현에게 있어서 낭만주의적 경향의 주관성·상상력·개성 등의 개념은 지성을 토대로 인간 보편의 영역을 지향한다. "한국의 현실의 모순을 직관으로 파악하는 작가의 놀라운 투시력, 그리고 그것을 가능하게 하는 상상력"(2 : 94)으로 김현이 기대하고 있는 것은 "도식화"(2 : 94)에 대한 거부이다. 도식화를 거부할 때 "상상력으로 시대의 핵"(2

48　원출처는 김현, 「문학사회학의 구조」, 『문학사회학』, 민음사, 1983.

: 94)을 붙잡을 수 있으리라고 기대하고 있는 것이다. 이성과 논리가 강조되는 담론의 영역에서 문학비평가로서 지성의 이름으로 그가 경계하는 것은 “도식화”에 대한 거부이다. 인문적 교양주의로서의 그의 ‘지성’은 도식화를 거부하는 힘의 원천을 ‘상상력’에 놓고 자신의 문학적 이념형을 실천하고자 한다. 이념의 설정은 낭만주의적 상상력과 인문주의적 이상이 결합될 때 형성된다. 상상력의 위대한 가치 중의 하나는 이념형을 낳을 수 있다는 것이다.

독서가와 비평가로서의 김현의 이념은 그의 문학 개념의 하나인 자율성에 대한 옹호에서 그 궁극적 실체를 보여준다. 김현에게 ‘문학의 자율성’은 문학제도로서 실질적으로 획득된 ‘현실태로서의 자율성’만을 의미하지 않는다. 문학의 자율성이 ‘제도이자 반-제도’라는 점을 고려한다면 ‘현실태로서의 자율성’이 제도로 존재할 때 ‘이념태로서의 자율성’은 반-제도를 형성한다. 따라서 비평가 김현에게 문학의 자율성은 ‘획득되어야 할’ 당위이자 이념인 것이므로 문학제도로서 성립되어 존재하는 ‘현실태로서의 자율성’은 참다운 의미의 문학의 자율성일 수가 없다. 다시 말해 제도 안에 존재하는 문학의 자율성은 문학제도 안에 언제든 다시 포섭될 수 있다는 점에서 ‘이념태로서의 자율성’과의 긴장 관계 없이는 참다운 자율성을 획득할 수 없는 이름뿐인 자율성이다.[49]

부연하자면 ‘문학의 자율성’이 ‘획득되어야 한다’는 김현의 이

넘이 등장할 수 있는 원동력은 '상상력'으로부터 나온다. '지금-여기'에 부재하는 것에 대한 지향은 상상력으로 말미암아 야기되는 것이다. 문학의 자율성이라는 추상적인, 또 공허하게 변해가는 개념을 상상력은 몸과 마음으로 감지하게끔 만들어줄 수 있기 때문이다. 즉 문학의 자율성을 옹호하는 논리를 형성하기 위해서 김현에게 '지성'이 요청되는데, 이 '지성'을 작동하게 하는 것이 '상상력'인 것이다.

'상상력'의 근간이 '감정'이라는 것을 고려할 때 보편을 지향하는 그의 '지성'의 향방은 개인의 '상상력'에 달려 있으므로 근원적으로는 개인의 '감정'에 달려 있는 것이다. 그러므로 김현의 '지성'은 '감정'을 '향해' 있다는 논리가 성립된다. 보편을 지향하는 '지성'이 특수라는 '감정'으로 상승해야만 '지성'으로 작동하는 것이다. '상상력'에 힙입어 모순을 지양할 계기를 얻을 수 있다는 점에서 '지성'과 '상상력'의 관계는 인간의 '마음'의 지각이랄 수

---

49 멘케는 미적 경험에 대한 현대적 사유의 특징을 해결되지 않는 양가성이라고 논의한다. 양가성 중 하나는 미적 경험이 이성과 별개의 영역을 창출한다는 것이고, 나머지는 미적 경험이 비미적 담론인 이성의 한계를 넘어서는 가능성을 나타낸다는 것이다. 이것이 자율성 개념의 이율배반을 규정짓는다. 멘케는 이를 두 개로 구분하여 설명한다. 자율성 모델이 미적 경험의 상대적 타당성을 부여한다면, 주권성 모델은 미적 경험에 절대적 타당성을 부여한다는 것이다. 미적 경험은 주권성 모델에 의해서 비미적 이성의 규칙을 해체하는 매개체이자, 경험적으로 이성비판의 운반체 역할로 규정된다. 그러나 멘케는 아도르노를 빌어, 미적 경험의 적절한 개념화가 이 두 개의 긴장을 동시적으로 해결하려고 해서는 안 된다고 주장한다(Christoph Menke, *The Sovereignty of Art*, trans., Neil Solomon, The MIT Press, 1999, introduction 참고). 멘케의 자율성 모델과 주권성 모델의 관계에서 주권성 모델은 김현의 비평적 이념형이기도 한 '이념태로서의 자율성'과 유사성을 갖고 있다.

있는 '감정'과 연계되어 있다. 우리는 '감정'이 개인적인 주관성의 영역이라는 점에서 '감정'을 특수로, '지성'은 개인을 넘어서 사회를 지향할 수 있다는 점에서 '지성'을 보편이라 칭할 수 있을 터인데, 여기서 특수가 보편을 향하는 것이 아니라 보편이 자기 실현을 위해서 특수를 통해야만 가능하다는 것이 드러난다. 그런 의미에서 김현의 '감정'과 '지성'은 '특수로 상승하는 보편'을 보여주는 것이라 할 수 있다. 김현의 낭만주의적·인문주의적 성향의 교직양상은 이처럼 보편과 특수의 관계에 있어서 '특수로 상승하는 보편'의 구조 안에 놓여 있다. 다음 장에서 분석적 해체주의를 통해 이 구조와 관련된 '이념태로서의 자율성' 문제를 보다 구체적으로 살펴보도록 하자.

4. 특수로 상승하는 보편

　한국에서 일어난 '80년 광주'의 사건은 김현으로 하여금 인간의 보편적 삶을 위해 문학인으로서 자신이 무엇을 해야 하는가를 치열하게 되묻게 만든 일이었다. 인문주의가 보편적 인간성을 함양하여 행하는 실천의 목적은 인간사회에 질서를 부여하고 조화를 이루는 것이다.[50] 따라서 인문주의자 김현에게 '80년 광주'에서 발생한 폭력은 질서와 조화가 파괴된 현상을 목격한 것이었다고 할 수 있다.

김현은 "1980년 초의 폭력의 의미를 물어야 한다는 당위성"(10 : 19)이 자신에게 자리 잡고 있었다고 언급한다. 그 전까지 김현은 '공감의 비평'이란 것으로 자신의 문학적 유토피아를 보여주고 있었다고 볼 수 있다. 그러나 이제 김현은 한국의 비평가로서 자신이 설정한 문학론에 대해서, 구체적으로 말하면 문학과 현실과의 관계에 대해 되물어야만 할 역사적 당위에 맞닥뜨려진 것이다. 특별히 '현실'에 대한 보다 철저한 탐색이 시대적으로 요청되었던 것이다. 황현산의 지적처럼 김현이 '80년 광주' 이후, 지라르와 푸코 연구에 골몰했던 것은 "그의 문학적 유토피아가 당면한 곤경"[51]에 대한 반응으로, 김현이 자신의 곤경에 대한 돌파구로서 '현실'을 보다 치열하게 분석하고자 한 열망의 실천이었다고 할 수 있다. 1988년에 상재(上梓)된 『분석과 해석』의 자서를 보자.

---

50 이와 같은 인문주의의 이념은 20세기 역사를 돌아볼 때, 인간사회의 차별적 구조를 고착시키는 이론적 지반이 되기도 했다. 인종, 계급, 성별, 세대 등으로 구별된 인간 사회에 질서를 부여하겠다는 것은 인문주의자들이 근본적으로 정치적 의지를 갖고 있었다고 볼 수 있다. 그러나 중요한 것은 질서를 부여하는 '방법적 차이'에 따라 인문주의의 실천 양상은 다르게 나타났다는 것이다. 따라서 인문주의의 이념이 여전히 유효하다고 인문주의를 긍정하는 입장에서는 인문주의의 실천 방법과 이념의 일치를 도모한다고 보아야 할 것이다.

51 황현산, 「4 · 19와 김현의 문학 유토피아」, 최원식 · 임규찬 편, 『4월 혁명과 한국문학』, 창작과비평사, 2002, 247쪽.

이 비평집에서는 또한 초기의 비평에 나타났던 역사적 관점이 되살
아난 듯한 느낌이 들 정도로 그것에 대한 관심이 비교적 깊게 나타나
있는데, 그것은 초기에 내가 그때까지의 문학을 역사적으로 이해할 필
요성에 부딪쳤던 것과 마찬가지로, 80년대의 문학적 분출을 이해할 필
요성에 부딪혔기 때문에 생겨난 현상이다. 초기의 역사주의가 새로운
세계의 만듦이라는 당위와 연결되어 있다면, 이번의 역사주의는 억압
적 세계의 파괴라는 당위와 연결되어 있다. 억압적 세계의 기본적 욕
망에 대한 분석·해석은 그래서 생겨난 것이다.(7 : 13)

비평가 김현에게 인문주의적 조화의 세계는 그의 윤리적 당위
이다. '새로운 세계의 만듦'이라는 당위와 '억압적 세계의 파괴'에
대한 탐색은 지식인으로서 그의 윤리적 당위였던 것이다. '억압
적 세계'를 파괴하기 위해서 김현에게 선행되는 것은 우선적으
로 억압적 세계의 구조가 무엇인가를 분석하는 것에 있다. 이러
한 분석이야말로 기존의 공허한 논리를 부정하고 억압적 세계의
해체를 위한 새로운 논리의 설정을 가능하게 하기 때문이다. 이
에 대해서 김현이 제시한 현실탐구의 방법론이 분석적 해체주
의[52]라 할 수 있다. 다시 말해 김현이 자신의 비평방법으로 규정

---

52 김현은 「비평의 유형학을 향하여」(1985), 『전집』 7에서 비평가의 범주를 문화적 초
월주의, 민중적 전망주의, 분석적 해체주의의 세 범주로 나눈다. 김현에 의하면, 문
화적 초월주의란 '문학이 현실 세계를 초월하는 가치를 가지고 있다'라고 믿는 세계
관을 뜻한다. 이들의 분석이란 가치판단이다. 여기에 속하는 비평가들은 유종호, 신

한 분석적 해체주의란 현실에 대한 탐색을 강조하기 위한 것으로 당시의 시대적 상황에 대한 이론적 응전을 내포한 것이었다고 보아야 할 것이다.[53] 폭력에 관한 이론적 탐구가 김현의 실천적 비평으로 나타나고 있는 글 중 하나는 「폭력과 왜곡」이다. 김현은 여기서 문화적 폭력에 대해 질문한다.

> 악인의 승리를 나는 나쁜 폭력이라고 부르고, 초월적 욕망에 의한 폭력의 약화를 나는 종교-문화적 왜곡이라고 부르겠다. (7 : 197)[54]

동욱, 김우창, 김병익, 김주연, 김윤식 등이다. 민중적 전망주의란 '문학이란 민중에 의한 세계 개조의 실천의 자리이며 도구이다'라고 믿는 세계관을 뜻한다. 이들의 분석이란 실천 행위이다. 여기에 속하는 비평가에는 백낙청, 김종철, 최원식, 김흥규 등이 있다. 분석적 해체주의란 '문학이 우리가 익히 아는 경험적 현실의 구조 뒤에 숨어 있는, 안 보이는 현실의 구조를 밝히는 자리이다'라고 믿는 세계관을 뜻한다. 이들의 분석이란 해체-구축이다. 여기에 속하는 비평가들은 김치수, 이상섭, 김현 등이다. 조남현도 언급한 바가 있지만, 이 분류에서 김현은 자신이 "문화적 초월주의"에 해당할 것이라고 하는 다른 사람들의 기대를 그 스스로 깨버리고 자신을 "분석적 해체주의자"로 위치지었다(조남현, 「땅과 줏대 그리고 힘의 비평」, 『문학과 사회』, 1993 가을, 1026쪽 참고). 이는 김현 자신이 인문주의자로서의 한계를 벗어나고자 한 의지 표명이었다고 볼 수 있다.

53 송희복은 「욕망의 뿌리와 폭력의 악순환-김현의 소설론」(『오늘의 문예비평』, 1996 가을)에서 김현 자신이 명명한 '분석적 해체주의'라는 규정은 김현 스스로, 자신의 다양한 비평적 세계를 국한시킨 감이 없지 않다고 지적한다. 김현의 비평 작업에 선행하는 세계인식 방식을 고려할 때 "안 보이는 현실의 구조"를 밝히는 작업이라는 김현의 '분석적 해체주의'는 김현의 비평적 세계의 음역(音域)에 적절하지 않으며, 김현의 이 명명이 후배 평론가로 하여금 제한된 이미지 속에 고착하게 할 여지를 남기고 있다고 우려를 표명하기도 했다. 한데 우리가 주목해야 할 것은 '분석적 해체주의'라는 김현 자신의 명명이 아니라, '분석적 해체주의'라는 명명이 필요했던 김현의 상황이므로 송희복의 우려처럼 김현을 제한된 이미지에 가두는 것은 아니다.

54 원출처는 김현, 「폭력과 왜곡」, 『문예중앙』, 1988 여름.

개인화되어가면서, 사람들은 종교-문화적으로 나쁜 폭력을 왜곡한
다. 그렇지 않으면 살 수가 없기 때문이다. (…중략…) 파괴충동을 제
어하기 위해, 그것의 위험성을 제일 민감하게 느끼는 자들은 제의-종
교-문화로 도피한다. 아니 그것으로 그 충동을 감싼다. 나쁜 폭력은
전면적이지 않고 부분적이며, 항구적이 아니라 일시적이다. 그것에서
벗어나려면 나쁜 폭력이 없는 초월세계로 들어가면 된다. 그 초월 세
계는 어디 있는가? 이 지상에서 그런 초월 세계를 만들려고 하는 네 마
음속에 있다…… 그렇다면 나쁜 폭력을 낳는 욕망이 바로 초월 세계
를 낳는 욕망이 아닌가. 나는 그렇다고 대답하고 싶다. 남의 것을 빼앗
아 자기 것으로 만들고 싶다는 욕망이, 무서워라, 그 욕망이 바로 초월
세계를 낳는 욕망이다. 황석영 식으로 말하자면, 가장 천한 것들이 가
장 강하게 욕망한다. (…중략…) 욕망이 있는 한, 이야기는 언제 어디
서나 살아남는다. (7 : 210~211)

김현이 확인하고 있는 것은 '폭력을 낳는 욕망'과 '초월 세계를
낳는 욕망'의 자리가 동일하다는 것이다. 동일하게 인간의 '마음'
자리에서 이 두 욕망이 출현한다는 것이다. 폭력을 낳는 욕망이
승리와 지배의 욕망에 기반하고 있는 것과 마찬가지로 이 폭력
을 피해서 종교-문화적으로 초월세계로 가고자 하는 욕망 역시
폭력 자체에 대한 승리와 폭력에 대한 지배를 욕망한다는 점에
서는 동일하다는 것이다. 물론 욕망의 목적이 다르기는 하지만

이 모든 것이 인간의 마음속에서 도출된다는 것에 김현은 두려움을 표명한 것이다.

김현이 "사람들이 종교-문화적으로 나쁜 폭력을 왜곡한다"고 했을 때의 실제적 의미는 현실의 폭력이 종교-문화적 현상 속에서는 마치 대립과 갈등이 없는 것처럼 은폐되어 드러난다는 뜻이다. 다시 말하면 종교-문화적 현상의 하나인 문학도 폭력을 은폐할 수 있는 초월세계로 진입할 수 있다는 것을 간접적으로 시사함으로써 인간의 욕망을 지속시키는 방법에 대해 김현이 경계하고 있음을 알 수 있다. "욕망이 있는 한, 이야기는 언제 어디서나 살아남는다"는 이 글의 끝 문장인 그의 전언은 인간의 현실에 대한 그의 진단이자 인간과 문학의 관계에 대한 그의 판단이다. 따라서 그의 말을 변형해 말하자면 나쁜 욕망과 좋은 욕망의 싸움이 왜곡된 방식으로 지속될 때 '이야기'는 살아남겠지만, 과연 그 '좋은' 욕망이 진정 좋은 욕망일 수 있는가에 대해서 그는 우려하고 있는 것이다. 현실인식이 절망적이고 비극적일수록 초월의 욕구가 강하게 나타나지만, 그것이 현실적으로 바람직하지 않다는 김현의 입장은 그로 하여금 문학예술의 초월가능성에 대해서 의문을 제기하게 만든다.

이런 상황 속에서 자신이 할 수 있는 일이란 오직 "주저하며 세계를 분석하고 해석하"(7 : 14)는 것이지만 잔혹한 현실 속에서 김현이 꿈꾸는 세계란 "사랑으로 폭력을 감싸는"(7 : 208)것이라는 점에서 유토피아적일 수밖에 없다. 유토피아적 세계와 현실 세계의 간극이야말로 그의 문학적 곤경이자 문학적 실재인데 그가 유토피아를 꿈꾸기 위해 돌아와야 한다고 믿는 곳은 언제나 ‘현실’ 그 자체이다.

유토피아가 하나의 꿈이라는 것을 알면서도 그것을 위해 싸울 수밖에 없는 것이 유토피아주의자의 비애이다. 그 비애는 그러나 황홀한 비애이다. 그는 황홀 속에서 비애를 느끼기 때문이다. 극락(유토피아—인용자)을 바라다보는 것은, 황홀한 일이지만, 극락(유토피아—인용자)을 위해 싸우는 것은, 자기가 극락(유토피아—인용자) 안에 있지 않다는 것을 자각시키기 때문에 비애롭다.(7 : 209)

현재의 자리가 유토피아가 아니기 때문에 싸운다는 것은, 유토피아가 현실에 대한 초월을 ‘향’해 있다는 것을 강조하고자 하는 것이다. 그러므로 김현이 분명하게 전제하는 것은 자기가 현재 유토피아 안에 있지 않다는 것에 대한 “자각”에 있다. 이 ‘자각’이 있을 때 유토피아를 ‘향’한 감정은 ‘황홀’이 아니고 “황홀한 비애”이다. ‘지금-여기’를 부정하는 낭만주의자 김현이 경계하는 것은 폭력을 낳는 욕망의 자리와 그 시원적 의미에서 동일한 초월의 세계가 현실과 연계되지 않을 때의 폭력의 양상이다. 초월세계로 ‘도피’하여 현실의 폭력을 은폐하고 왜곡하지 않으려면 “황홀한 비애"의 감각 안에서만, 다시 말해 역설적인 모순적 상황을 지속시키는 상황 아래에서만 폭력에 대해 저항하고 유토피아를 향한 꿈을 외면하지 않을 수 있다고 그는 판단하고 있는 것이다.[55]

독서가로서 김현의 욕망은 읽기의 세계에서 듣기의 공간을 구현하는 데 있다고 한 바 있다. 따라서 비평가로서의 김현의 욕망은 이를 실현시킬 수 있는 환경을 조성하는 것이다. 그런데 이런 환경을 조성하고자 하는 비평가 김현의 과제는 현실적으로 읽기의 세계에서 듣기의 공간이 왜 구현되기 어려운가, 듣기의 공간을 구현시키지 못하게 하는 조건은 무엇인가 하는 것을 탐색하는 것이다. 이 탐색이 정직하게 이루어지는 상황 자체에서 문학이 탄생된다는 것에 그의 문학적 이념은 자리하고 있다. 그러므로 유토피아를 향한 그의 이상은 초월에의 지향의 '과정'을 놓치는 감각을 경계하게 되는 것이다. 자신의 문학적 동경과 그 동경을 야기한 세계의 '간극'을 논의하는 데『분석과 해석』이 집중했던 것도 이 같은 연유에 의한 것이다.

물론 그의 읽기의 지향점은 '행복'에 있다. 하지만 "책읽기는

---

55 김현이 개인적 초월이나 환상에 대해서 긍정적이지 않았다는 것을 볼 때도 그의 낭만주의의 현실주의적 특성을 알 수 있다. 조해일론에서도 "개인적인 초월을 가냘프게나마 상정하고 있다는 것은 씨 자신이 환상 속에 빠질 수 있다는 가능성"(15 : 454)이라면서 개인의 초월지향성을 우려한다. 이처럼 김현의 개인주의 혹은 주관성 등의 궁극적 지향은 현실에 대한 지양을 목적으로 하고 있다. 이 조해일론은 1973년에 씌어졌다. '80년 광주' 이전에 이미 사회의 폭력을 주제로 글이 씌어졌다는 점을 고려할 때, 김현의 분석적 해체주의의 특징은 실상 김현의 문학이력 초기부터 끝까지 변화하지 않은 지점과 관련이 있다고 보아야 한다.

결핍이나 불행의 몸짓을 연습하는 움직임이 아니"고, 자신이 "불행이나 결핍이 되어"야 한다고 말할 때는 비평가로서 읽기의 책무를 강조한 것이고, 그 결과 책을 통해 "충족이나 행복을"(5 : 233) 얻게 되는 것이라고 '읽기'를 표현할 때는 독서가로서의 향유의 영역을 강조하는 것이다. 풀어서 말하자면 궁극적으로 읽기의 '행복'은 싸우는 과정 속에서 얻어지는 것이므로 "충족이나 행복"을 향유하는 자리 자체는 비평가의 자리가 아닌 독서가의 몫인 것이다. 즉 비평가의 자리란 '불행이나 결핍'이 되어 '슬픔과 고통'에 집중해야 하는 자리인 것이다. 자신을 분석적 해체주의자로 대타화시켰을 때의 해체-구축의 방법적 실제를 고려할 때 슬픔과 고통을 겪는 것은 "안 보이는 현실의 구조"를 밝혀야 하는 비평가의 숙명이었던 것이다.

함석헌의 견해를 빌어 그는 한국이 "고난의 땅"(7 : 267)임을 확인하며 고난의 땅이 갖고 있는 역사적 사명을 묻고는 다음과 같이 대답한다.

나는 그(함석헌-인용자)의 명제를 고난을 당하고 있는 사람은 그 고난의 의미를 되새겨 고난이 되풀이되지 않는 길을 발견하려 한다라고 옮기고, 그것을 고난의 시학이라고 부르려 한다.(7 : 268)[56]

---

56 원출처는 김현, 「고난의 시학」, 『심상』, 1988.10.

　김현에게 고난의 시학이란 곧 '고난이 되풀이되지 않는 길을 발견'하는 탐색의 과정을 의미한다. 「고난의 시학」이란 이 글은 제목과 달리 고난 자체를 논하는 것에 관심이 있는 것이 아니다. '고난의 탐색'에 대한 다양한 길들을 박노해, 정현종, 이성복 등을 들어 논할지라도 김현이 고난에 관심을 두는 것은 고난을 "낙원으로 만"들기 위한 것에 있다. 이는 비평가 김현의 분석적 해체주의의 궁극적 목적이 무엇인가를 보여준다. 김현의 낭만주의적 정신 자체가 철저하게 현실에 기반하고 있다는 것을 재차 확인시키는 것이다.

　요컨대 '지금-여기'의 현실을 부정하는 낭만주의자 김현의 실천이란 인문주의자로서 이 세계 안에서 삶의 의미를 찾으려 한다는 점에서 현실에 기반해 있다. 또한 우리가 주목해야 하는 것은 '지금-여기'의 고난에 대한 부정과 환멸이란 역으로 그의 이상주의가 건재함을 의미하는 것이기도 하다는 점이다. 김현은 비평이 "자기의 문화를 분석하고 설명하는 역할"(14 : 303)을 해야 한다고 여겼는데, 이는 비평가로서 김현의 자의식이 철저하게 '현실'에 놓여있음을 알려준다. 그가 비형의 유형학을 구분하는 자리에서 자신을 분석적 해체주의자로 명명한 것은 김현의 현실적 자의식의 산물이라 할 수 있다. 여기서 우리는 김현의 '비평가로서의 욕망'과 '독서가로서의 욕망'이 얽혀 있음을 확인하게 된다. 즉 김현의 비평가로서의 자의식이 철저하게 현실에 놓여져 있을지라도 현실 자체에 대한 탐색의 궁극적 목적은 그의 독서가로서의 욕망의 뿌리인 문학에 대한 이상과 관련되어 있다. 그러므로 그의 현실 탐색의 목적은 자신이 처한 현실을 '어떻게 살만하게 만들 것인가'에 있고, 그 이념은 그의 낭만주의적 상상력과 인문주의적 이상의 결합에 의해 가능했던 것이다.

분석적 해체주의란 용어를 처음으로 등장시킨 「비평의 유형학을 향하여」의 부기(附記)를 잠시 읽어 보자.

> 내가 이 글을 쓴 것은 1985년 봄이다. 다시 말해 문학이 절규만으로 존재하고 있던 시대에 이 글은 그 절규를 논리로 바꿔볼 수 없을까 하는 고뇌 속에서 씌어졌다. (7 : 238)

인용문을 고려할 때 비평의 보편적 의미를 찾고자 하는 비평가의 욕망은 "절규를 논리로" 바꾸어내야 한다. 절규가 논리로 바뀌어야 하는 까닭은 자신의 시대와 싸우기 위해서 요청되는 당위이기 때문이다. 당시의 상황에서의 '슬픔과 고통'을 '슬픔과 고통'으로 드러내는 것은 시대와 싸울 수 없다. 그러므로 '슬픔과 고통'을 '슬픔과 고통이 아닌' 다른 것으로 드러내는 것이 필요하다. 그러나 슬픔과 고통은 체험으로도 개념으로도 나타낼 수 없다.[57]

---

[57] 아도르노에 의하면, 고통을 체험으로써 나타낸다는 것은 합리적 인식에 비추어 볼 때 비합리적인 것이다(아도르노, 홍승용 역, 『미학이론』, 문학과지성사, 1997, 39쪽 참고).

따라서 "절규를 논리로" 전환시키려고 하는 것인데, 김현의 방법론에서 주목할 것은 그 전환의 방법에 있어서 "절규"를 배제하지 않고 끝까지 끌고 가려고 한다는 점이다. 절규를 논리화하는 데에는 '상상력'이 필요하다. 김현이 한국문단에 등장하여 자신의 비평적 방법론에서 강조했던 것은 문학 경험으로서의 '상상력'이었다. 상상력의 근간이 '감정'에 있었다는 것을 상기한다면, '절규'라는 감정이 개인의 주관성 속에서 상상력에 의해 변형되어 이성적 논리의 영역 안에 참여하게 된다. 김현의 경우, '감정'은 현실의 경험을 증언한다는 점에서 그리고 지향할 미래의 현실을 위해서 반드시 전환된 논리 안에 간접화되어 실재해야 하는 것이다.

「비평의 유형학을 향하여」는 해방 후로부터 이 글이 씌어진 1985년까지의 한국의 비평적 업적들을 정리하면서, '비평의 유형학'의 체계를 김현 나름으로 세워본 글이다. 이 글을 통해서 김현이 지향하고자 하는 것은, 비평가가 작품 앞에서 "어떻게 반응하고" 그것의 의미는 무엇이며 그 의미가 "보편성을 띨 수 있는가"하는 것 등에 대한 관심이 넓어지고 깊어지는 것이다.[58] 1980년대의 시대적 절규를 논리화시켜 보고자 한 그의 보편성에 대한 지향점은 '있어야 할 현재'에 있다. 다시 말해 '도래해야 할 미

---

58 『전집』 7, 236쪽.

래'를 '상상력'에 기반하여 강조하고자 했던 것이다. 1980년대의 시대적 폭압 앞에서 "깊이 있는 비평에 대한 가능성"(7 : 237)에 대한 그의 열망은, "절규가 논리로" 전환된 양상 내에 존재해야 했던 것이다.

보편적 삶의 이상이 무너진 상황에서 문학비평이라는 특수의 영역에 대한 체계화를 시도한다는 것은, 인문주의적인 보편적 삶의 이상이 폭력 앞에서 여지없이 황폐해진 상황 속에서 문학의 자율성을 정립시키는 비평적 이론을 재탐색했다는 것과 같다. 김현은 삶의 보편을 재확립시키기 위해서 문학의 자율성에 대한 탐색과 옹호에 천착했다고 할 수 있다.

이와 같은 옹호와 천착은, 문학의 자율성이 보편적 삶에 대한 도래를 이끌어 내는 것과 관련된다는 김현의 '믿음'에 기반한 것이라 할 수 있다. 즉 김현의 보편 지향성은 그의 인문주의자로서의 면모를 보여주는 것이지만 궁극적으로 낭만주의자인 김현은 '문학의 자율성'으로의 상승을 지향함으로써 **문학**의 절대적 옹립을 추구한 것이다.[59]

---

[59] 필립 라쿠 라바르트와 장 뤽 낭시는 『문학적 절대』의 서문에서 낭만주의라는 말의 혼란을 언급한다. 그들은 독일의 초기 낭만주의인 '예나 낭만주의'를 '이론적 낭만주의'라 규정하고 문학에서 '이론적' 시도의 출발점으로 예나 낭만주의의 중요성을 논하고 있다. 또한 예나 낭만주의자들에 의해 문학적 절대의 추구가 커다란 논쟁거리였지만, 예나 낭만주의자들은 문학적 장르에 대한 사유가 절대적인 의미에서의 생산 그 자체라고 주장한다. 또한 '포이에시스'의 어원이 '생산'을 의미한다는 점을 근거로 하여, 자기 생산이 사변적 절대의 궁극적 단계이자 완성을 이룬다고 주장한다. 따라서 예나 낭만주의자들의 낭만주의적 사유에서 절대로서의 문학이 주창된다는

'80년 광주' 이후, 김현이 비평적 곤경에 처했다는 것은 여러 논자들에 의해 이미 지적된 바 있다.[60] 1980년 이후에 김현이 폭력에 대한 탐색을 강화했다는 것을 근거로 우리는 그의 비평적 곤경을 추론하는 것이지만, 그것이 김현의 궁극적인 문학관과 세계관을 변화시켰다고 보기는 어렵다. 생애의 마지막 강연이었던 한 문학상의 수상 소감에서[61] 문학은 획일화된 가치에 저항하는 '뜨거운 상징'이어야 한다고 그가 역설한 것에서도 문학의 자율성에 대한 김현의 신념이 변화한 것이 아니라는 것을 확인할 수 있다.

헤겔과 칸트의 논리를 따른다면 특수의 영역은 전체의 행복이라는 보편적 윤리의 기준에 의해서 배제되고 억압된다. 이는 특수가 보편으로 상승되어 포섭된다는 논리이기도 하다. 따라서 특수성은 희생의 구조 속에서 존재하게 된다고 할 수 있다.

그러나 김현의 문학의 자율성에 대한 절대적 옹호와 믿음은 헤겔이나 칸트의 논리 속에서처럼 특수가 보편에 의해 포섭되거나 상승되는 것을 거부하도록 이끈다. 키에르케고르의 말처럼 '믿음'에 의해 움직여지는 사람은 '특수성이 되기 위해 보편성을

것이다. 따라서 라바르트와 낭시는 낭만주의가 '문학적 절대'의 옹립을 추구한다고 논의한다(필립 라쿠 라바르트·장 뤽 낭시, 박성창 역, 「지금 우리에게 낭만주의란 무엇인가」, 『세계의 문학』, 2002 겨울 참고).

60 황현산, 김인환, 황지우, 한래희, 이향주 등의 앞의 글.
61 김현, 「'뜨거운 상징'을 찾으며」(팔봉비평문학상 수상소감), 『한국일보』, 1990.5.27.

포기'하는 존재이며 변증법적 이성으로는 종합할 수 없는 이율배반을 처리하려는 실존적 투쟁 속에 놓여 있는 존재이기 때문이다.[62] 믿음을 가진 존재에게 대타자(the Other)는 상징계와 결코 같지 않다. 믿음에 의해 행동하는 사람은 특수성을 보편성보다 높은 것으로 만들어 헤겔적 변증법을 모욕한다.[63] 김현의 문학 자율성의 옹호가 믿음에 기반해 있다는 점에서, 그리고 김현의 문학에 대한 자율성의 옹호가 '이념태로서의 자율성'을 실현시키고자 한다는 점에서 종교적 신앙인의 태도에 비견될 수 있을 것이다.

우리는 앞 절에서 문학의 자율성을 지켜내고 옹호하고자 하는 김현의 문학적 이념이 근대 자본주의 사회에서의 합리화 작업 속에서는 매몰된다는 것을 확인했다. 김현이 한국비평에 '문학 경험으로서의 상상력'을 중시하여 독자의 감정에 대한 옹호로써 '개인'을 초기부터 강조했던 것은 그의 문학적 자율성에 대한 신념과 관계되어 있다. 이질적인 것이 싸울 때 갈등을 피하는 방법은 특수성을 억압하고 공통척도나 교환가치를 제시하는 것이지만[64] 김현이 추구하고자 하는 것은 '개인', '문학' 등의 특수의 영역을 보편의 가치 속에서 매몰시키지 않는 사용가치의 창출이

---

62 키에르케고르, 임춘갑 역, 『공포와 전율 / 반복』, 다산글방, 2007, 99~124쪽 참고.
63 테리 이글턴, 이현석 역, 『우리 시대의 비극론』, 경성대 출판부, 2006, 102쪽.
64 위의 책, 399쪽.

다. 칸트적인 담론을 고려할 때 순수이성과 인간 자유의 영역인 실천이성은 어긋나게 마련이다. 하지만 이때 김현이 선택하고 고수하는 것은 실천적 이성의 측면에서의 자유의지에 대한 관철이라 볼 수 있을 것이다. 물론 이는 근대의 계몽적 이성에 의한다면 실패가 예정된 것이다. 그러므로 '실패에의 충실'이라는 비극적 현실을 있는 그대로 수용하고 문학적 절대성을 내세우는 자율성을 옹호할 근거를 창출해야 할 당위 앞에 김현은 서 있었던 것이다.

김현의 낭만주의와 인문주의와의 관계를 정리해본다면 낭만주의적·인문주의적 이념에 의해 설정된 삶의 이상이라는 보편성은 개인이나 문학 자체만으로 매몰되는 것을 막는 균형추 역할을 함과 동시에, 한편으로는 문학적 자율성이라는 특수의 영역으로 상승하여 삶의 이상을 창출하거나 점검한다. 즉 그의 낭만주의와 인문주의의 교직양상은 '특수로 상승하는 보편'의 구조 속에 놓여 있는 것이다. 이는 김현 비평의 특징적 양상 하나를 결정지었다. 그리고 이를 가능하게 한 방법론인 '상상력'은 김현의 낭만주의와 인문주의의 접점일 뿐만 아니라 김현 비평의 핵심적 추동력이었다. 김현은 '상상력'을 기반으로 하는 낭만주의적·인문주의적 교직 양상을 토대로 자신의 문학적 이념을 창출할 수 있었던 것이다. 근거가 부재하는 영역에서 새로움을 창출하고자 할 때, 자신의 신념을 지탱하고 추진하는 것을 가능하게 하는 '상상력'은 결과적으로 새로운 윤리의 도래로 이어진다.[65] 다음 장에서 우리는 김현 비평의 윤리성을 살펴보려고 한다. 김현 비평의 윤리성의 추동력 역시 이 '상상력'에 의한 것임을 확인하는 작업이 될 것이다.

[65] 데리다는 한 인터뷰에서 "무엇을 해야 할지 모를 때, 지식과 행동 사이에 괴리가 있을 때, 윤리가 시작"된다고 말한다. "존재하지 않는 새로운 규칙을 고안하는 일"에 우리의 "책임"이 있으며, 법칙과 규칙이 "없기" 때문에 윤리학이 존재한다는 것이다. 그는 "보장된 윤리는 윤리가 아"니라고까지 언급한다. 물론 데리다는 이를 읽기의 윤리 관점과 연계지어 언급했지만, "삶은 문학적인 현상도 아니고 전적으로 문학적이지도 않"다는 것을 강조하면서 논의하는 것을 볼 때, 그는 근대사회에서 새로운 윤리의 창출이 요청된다는 것을 역설한 것으로 볼 수 있다(자크 데리다 외, 강우성 외 역, 『이론 이후 삶』, 민음사, 2007, 45~47쪽 참고).

제5장

김현 비평의 윤리성

'80년 광주' 이후, 자신의 미학적 논리를 보다 강화하던 시점에서 그의 육신은 사라져버렸다. 따라서 우리는 그의 미학적 논리가 제도와 폭력에 대한 탐구의 결과로서 궁극적으로 어떻게 보완되었을지 확인할 길이 없지만[1] 김현의 문학 이념에 기반한 문학의 자율성에 대한 옹호만큼은 그의 문학이력의 초기부터 마지막까지 지속된 양상이었음을 그의 낭만주의와 인문주의를 토대

---

1 이홍섭은 「김현의 후기비평에 나타난 유마주의 문학관」(『문학·선』, 2005 상반기)에서 김현의 죽음으로 인해서 쓰이지 못한 비평은, 유마주의 문학관이 담겨진 논의였을 것이라고 진단하고 있다. 이홍섭에 따르면 유마주의란 불이(不二)의 정신으로, 병든 세상과, 아픈 중생과 함께 아픈 정신을 의미한다. '80년 광주' 이후, 김현은 '병든 세상과 같이 아픈' 유마적 인식에 다다르고 이를 토대로 황지우, 송찬호, 박상륭 등의 작품의 비평을 시도했다는 것이다. 김현이 1980년 이후, 유마에 대한 관심을 표명했던 것은 사실이지만 이홍섭이 말하는 김현의 유마의식이 김현비평의 초기와 다르게 후기에 새롭게 나타난 것이라고 보기는 어렵다. 왜냐하면 유마의 정신이란 타자가 아프면 같이 아프고, 타자가 기쁘면 같이 기쁜 것으로 타자와의 소통과 교감의 이념으로부터 비롯되는 것이기 때문이다. 이는 김현에게는 초기로부터 지속되는 정신이었다.

로 살펴보았다.

'80년 광주' 이후의 김현을 탐색함으로써 알 수 있었던 것은 1980년의 억압의 뿌리에는 인간의 광포한 욕망이 있었다는 그의 성찰이었다. 이광호의 지적처럼, 그러나 이는 "역사적 현실의 은폐된 구조를 드러내는 작업이면서 동시에 역사적 해석의 문제를 욕망의 문제로 환원"[2]하고 있던 지점까지이다. 그 이후 김현이 어떤 경로를 걸었을지 우리는 알 수 없다. 그럼에도 불구하고 혹은 그렇기 때문에 더욱 김현이 남겨 놓은 비평을 통해서 그의 비평의 의미를 묻지 않을 수 없다.

정과리는 「추억의 집」[3]에서 김현이 '집'을 환기하는 글을 상당히 많이 썼다고 진술한다. 그리고 김현 자신이 "그 집이 아니었을까"(144)[4]라고 회고한다. 정과리는 자신이 제자의 입장에서 「추억의 집」을 썼기 때문에 자신의 글에 김현을 "객관화하려는 과장된 주관적 충동"(141)이 있을지 모른다는 우려를 드러낸다. 하지만 정과리 글은 김현의 '집'이라는 비유를 통해서 김현 비평의 특성에 대한 주목할 만한 통찰을 보여준다.

논리적으로 그 집이 모순을 이루고 있다는 말이다. 안으로 분열이

---

2   이광호, 『위반의 시학』, 문학과지성사, 1993, 60쪽.
3   정과리, 「추억의 집」, 『오늘의 문예비평』, 1996 가을, 140~150쪽.
4   괄호는 「추억의 집」의 쪽수를 뜻한다.

있으면, 그 집은 그 자체로서 끊임없이 변화를 치를 수밖에 없다. 그런데도 그 집은 여전히 그 집이다. 그 집은 아까의 인용구를 슬쩍 바꿔서 말하면, "집을 부정하는 집이다." 집의 분해로 활력을 만들면서 여전히 집을 이루는 그 공간의 비결은 무엇일까?(149)

김현의 비평세계가 모순과 역설로 이루어져 있다는 사실은 그의 문학 비평의 원동력이기도 하다. 따라서 김현의 글들이 논리적 모순을 이루고 있다는 것에 이어진 정과리의 질문인 "집의 분해로 활력을 만들면서 여전히 집을 이루는 그 공간의 비결은 무엇일까?"에 대한 대답을 제출하는 것은 김현 비평의 가치를 위치 짓는 것과 무관하지 않을 것이다. 정과리의 견해대로 김현 비평이 "분해로 활력을 만"드는 것이라면 그 "활력"의 의미가 무엇인가에 따라 김현 비평의 의미 역시 구체화될 수 있다고 할 수 있다. 이 장에서는 김현 비평의 의미를 윤리의 측면에서 살펴보려고 한다. 첫째는 '주관성의 윤리'의 측면이다. 그리고 김현이 매개체로서의 독자로 기능하는 측면을 통해서 '상상력이라는 윤리'의 의미를 드러내는 것이 이 장의 목적이다.

1. 주관성의 윤리

본론의 서두에서 우리는 김현이 독서가와 비평가로 분열되어 있었다는 것을 분석했다. 그리고 그 이후 분열된 비평가의 실천 양상이 어떠했는가를 살펴보았다. 비평가 김현의 인문주의자라로서의 면모는 '독자' 김현이 갖고 있는 낭만주의적 성향과 연관되어 있었다. 김현의 낭만주의적 성향이 만일 보편성 지향에 대한 탐색을 포기한다면, "자기 중심성과 자아의 확대라는 주관주의로 흐르기 쉬운 결함"[5]을 갖고 있었다는 낭만주의 일반에 대한 비판으로부터 자유로울 수 없을 것이다. 그러므로 김현 비평의 윤리성을 논하는데 있어서 김현의 주관주의에 대한 분석은 필수적이다. 물론 우리는 김현의 독서법을 통해서 그의 주관성이 작동하는 방식을 이미 살핀 바 있다. 그러나 그것은 그의 두 가지 독서 방식의 겹침과 이행에 초점이 놓여져 있었기 때문에 김현의 낭만주의적 주관성의 윤리적 의미에 대해서는 적극적으로 드러내지 못했다. 따라서 이 절에서는 김현의 주관성의 윤리적 측면에 대해서 논의하고자 한다. 이를 위해 분석의 대상이 되는 글은 1972년에 발표된 「환상의 현실성—『어린왕자』에 대하여」이다.

---

5 임철규, 『왜 유토피아인가』, 민음사, 1994, 354쪽.

김현의 「환상의 현실성」은 그의 전형적인 글쓰기 스타일에서
와 마찬가지로 자신이 『어린왕자』를 만나게 된 개인적 경험으로
부터 이야기를 시작한다. "생텍쥐베리가 어린 왕자를 죽음의 위
협 속에서 만났듯이" 자신도 "삶의 무의미가 주는 위협을 버티어
내다가"(12 : 354) 어린왕자를 만났다고 고백한다.

> 대부분의 젊은이들의 그러하듯이 그때 나도 삶에 대한 회의와 의문
> 으로 가득 차 있었다. 삶의 건조함이 주는 무의미성, 생존의 어려움,
> 속말을 해줄 수 있는 나 이외의 존재에 대한 갈망 등이 나의 조그만 몸
> 뚱이로서 가득 차버리는 조그만 방을 짓누르고 있었다. 그때쯤에 나는
> 나의 어린왕자와 해후했다. (12 : 354)[6]

지극히 개인적인 경험을 드러낸다는 측면에 있어서, 김현이
스스로 자신만이 아니라 "대부분의 젊은이들이 그러"하다고 말
할지라도 이 진술은 김현 개인의 사적인 고백에 불과할 뿐이다.
어린왕자와의 만남을 통해서 자신의 "삶의 상당 부분을 의미 있
는 어떤 것으로 바꾸어 놓"(12 : 355)았다는 사적 고백의 성격이
강한 독자 김현의 주관성은 '사막과 우물'에 대한 분석에 이르러
서야 자신의 주관성이 무엇을 지향하는지 드러낸다.

6　원출처는 김현, 「환상의 현실성」, 『아동문학사상』 1호, 1972.

김현에게 '사막'이라는 '삶'은 '우물'의 존재를 신비화시키는 장이다. 우물은 "자기가 '길들인' 어떤 것"이다. 길들인 것은 삶의 일부를 이루고 그것이 바로 삶의 우물이 된다. 여기에서 김현은 길들인다는 것의 의미를 "관계를 맺는다"는 것에서 찾는다. 그리고 자기가 관련을 맺을 수 있는 것을 선택하여 길들인다는 것 자체가 삶의 총체라고 단언한다.[7] 그런 의미에서 김현에게 삶이란 곧 "관계"이다. 그에게 객관적이고 현실적인 것은 "관계"라는 것이 매개되지 않을 때 무의미하다.

> 객관적이고 현실적인 것이란 무엇일까? 그것은 개인의 밖에 존재하는 어떤 것이다. 개인의 밖에 개인의 삶과 아무런 관련을 맺지 않고 존재하는 어떤 것은 그 개인의 삶과 아무런 함수관계도 이룩하지 못한다.(12 : 355)

김현에게 중심적 가치는 "개인"에게 놓여 있다. 즉 여기서의 개인은 '관계 속에서의 개인'이므로 고립되고 독립적인 의미로서의 개인은 김현의 "개인"과는 무관하다. 그런 의미에서 김현의 "개인"은 연대와 관계를 중시하는 개인이라고 할 수 있다. 또한 "우리는 어떻게 살아야 하는가"라는 보편적 인문주의자의 질문

---

7   『전집』 12, 355쪽.

속에 김현의 **문학**이 놓여 있다는 것을 고려한다면 김현이 "개인"
을 어떤 과정 속에서 해석하고 있는가를 살펴볼 필요가 있다.

  중요한 것은 삶의 건조성, 객관적 현실로서의 삶의 메마름을 극복하
기 위해서는 모든 것을 자기 삶의 변경 속에 끌어넣어 길들이는 행위
가 필요하다는 사실이다. 그 행위를 통하여 무의미한 사건, 대상들은
빛나는 의미체로 변모한다.(12 : 355~356)

  인용문에서 보듯이 김현은 "모든 것을 자기 삶"으로 끌어들인
다는 점에서 주관주의자임에 틀림없다. 그러나 김현의 '주관'은,
그것을 "통하여 무의미한 대상과 사건들을 빛나게" 하는 주관성
이다. 이는 무언가를 담는 용기(容器)로서의 주관성이 아니라, 외
부세계와 연결짓는 통로로서의 주관성임을 보여준다. 그러므로
김현의 주관성은 대상들, 즉 외부세계를 의미화시키는 해석행위
의 주체로서의 의미를 갖는다. 그러면 김현이 「환상의 현실성」
에서 타자화하고 있는 '무의미'에 관한 진술을 길지만 보도록 하
자. 그것은 어린왕자가 여행 중에 만난 자들에 대한 이야기다.

  현실의 여러 사항들을 자기와의 연관 속에서 파악하지 않고, 자기가
소유한다고 믿은 어떤 것으로 파악하는 대표적인 예들을 『어린왕자』는
몇 개 보여주고 있다. (…중략…) 첫 번째 별에서 그는 왕을 만난다. 그

의 표상은 홍포(紅布)와 수달피로 만든 옷이다. 왕은 "무엇모다 자기 권위가 존중되기를" 원한다. 권위는 그의 모든 것이다. 그는 규율에 따라 명령하고, 모든 것은 그의 명령에 복종한다. 두 번째 별에서 어린 왕자는 허영꾼을 만난다. 그의 표상은 갈채에 대한 인사이다. 그는 남이 박수를 칠 때마다 모자를 벗고 인사를 한다. 그의 귀에는 찬사 이외에는 들리지 않는다. 그는 숭배받는 것만을 인정한다. (…중략…) 네 번째 별에서 어린 왕자는 상인을 만난다. 그는 아무 필요도 없는 것을 소유하기 위하여 휴식의 시간도 없이 계산을 계속한다. 그리고 그 계산은 자기의 성실성을 입증하기 위해 하고 있다고 생각한다. 자기 밖에 영원히 사물로서 존재할 어떤 것들, 예를 들면, 별 같은 것들, 그 사물들의 냉랭함과 무관심과 상인의 계산벽은 거의 완벽하게 대응한다. 이러한 인물들, 왕과 허영꾼과 술꾼과 상인들은 사르트르의 표현을 빌면 "나쁜 신앙"을 가진 사람들이며 "개새끼"들이다. **그들은 자신을 사물화시켜 타인들과 교통할 길을 스스로 폐쇄한다.** (…중략…) 왜 그들은 부끄러워하지 않고 타인들과의 통로를 폐쇄시키는가? 아마도 그것은 **그들이 통로를 필요로 하지 않기 때문일 것이다.** 그들의 삶은 그들의 목표가 정해진 순간에 이미 끝나버린 것이다. (…중략…) 그들은 이익과 목적에 한정되어 있으며, 그런 의미에서 그들은 타인을 필요로 하지 않는다. 어린 왕자의 표현을 빌면 그들은 "어리석다" 그들의 일은 자신에 한정되어 있고, 그 자신이 생성을 그치고 목적으로 변해버렸다는 점에서 사물과 마찬가지이므로, 그들의 일은 뜻이 없다. (12 : 356~357) (강조—인용자)

김현에게 '자기'란 타인과 관계를 맺기 위한 최소한의 조건이
자 뜻이 이루어지는 과정을 위한 수단이다. 김현은 '자기'가 없으
면 타자와의 관계도 부재하므로 소통이라는 것도 부재한다는 것
을 강조한다. 그러므로 김현의 주관성의 특수성은 객관을 배제
하는 것이 아니라 주관을 통해서 객관의 가치들에 보다 참다운
합리성을 부여하고자 하는 것이라 할 수 있다. 김현에게 개인의
주관성이라는 것은 궁극적으로 '타자를 향한 과정'으로서의 의미
를 띤다. 따라서 김현의 주관성은 타자와 사회와의 관련 하에 놓
여 있다는 점에서 보편적 윤리성을 담지하게 된다.

윤리란 전적으로 가치의 영역에 속하는 것이다. 이 가치의 영역
이란 과학적 영역의 관찰대상들을 초월한다는 점에서 해석학의
과제이기도 하다. 그리고 어떤 대상이 윤리적인 것으로서 성립되
기 위해서는 보편성 역시 담보되어야 한다. 한데 김현 비평이 보
편성을 획득하는 것은 바로 근대의 조건이기도 한 존재의 '분열'
속에 놓여 있다는 점에서 그의 비평의 윤리성은 주목을 요한다.

김현은 독서가와 비평가로 분열되어 있다고 말했다. 본문 첫
장에서 말했던 것처럼, '읽기의 금지라는 사건'은 김현을 '비평가
가 아닌 독서가'라는 구조로부터 출발하도록 만들었다.[8] 이와 같

---

[8] 여기서 다른 비평가들도 독자로부터 출발하는 독서가라는 점에서는 김현과 다르지
   않다는 반문이 들 것이다. 그러나 '낭만적 독서'와 '비평적 독서'의 변증법적 과정에
   서 보았듯 김현이 비평에서 보여주는 낭만주의적 주관성은, 삶의 역설을 언어로써
   총체적으로 자신의 비평으로 끌어들이고자 했다는 점에서, 풀어서 말하면 독서가로

은 구조가 김현 비평의 특수성이 내포하는 윤리의 보편성을 창
출한다. '…… 이 아니라 …… 임'이라는 분열의 구조가 보편성을
담보한다[9]는 것, 다시 말하면 '비평가가 아닌 독서가'라는 것은
'비평가로서의 김현'이 하나의 고정된 상태가 아니라 '독서가에
서 비평가로서의' '과정'으로써 사회의 장 안에 참여함으로써 근
대의 가치에 대해서 성찰할 수 있는 보편성을 획득한다는 것을
의미한다. 김현이 독서가로서의 조건을 상정하는 비-근대적 세
계와 비평가라는 조건을 상정하는 근대적 세계 어디에도 전적으
로 속하지 않는다는 것은, 어느 한쪽의 특수성에만 매몰될 수 없
음을 의미한다. 그러므로 그 '과정' 안에서 보편성의 조건이 형성
된다. 즉 김현 비평의 윤리성의 조건은 '독서가에서 비평가로서
의' '과정' 속에 존재하는 김현의 특수성으로부터 성립된 것이다.

독서가와 비평가로서의 균열과 긴장은 궁극적으로 사회 안에
서 그를 비평가로서의 입장이나 독서가로서의 입장, 그 어느 한
쪽에 전적으로 속할 수 없도록 했다. 이는 김현으로 하여금 자신
이 찾고 있는 결론에 수월하게 도달하지 못하도록 만든다.

내가 확실히 말할 수 있는 것은 다만 고정되고 응결하고, 썩어 냄새

서의 욕망을 끝까지 견지함으로써 자신의 비평언어를 창출했다는 점에서 다른 비평
가들과 같았다고 보기는 어렵다.
9 알랭 바디우, 현성환 역, 『사도바울』, 새물결, 2008, 124쪽.

나는 안정성을 내가 제일 싫어한다는 그것뿐이다. 정말로 바다로 가는
길을 나는 알지 못하지만 그러나 나는 바다로 가려는 노력을 그쳐본
적은 없다. 그리고 이러한 노력의 찌꺼기를 줍는 데 나는 항상 만족하
려고 생각하고 있을 뿐이다. (12 : 200)[10]

위 인용문은 김현이 찾고자 하는 것을 '바다'라는 비유어로 표
현한 20대 김현의 고백을 담고 있다. 이 20대 청년의 고백의 진정
성은 사실상 그의 문단 이력 전체를 놓고 보지 않으면 알 수 없는
것이기도 하다. 하지만 자신이 찾고자 했던 것을 찾으려는 "노력
을 그쳐본 적이 없다"는 말이 이후에 그가 얼마나 많이 읽고, 사
유하고, 썼던가를 추적했을 때 과장된 수사가 아니라는 점에서
'노력의 찌꺼기'란 그의 겸손의 표현이기도 하다.

'독서가에서 비평가로서의' 상태로 문학의 장에 참여한다는
것은 김현으로 하여금 자신의 독서가로서의 욕망으로부터 기원
하는 문학의 이념에 대한 임무에 "충실한 수고"[11]를 지속하도록
한 원동력이었다. 이를 그는 "노력의 찌꺼기"라 표현함으로써 우
리로 하여금 김현의 노고를 바라보게 만든다. 그 노고를 응시할
때, 그것은 윤리적인 실천행위로 여겨지기도 한다. 그렇다면 김
현의 '노고'를 비평가로서의 '윤리적인 실천 행위'로 위치짓는 동

---

10 원출처는 김현, 「후기」, 『존재와 언어』, 1964.
11 알랭 바디우, 앞의 책, 124쪽.

력이 무엇인지가 중요하다.

'80년 광주' 이후, 그의 비평적 곤경 앞에서 우리 역시 직면하게 된 사실은 개인의 도덕적 주체성과 자발성에 근거한 소박한 저항 논리가 체제의 물리력 앞에서 얼마나 무력한 것인가 하는 것에 대한 고통스러운 확인이었다.[12] 다시 말해 문학이 존재한다는 것만으로 사회에 대한 저항이 가능하리라고 믿었던 문학의 자율성에 대한 믿음은 '광주'에서 벌어진 폭력적 사건 앞에서 한 순간에 무너져 내렸던 것이다. 서구에서는 이론적으로, 혹은 아방가르드의 운동의 실험으로 문학의 자율성에 대한 믿음이 시간적 절차를 거쳐서 부정되기 시작했다.[13] 하지만 김현의 경우 '광주'로부터 문학에 대한 믿음이 무너지는 것을 경험했다는 것은, 인간의 당위와 믿음으로부터 형성된 윤리라는 것이 일거에 무너진 비극과 다를 바 없는 체험이다. 그러나 김현은 이런 비극적 상황 앞에서도 자신이 갖고 있던 문학의 자율성에 대한 믿음을 철회하지 않는다. '80년 광주' 이후, 자율적 개인에 대한 본격적 비판이 시작되고 이를 뒷받침하고 있던 인문주의적 세계 인식은 사회과학적 세계 인식에 그 권좌를 내어주던 상황에서도[14] 김현은 문학에 대한 근원적 믿음을 철회하지는 않는다. 이러한 자신의 믿음을

---

12 이광호, 앞의 책, 27쪽.
13 Peter Bürger, *Theory of the Avant-Garde*, trans., Michael Shaw, University of Minnesota Press, 1984 참고.
14 이광호, 앞의 책, 28쪽.

지켜내기 위해서 사회구조의 폭력에 대한 탐색에 몰두한다.[15] 비극이 유토피아에 대한 음화(陰畵)라고 한다면, 이는 인간이 소중히 여기는 가치와 이상이 비극적 상황 속에서 더욱 선명하게 상기되기 때문일 것이다.[16] 또한 비극적 상황 속에서도 문학 이념에 기반한 인문주의적 이상의 가치를 환기하려는 노고는 인간의 자유 의지가 자신을 파괴하는 힘보다 고귀하다고 여전히 느껴질 때 성립한다는 점에서[17] 인문주의적 이상에 대한 김현의 개인적 믿음은 그의 비평가로서의 실천행위를 윤리적으로 만든다.

김현의 비평적 실천은 "너의 욕망을 포기하지 말라!"[18]라고 외쳤던 정신분석의 윤리적 명령을 상기시킨다.[19] 독서가의 개인적 욕망으로부터 비롯된 김현의 문학 이념이 궁극적으로 비평가 김현의 윤리성을 창출하고 있기 때문이다. 개인의 욕망이 궁극적으로 타자의 욕망을 실현시키는 것에 기여한다는 것에, 김현 비평의 특수성과 윤리는 놓여 있다.

---

15 미셸 푸코, 르네 지라르 연구 등을 의미한다.

16 테리 이글턴, 앞의 책, 69쪽.

17 조지 오웰, 이한중 역, 『나는 왜 쓰는가』, 한겨레 출판사, 2010. 357쪽.

18 Jacque Lacan, *The Ethics of Psychoanalysis, Seminare no.7*, trans., Dennis Porter, Norton & Company, 1992, 314~321쪽 참고.

19 정신분석적 사고에서 욕망은 개인적인 과정이 아니라, 비개인적인 과정이다. 라캉에 의한 이 윤리적 명령은 인간을 주체로 만드는 것이 우리 내부에 거주하는 이 낯선 욕망에 의한다고 말한다. 따라서 주체의 욕망은 개인적인 것이 아니라 비개인적인 것이므로 인간 주체의 형성이란 결핍에 기반해 있다는 것이다. 그러므로 바로 인간 조건의 이런 냉정한 현실을 받아들이는 것에서 정신분석의 윤리성이 창출된다는 것이다. 다시 말해 결핍을 인정하고 욕망을 고수할 때만 존재의 유한성을 가능한 긍정의 차원으로 고양시킬 수 있다고 보는 것이다(테리 이글턴, 앞의 책, 407~408쪽 참고).

남의 글을 정확하게 읽으려 할 때마다 나의 감정이 섬세하게 거기에 작용하였고, 거기에서 벗어나기 위해서는 나 자신을 섬세하게 분석하지 않을 도리가 없었다. 이 책에 나 자신의, 남에게는 하찮게 보이는 삽화들이 많이 들어가 있는 이유이다. 나 자신을 계속 반성함으로써, **어느 정도**는 남의 글을 정확하게 읽을 수 있게 된다.(1 : 191)[20] (강조-인용자)

인용문에서 보듯이 다른 사람의 글을 읽기 위해 자기 분석이 필요했다는 김현의 고백에서 주목할 것은 그에게는 타자가 될 수 있다는 교만함·오만함이 없다는 것이다. 자기를 "분석"하고 "반성함"으로써 "어느 정도"만 남의 글을 정확하게 읽어낼 수 있다고 진술할 뿐이다. 엄밀하게 말해서 자아가 완전하게 타자가 될 수 있다고 하는 것은 하나의 꿈일 뿐만 아니라 그것이 가능하다고 자신하는 것은 교만의 산물일 수도 있다. 어쩌면 자아가 타자가 될 수 있는 그 순간은 자아의 결핍과 자기중심성이 어떤 것인지 정확하게 알고 있을 때에라야 가능한 것일 수 있다.

이상하게도, 자기 자신을 위해 사색하고 탐구한 것만이 훗날 타인의 이익이 되는 것이며, 처음부터 타인을 위해서라고 정해진 것은 타인의 이익이 되지 않는다. 자기 스스로를 위해 사색하고 탐구한다는 것은

---

20 원출처는 김현, 「후기」,『한국 문학의 위상』, 문학과지성사, 1977.

무엇보다도 완전한 정직성이라는 특성과 밀접하다는 것을 보면 잘 알
수 있는 것이니, 사람은 자기 자신을 속이려고 하지는 않는 것이며, 자
기 자신에게 알맹이 없는 호두를 주지는 않는 법이기 때문이다.[21]

자기를 위한 사색과 탐구가 타인에게 이로움을 준다는 이 인
용문의 진술이 직접적으로 김현을 가리키고 있는 것은 아니지만
김현 비평의 특성을 지칭하는 것으로 해석하는 데 무리가 없는
듯하다. 김현의 글쓰기는 '항상'이라고 해도 과언이 아닐 만큼 궁
극적으로 '자기'로부터 출발하기 때문이다. 이는 김현이 한국문
학사 담론 전반을 대상으로 삼을 때조차 그러하다. 김현에게 서
구의 근대문학이 타자라고 했을 때 한국문학이란 바로 '자기'로
부터 출발하는 것이었기 때문이다. 그렇기 때문에 김현의 문학
텍스트 비평에서 김현이라는 독자의 자리는 "자기됨의 근거"(5 :
13)를 밝히는 것으로부터 출발했던 것이다. 앞의 「환상의 현실
성」에서도 자기문제로부터 글이 시작되고 있었듯이 김현의 글
은 '개인'과 '주관성'이라는 것의 가치를 한국문학 비평의 영역에
서 새롭게 정초시켰던 것이다.

---

21 쇼펜하우어, 곽복록 역, 『의지와 표상으로서의 세계』, 을유문화사, 33쪽.

2. 상상력이라는 윤리

문학의 임무 가운데 하나는 사람들을 지배하는 경건함에 질문을 던지고 반대진술을 만들어내는 것이다. 그런 의미에서 문학은 대화이고 반응이라 할 수 있다.[22] 김현은 이를 작가들에게 다음과 같이 주문한 바 있다.

> 작가는 작품을 통해. (…중략…) 한 그룹과 다른 그룹 사이에 소통의 방법이 있음을 보여주지 않으면 안 된다. 어떻게? **자기 자신이 그 소통의 징표가 됨으로써이다.**(1 : 74)[23] (강조−인용자)

작가들에게 서로 다른 그룹들 사이에서 소통의 징표가 되어주기를, 다시 말해 소통의 매개체가 되어주기를 김현은 요청하고 있다. 김현은 '서로 다른 세계관'이 어떻게 소통가능하다고 전제하길래 이와 같은 주문을 과감히 할 수 있었던 것인가. 그는 '인간'을 위한 실천 방법이 계급·이데올로기 등에 의해 종속되는 것에 철저히 반대하는 인문주의자다. 그는 각각의 다른 세계관이 인간의 행복을 위해 존재하지 않는다면 그것은 "독선을 위한

---

22 수잔 손탁, 홍한별 역, 『문학은 자유다』, 이후, 2007, 268쪽.
23 원출처는 김현, 「무엇이 지금 문제되고 있는가」, 『문학과 지성』, 1976 봄.

위장"에 불과하다고 본다. 그렇기 때문에 서로 다른 세계관이 소통되어야 한다고 다음과 같이 강조한다.

하나의 세계관은 자기가 본 세계의 진정성을 제시한다. 그 하나의 진실은 그것이 현실적 자아에만 집착하지 않고, 반성적 자아와 함께 본래적 자아를 향할 때, 자기 자신 속에 갇히지 않는다. 진리는 인간을 위해서 봉사하는 것이지, 한 계층의 인간만을 위해서 봉사하는 것이 아니다. (…중략…) 어떠한 형태의 인간 이해에도 그것이 인간을 위한 것이라면, 인간은 서로 행복스럽게, 다시 말해 자유스럽게 살아야 한다는 전제가 숨어 있다. 그렇지 않다면 왜 인간에 대해서 말한다는 것인가? 어떻게 해야 인간은 행복스럽게 살 수 있는 것인가? 모든 인간 이해는 바로 그 문제로 귀착한다. 그 전제를 지키지 않는 한, 인간을 위한 어떠한 진리의 제시도 그것을 제시하는 그룹의 독선을 감추는 위장에 지나지 않는다. 한 그룹의 세계관과 다른 그룹의 세계관은 다를 수 있다. 그러나 다를 수 있다는 것이, 그것들이 반드시 적대관계에 있어야 한다는 것을 의미하지는 않는다. (1 : 73)

인용문에 따르면, 아무리 다른 세계관을 가졌을지라도, 인간의 "행복"을 위해서 우리는 서로 "인간에 대해서 말"할 수 있어야 한다. 그러므로 서로 다른 세계관을 가졌다고 하더라도 서로 적대관계에 있을 필요가 없다. 문학에서 반성적 기능이 중요한 것은 반성적 자아가 자신 속에 갇히지 않기 위해서이다. 인간이 서로 행복하기 위해서는 대화를 통해 소통해야 한다. 그러기 위해서 반성적 자아가 형성되어 있어야 한다. 그러므로 반성적 자아와 소통은 우리의 삶을 행복하게 할 조건이 된다.

여기서 한 가지 눈 여겨 봐야 하는 것은, 김현이 작가들에게 "소통의 징표"가 될 것을 주문함과 동시에 그 스스로 '매개체로서의 독자'가 되었다는 것이다. 그런데 그가 '매개체로서의 독자'가 되었다는 것을 어떻게 증명할 수 있는가. 또한 이것이 증명가능하다면 그 의미는 무엇인가. 몇 개의 우회로를 거쳐서 한국의 문학 독자들에게 '매개체로서의 독자'가 되었던 김현을 논의해보도록 하자.

김현이 문단에 데뷔했던 1960년대는 5 · 16 직후 군사 정권의 근대화 정책의 일환으로 대학이 양 · 질의 측면에서 급격한 성장세를 보여준 때이다.[24] 대학의 팽창국면은 문학 부문과 관련해서도 중요한 의미를 띠고 있다. 이 시점에 이르러 대학의 문학관련 학과를 중심으로 전문적인 문학교육이 이루어짐으로써 그 전 시대와 비교할 때 상대적으로 고급문학인구가 양산되었다.[25] 그리고 4월 혁명 이후, 1400여 종의 잡지가 발행된 것은[26] 독자층

---

24 대한어머니회 중앙연합회 출판부 편,『한국교육 30년사』, 1977. 4, 322∼323쪽.
25 임영봉,『한국 현대문학 비평사론』, 역락, 2000, 41쪽.
26 이용성,『한국 지식인 잡지의 이념에 대한 연구』, 한양대 박사논문, 1996, 93쪽.

의 확산에 기여했다고 볼 수 있다. 5·16을 거치며 잡지의 수들은 격감하지만,[27] 이 시기를 거치며 『창작과 비평』(1966)과 『문학과 지성』(1970)의 창간도 이루어졌다. 『창작과 비평』이나 『문학과 지성』의 등장은 대학에서 양산된 고급문학인구의 확산과 맞물려 있다는 점에서, 문학 생산과 소비의 측면을 적절히 예증한다. 이와 같은 시대 상황과 맞물려 등장했던 독자층들 중에는 김현에게 열광했던 다수의 문청들이 포함된다.

모리스 블랑쇼에 의하면, 일반적으로 독자는 글쓴이와는 반대로 순진하게 자기 자신을 잉여의 존재로 느낀다. 작품이 그를 감동으로 뒤흔든다할지라도, 자신이 글의 바깥에 머무른다고 느끼는 경우가 많다.[28] 그러나 또한 독자는 특정 코드에 의해 영향을 받는 존재이기도 하다. 그런 점에서 김현의 대화적 비평 태도와 낭만주의적 독서 방식 등은 김현의 독자들을 강력하게 그의 글에 끌어들이는 요인이었다. 그러므로 상대적으로 김현의 독자들이 김현의 글에서는 소외감을 덜 느끼거나 혹은 느끼지 않았던 것으로 볼 수 있다. 앞 장에서도 논의했다시피 김현의 독자들은 김현과 자신이 똑같이 독자라는 것을 무의식적으로 인지하게 되기 때문이다. 이는 그의 독자들로 하여금 김현에 대해 다음과 같은 진술을 이끌어낸다.

---

27 이중한, 「잡지 30년」, 『신문연구』, 언론연구원, 1975 가을, 71쪽.
28 모리스 블랑쇼, 앞의 책, 276쪽.

그가 글을 쓸 때 '나'를 내세운 것이 나에게는 결코 오만하거나, 주관적이라거나 하는 느낌으로 받아들여지지 않는다. 그것은 오히려 자신이 알고 있는 방식으로 작가의 작품을 읽을 수밖에 없다는 겸손한 태도로 나에게는 비친다. 물론 그 겸손함이 너무 탁월해서 종종 우리들을 알게 모르게 주눅들게 만들긴 하지만 말이다. (홍정선, 「김현의 술과 비평」에서)[29]

'나는 독창적인 사유인이 아니고, 거의 언제나 타인의 글에서 사유를 이끌어'(『책읽기의 괴로움』, 214쪽)낸다고 짐짓 겸손해 하는 것만 봐도(황지우, 「바다로 나아가는 게」에서)[30]

그는 작가가 아니라 비평가가 아닌가? 그가 추억의 달무리 속에서 빛나는 이야기를 다시 찾는 길은 책 속에서 지형학을 뚫고 솟아오르는 감동의 수집가가 되는 수밖에 없다. "감동하는 의식은 대상을 크게 증폭하는 의식이며 더 풍요롭게 느끼는 의식이다. 감동하는 의식만이 대상을 깊게 그리고 넓게 느낄 수 있다"(『분석과 해석』, 268쪽) (…중략…) 대부분의 비평가들은 처음에 소설을 써보려고 시도한다. 그 소설을 끝까지 마친다면 그는 작가가 되었을 것이다. 불행하게도 소설을 다 쓰기 전에 남이 쓴 소설을 읽게 되고 거기서 그는 그가 쓰려고 했던

---

29 홍정선, 「김현의 술과 비평」, 『자료집』(『전집』 16), 문학과지성사, 1993, 272쪽.
30 황지우, 「바다로 나아가는 게」, 『문예중앙』, 1987 여름, 191쪽.

모든 내용이 더 깊이 있고 적절하게 말해져 있는 것을 알고 절망하여 자기가 쓴 소설을 불살라버린다. 비평가는 좌절된 욕망에서 탄생한다. 이것이 비평가가 작가보다 항상 자신없어 하는 이유이다. 잘 생긴 얼굴을 바라보고 감동하는 골상학자처럼 비평가는 자기의 욕망을 작가의 욕망, 작중 인물들의 욕망에 맞추어 울리게 함으로써 스스로 감동하는 사람이다. 이 원초적인 감동의 자리를 기를 쓰고 지켜내는 데에 김현 비평의 비밀이 있고 작가가 되다 만 자신을 항상 하찮고 변변치 못하게 여기는 데에 김현 비평의 너그러움이 있다.(김인환, 「글쓰기의 지형학」에서)[31]

물론 위에 인용한 글은 김현 생전에 제자로서나 친구로 김현과 인간적인 친분을 맺은 독자들의 것이기는 하다. 하지만 이들이 이야기하고 있는 김현은, 실제의 삶에서의 김현에 대한 인상이 아니라 글에서 보여지는 김현의 태도에 관한 것이다. 김현은 스스로에 대해 "작가가 되다만"이라거나 "독창적인 사유인이 아니"라거나 "자기가 알고 있는 방식으로 읽을 수밖에 없"는 독자라는 것을 강조한다. 김현의 독자들은 이를 김현으로부터 읽어냄으로써 '독자' 김현을 평가하고 있는 것이다. 즉 김현은 '자신의 독자들'을 자신과 동등한 위치로 불러들였던 것이다. 물론 이

---

31 김인환, 앞의 글, 1186쪽.

러한 김현의 문체적 특성을 그의 수사적 전략이었다고 논의할 수도 있다.[32] 그러나 이를 김현의 수사적 전략이라고 논하려면 '김현의 독자들'을 전적으로 수동적인 독자로서 설정해야 한다. 그러나 독자는 자기 앞에 펼쳐진 텍스트 앞에서 언제나 수동적인 것만도 아니고 능동적인 것만도 아니다. 이를 수용한다면, 김현의 독자들, 특히 김현에게 열광했던 당시의 문청들은 자발적으로 자신과 다를 바 없는 면을 갖고 있는, 비평가인 김현이라는 독자의 입을 통해서 전해지는 문학론에 공감을 표명할 수 있었던 것이다. 그것이 가능했던 까닭은 대학에서 양산된 신세대 독자층들의 열망에 부합했다는 측면을 간과할 수 없다. 김주현은 이를 다음과 같이 진술하고 있다.

자유·개인은 상상된 것일망정 신세대의 내적 요구에 따라 4·19를 문화론적으로 비틀어 얻어냈다고도 볼 수 있을 것이다. 덧붙여 '한글세대'는 상상된 자유·개인 개념의 취약점을 보완하기 위해 만들어낸 또 하나의 발명품이다. 김현이 세대론적 전략의 하나로 적극 명명한 한글세대는 1966년 한글 전용 논쟁을 거치며 파워를 획득해 4·19세대를 칭하는 고유명사로 사용된다. (…중략…) **신세대 문인들이 한글**

---

32 이명원은 김현의 고백의 문체에 대해 김현의 수사전략이었다고 언급하고 있다. 그러나 이명원은 이러한 전략이 김현의 의식적인 의도였는가에 대해서는 유보한다(이명원, 앞의 글, 180쪽 참고).

전용에 대체로 호의적이었던 배경에는 자국 언어를 가진 수준 높은 시민
문화에 대한 욕구가 있었을 것이다. (…중략…) 이상의 논의에서 추론할
수 있는 것은 자유·개인에 관한 한 신세대의 의식이 한국 사회의 발전을
몇 단계 뛰어넘어, 사실상 한국적이어야 할 미래를 추체험하고 있었다는
사실일 것이다.[33]

인용문에서 김주현이 언급하는 신세대 문인들 중 한 사람이,
바로 김현이다. 신세대의 의식이 "미래를 추체험하고 있었다"는
위의 진술을 고려한다면 그 추체험의 내용이란 자유·개인을 강
조했던 김현의 문학이념을 가리킨다고 볼 수 있다. 그렇다면 문
학에서 성취하고자 했던 미래를 끌어와 자신의 비평에서 보여주
고 있었던 김현을 읽은 독자들 역시 김현을 통해서 미래를 추체
험하고 있었던 것이라는 추론 역시 가능하다. 자신의 풍부한 문
학경험을 생생히 보여주는 김현의 글쓰기를 통해서 당시의 문청
들은 김현과 더불어 동일한 문학적 추체험을 했던 것으로 볼 수
있다. 즉 김현의 독자들은 김현 비평을 통해서 도래해야 할 문학
에 대해 추체험했다고 추론할 수 있다.

비평가라는 주체는 문학비평이라는 대상을 생산하고 이를 향
유하는 독자라는 대상 역시 형성시킨다. 그런 의미에서도 문학

---

33 김주현, 앞의 글, 404쪽.

생산은 단지 비평 주체를 위한 대상만이 아니라, 독자라는 주체역시 생산한다고 할 수 있다. 이렇게 생산과 수용이 내적으로 연결되어 있다는 것을 고려할 때, 비평가와 비평을 읽는 독자의 관계는 역사적인 내포성을 지닌다. 역사적 내포란 당초의 독자의이해가 세대에서 세대로 수용의 고리 속에 지속되면서 풍부해질수 있다는 사실을 의미한다.[34] 독자의 문학경험이란 그의 삶의실천적 기대지평 안에서 그의 세계 이해를 '앞서' 형성하는 것을도와주는 것이다. 이처럼 독서의 사회적 기능이 추체험임을 고려할 때 김현의 비평을 통해서 당시의 독자들이 문학적 추체험을 했으리라는 추론을 하나의 사실로 받아들일 수 있다.

또한 정치적·경제적 근대화가 지상 최고의 그리고 최대의 목표라는 듯이 내달리던 1960~1970년대 당시의 시대적 정황을 고려한다면, 당시의 문학 독자들에게 김현의 비평은 억압되었던감수성을 이끌어내 주었던 인물이었을 것으로 보인다. 근대사회에서 억압된 감수성이란 감성·상상력 등을 가리킨다. 근대의이성중심적 재편 질서 속에서 낭만주의적 가치라 할 수 있는 감성·상상력 등은 사회적으로 인정받지 못했다고 볼 수 있다. '문학은 꿈이다'라는 명제는 근대 자본주의 사회에서 "가장 억압된가치 중의 하나"[35]이다. 낭만주의적인 감수성과 상상력은 철저

34　H. R. 야우스, 장영태 역, 『도전으로서의 문학사』, 문학과지성사, 1998, 165~178쪽 참고.
35　진형준, 「상상력, 그리고 사회」, 김인환 외편, 『문학의 새로운 이해』, 문학과지성사,

히 개인적인 부르주아 사회의 이데올로기이고 비현실적일 뿐이라는 알리바이에 의해서 억압되었다. 이런 상황에서 비평가 김현의 출현이 독자들에게는 단순한 반가움이기만 했겠는가. 당시 문청들의 열광은 이런 맥락 속에서 추론될 수 있다. 당시 독자들의 입장에서 김현의 출현은 새로운 '비평가 독자'의 탄생이었던 것이다.[36]

　'상상력'은 작가들의 전유물로 인식되는 경향이 있다. 작가들의 상상력으로써 작품이 구성된다는 것이 문학 개념의 자명한 사실로 여겨졌기 때문에 독자 입장에서의 상상력의 기능이 존재하지 않는 것은 아님에도 불구하고 이것이 두드러지게 인식되는 일은 드물었다. 그러나 김현의 '주관성' 개념이 매개체로서 기능한다고 했을 때, 김현의 주관성 개념에는 상상력의 기능이 필연적이다. 이는 기존의 상상력이 작가들의 전유물로 인식되었던 것을 고려한다면, 그간 드러나지 않았던 '상상력'을 (의식적으로가

1996, 245쪽.

36　김현에 대한 독자들의 관심은 그가 활동했던 당시에만 한정되는 것 같지는 않다. 이향주의 논문에는 다음과 같은 진술이 나온다. "문학의 변두리 장르로 대중 독자들로부터 외면당해 온 여타의 비평과 달리, 왜 유독 김현의 비평은 90년대 대학생들에게 큰 영향을 끼쳤는가에 대한 ……." 이는 김현이 1990년대에 이십대를 보냈던 문청들에게도 영향을 끼쳤다는 것으로 해석할 수 있다. 그러나 1990년대 학번의 학생들에게 김현의 비평이 영향을 끼쳤는지에 대해서 독자들의 육성과 진술들을 참고할 수 있지만, 1960~1970년대의 한국의 문화적 정황과 1990년대의 풍부한 읽을거리 및 문화적 다양성의 경로를 비교한다면, 1960~1970년대의 문청들에게 끼친 김현의 영향력은 1990년대 학번들에게와는 확연한 차이를 갖고 있을 것이다. 즉 1970년대 이후 출생자들에게 김현 비평의 영향력이 어느 정도 있었다고 할 수는 있겠지만, 김현이 활동했던 당시 문청들의 열광과는 비교되기 어렵다고 할 수 있다.

아니라 무의식적이기는 하지만) 인식하게 만드는 것이다. 독자들로 하여금 독서행위 자체에서의 상상력의 기능에 대해서 인지하도록 했다는 점에서 김현이 스스로 보여준 '독자로서의 상상력'의 의미는 가볍지 않다.

김현은 평론과 바슐라르 연구 등에서 상상력에 대한 다양한 설명을 시도하기도 한다.[37] 이는 한국문학에 '상상력'이라는 개념을 새롭게 불러일으켜, 문학을 예술의 지위로서 확고하게 하려는 의도를 갖고 있었다고 볼 수 있다. 하지만 그것만으로 문학의 한 장르인 그의 문학비평을 하나의 예술인 문학작품으로 독자들이 인식하도록 만들지는 못한다.

김현이 비평가로서만 발언하였더라면, 그의 비평은 독자들에게 하나의 문학작품으로 인식되지 못했을 것이다. 앞서 논했던 것처럼 김현의 비평에는 비평적 독서와 낭만적 독서가 결합되어 등장한다고 말했다. 편의상 구분지어 말하자면, 그의 비평적 독서의 언어가 개념적 언어라면 그의 낭만적 독서의 언어는 문학적 이미지의 언어라 할 수 있다. 비평에서는 '이미지'보다 '개념'을 중시하는 반면에, 문학에서는 '개념'에 앞서 '이미지'를 보다 중시한다고 할 수 있다. 그의 낭만적 독서와 비평적 독서의 결과물로 나타나는 비평이란 곧 개념과 이미지가 결합된 언어의 구

성물이라는 점에서 주목을 요한다. 경우에 따라서 그의 개념적 언어는 문학적 이미지를 강화하는 작용으로 기능한다. 이는 그의 독자로서의 경험이 두드러지게 드러날 때 그러하다. 따라서 그의 비평에는 독자 김현의 상상력의 움직임이 보여진다.

> **내 마음속의 무엇이 움직여 그 글로 내 마음을 무의식적으로 이끌리게 하는 것일까?** 그것을 생각하다보면 때로 내 마음을 움직인 글은 자취도 없이 사라지고 내 마음이 움직인 흔적들만 남아, 마치 달팽이가 기어간 흔적처럼 반짝거린다. (…중략…) 내 **마음의 움직임**과 내 마음을 움직이게 한 글을 쓴 사람의 마음의 움직임은 한 시인이 **'수정의 메아리'**라고 부른 수면의 파문처럼 겹쳐 떨린다. (7 : 57)[38] (강조—인용자)

윗글에서 보듯이, 김현은 독서행위 중에 나타나는 자신의 독자로서의 상상력의 움직임[39]을 가능한 한 독자에게 보여주려고 한다. 그러므로 위의 인용문에 이어지는 내용은 김현이 김지하의 시를 읽는 과정에서 어떠한 상상력의 움직임이 일어났는가를 독자로 하여금 생생하게 따라가게 만든다. 김현의 독자로서의 상상력은 그가 비평의 대상으로 삼은 작가의 어린 시절에 대해 상상하게 하는 경우가 많다. 김현은 작가의 어린 시절에 대한 상

---

38 원출처는 김현, 「속꽃 핀 열매의 꿈」, 『문예중앙』, 1986 가을.
39 김현 비평에는 '마음의 움직임', '정신의 움직임' 등의 어사가 빈번하게 등장한다.

상에 뒤이어 자신의 어린 시절로 그의 독자를 종종 이끌고 간다. 다음은 「유치환론」의 한 구절이다.

> 시인의 사상 속에서 깃발은 그가 원초적으로 경험한 부산의 산허리 측후소 풍향계의 기폭이다. (이 자리에서, 나의 펜은 유치환의 부산으로 향하지 아니하고, 나의 몽상으로 향한다. 내가 유년 시절을 보낸 목포의 노적봉에도 측후소가 있었고, 그 측후소 건물 위로, 하얀 기폭이 언제나 나부끼고 있었다. 그곳에서 멀리 선창가와 뒷개를 바라보며, 내 얼마나 은밀한 사랑을 꿈꾸었는지! 밤에는 연인들이 그곳에 모여 내가 모르는 묘한 짓들을 한다는 소문이었다.) 그 기폭은 유치환의 상상 속에서 사라진 사랑과 결부되어 있다.(5 : 87~88) (강조—인용자)

김현의 상상력이 자주 작가의 어린 시절이나 혹은 자신의 어린 시절로 움직이는 것은 자신의 문학적 기원의 자리이기도 했던 유년시절에 대한 갈망과 관련되어 있는 것으로 보인다. 김현이 비평에서 이처럼 자주 유년시절에 대한 그리움을 내비치는 것은 독서가로부터 기원하는 그의 문학 이념에 대한 간접적 표출일 수 있다. 다시 상기하자면 그의 문학 이념이 궁극적으로는 구현되기 어려운 현실과의 관련 하에 놓여 있기 때문에, 김현의 책읽기의 결과물인 비평은 결국 세상과의 불화에서 비롯된 싸움으로 귀결된다.

① 책 속의 원형들은 이 세계에 무엇이 결핍되어 있으며, 우리는 왜 불행한가 하는 것을 반성케 하는 표지들이다. 그 원형들이 어둠 속에서 밝게 빛나고 있으면, 그 원형들을 생활할 수 없다 하더라도 삶은 최소한 도의 초월성을 간직할 수 있다. 그것을 도피주의라 비난해서는 안 된다. 도피란 거짓 화해의 세계로 숨어버리는 것을 뜻하지만, 삶의 원형들을 지금의 삶 속에서 계속 찾아보려 하는 것은 도피가 아니라 차라리 싸움이다. 그 싸움을 통해 짐승스럽고 더러운 것들은 조금씩 조금씩 극복된다. 그런 의미에서 책읽기는 결핍의 충족이며, 행복에의 약속이다. 결핍을 결핍으로 못 느끼게 하고 불행을 불행으로 못 느끼게 하는 책은 그런 의미에서 좋은 책이 아니다. 그것은 가짜 행복으로 이 세계를 감싸, 세계를 가짜로 조화롭게 만들기 때문이다. 책읽기는 결핍이나 불행의 몸짓을 연습하는 움직임이 아니라, 자기가 책을 통해 불행이나 결핍이 되어, 충족이나 행복을 싸워 얻게 하는 움직임이다. 그런 의미에서 책읽기는 매우 고통스러운 작업이다.(5 : 232~233)

② 책읽기는 소년기의 별이며, 고향은 청년기의 별이다.(5 : 228)[40]

③ 유년시절과 봄과 바다는, 아직까지도 한국 시인들의 상상력의 원 공간이다.(5 : 304)[41]

---

40 원출처는 김현, 「책읽기의 괴로움」, 『세계의 문학』, 1984 봄.
41 원출처는 김현, 『몽상 속의 작은 길들』, 홍성사, 1983.

①과 ②는 같은 글에서 발췌한 것이다. ①이 그의 비평가로서의 개념과 당위에 입각한 발언이라면, ②는 개념과 무관한 문학적 이미지를 환기시키는 언어이다. ①, ②, ③을 나란히 놓고 볼 때 드러나는 것은 김현이 자신의 비평가로서의 개념적·논리적 발언과 자신의 독자로서의 상상력을 토대로 한 문학적 이미지의 언어들을 함께 배치시킨다는 것이다. 따라서 비평가로서의 개념적 언어들마저 문학적 이미지의 언어들을 강화시키는 역할을 한다. 그렇기 때문에 그가 독자들에게 자신의 견해를 설득하는 방식이 직접적이고 단정적인 진술로 이루어질 경우에도 그의 상상력의 움직임을 따라 읽었던 독자들은 그의 비평을 거칠고 딱딱한 논리의 그것이 아닌, 부드러운 것으로 느낄 공산이 크다. 독자들에게 부드러운 것으로 그의 비평을 느끼게 한다는 것은 곧 그의 비평을 문학적인 것으로 느끼게 한다는 것과 다르지 않다. 따라서 그의 비평은 독자들에게 문학적 비평으로 인식된 경향이 있다.[42] 그러므로 그가 저항 혹은 싸움이라는 단어를 쓸 때조차 그의 저항성과 공격성은 공격적으로 읽혀지지 않거나 부각되어 읽히지 않게 된다.

예컨대 김현이 '유년기'라는 인간의 원체험을 상상하게 하는 시기에 집착하는 것은 김현의 말대로 '싸움'일 수 있다. 왜냐하면

42 　김경복, 「말에 대한 사랑과 창조적 비평」, 『오늘의 문예비평』, 1991 여름, 192쪽 참고

'유년기'라는 낭만적 감각의 세계를 끌어옴으로써 자신이 살고 있는 근대 세계를 우회적으로 공격하는 측면이 있기 때문이다. 김현이 이야기하고 있는 어린 시절 혹은 봄·바다 등의 이미지가 환기하는 감각이란 근대의 도구주의적 유용성의 세계와는 직접적인 관련을 갖지 않는 감각이다. 낭만주의의 과제가 "합리주의적 세계관을 받아들이면서도 여하히 살아있는 경험에 대한 감각을 표현할 수 있느냐는 문제"[43]인 것처럼, 김현의 상상력을 통한 원형적 감각에 대한 호명은 우리의 삶의 조건을 재검토하도록 이끈다. 독자들의 감성을 활성화시켜 그들의 성찰이 보다 수월할 수 있도록 만드는 데에 김현의 낭만적인 이미지의 어휘들은 큰 역할을 한 것이다. 물론 김현을 읽은 실제의 모든 독자가 그러했다는 것은 아니다. 그리고 그것 자체를 검증하는 것은 가능하지도 않다. 또한 그런 개인의 내밀성의 지점을 검증하는 것은 이 글의 과제도 아니다. 다만 독자의 상상력의 창조적인 능력이 개인의 유희에 머무는 것이 아니라 자기 자신의 표면을 꿰뚫고 들어가서 자기 안에 잠들어 있는 것들을 깨우는 데에 있다고 할 때, '독자'로서의 태도를 드러내는 김현이라는 매개체를 통해, 다시 말하면 김현의 상상력을 따라갔던 독자들이 자신의 상상력을 또 다시 움직이게 했다면 독자 김현의 '상상력'의 작동은 '김현의 독자

---

43 김종철, 「낭만주의의 이념」, 『시와 역사적 상상력』, 문학과지성사, 1978, 273쪽.

들'의 상상력을 촉발시키는 작용을 했던 것으로 볼 수 있다.

김현은 작가들에게 소통의 매개체가 되기를 요구했지만, 그 스스로가 사실상 한국문학과 독자들 사이의 매개체가 되었던 것이다. 비평가란 당연히 독자들과 문학 사이의 매개체가 되는 것이지만, '매개체로서의 독자' 역할을 비평가가 충실히 수행했다고 두드러지게 논의할 수 있는 비평가를 한국문학사에서 김현을 제외하고 찾기란 쉽지 않다. 독서 중에 일어나는 읽기 과정 속의 사유를, 김현은 상상력이라는 이름으로 비평가의 개념적 언어에 저항하면서 동시적으로 보여주었던 희귀한 사례에 해당하기 때문이다.

김현의 독자로서의 '상상력'이라는 것이 김현의 독자들의 상상력으로 전이될 수 있다고 가정할 수 있다면, 그것은 낭만주의적 "상상력"이 바슐라르적 개념의 물질적 상상력으로 기능하여 독자들의 의식과 무의식속으로 들어간 것으로 추론할 수 있다. 그것이 '상상력이라는 윤리'일 수 있는 것은 김현 생전에서부터 현재에 이르기까지 김현의 독자들이 지속적으로 양산되어 독자로서의 상상력을 활성화시킬 수 있기 때문이다.

여기서 '상상력이라는 윤리'란 김현의 글을 읽은 독자들의 윤리성 자체를 의미하는 것이 아니다. 독자로서 김현이 읽기에서 보여준, 획일화에 대한 저항이라는 낭만주의적 태도가 갖고 있는 윤리성이 급변하는 역사적 상황 속에서도 여전히 힘을 발휘하고 있다고 말할 수 있다면, 그것은 1960~1970년대 당시의 문학 장의 담론에서의 획일화에 대한 거부라는 그의 낭만주의적 저항태도가 갖고 있던 윤리성이 독자들에게 전이되어야 한다. 그것은 필연적으로 김현을 읽는 독자들이 지속적으로 양산될 때라야 가능하다. 그것이 가능해지는 것은 독자의 '상상력'이라는 것에 있다. 김현론이 지속적으로 양산되고 있다는 것은 김현으로부터 유발된 독자로서의 상상력이 김현을 읽은, 혹은 읽는 여타의 독자들에게 지속적으로 움직여지고 있음을 증거한다. 물론 독자 각 개인의 상상력의 성향은 한 가지의 방향일 수도 없고, 그래서도 안 될 것이다. 다만 상상력의 촉발적 기능이 살아있도록 '매개체로서의' '비평가 독자'의 특성을 두드러지게 보여준 김현 비평은 한국문학 비평사에서 문학적 상상력의 한 특별한 방식을 보여주었다고 할 수 있다. 김현의 "집"에 대한 비유는 그와 같은 '상상력이라는 윤리'의 한 측면을 암시한다.

그 깊이는 수직의 방향으로만 내려가는 깊이가 아니라 이리저리 휘어지면서 옆으로 퍼지고 마침내는 뿌리내릴 곳으로부터 아주 멀리 떨어진 곳의 지표면 위로 부상하는 그런 깊이였다.[44]

---

44 정과리, 앞의 글, 148쪽.

　　김현의 "집"이란 읽기의 과정 속에서 상상력을 통한 독자의 윤리성[45]으로 활성화되어 현재한다. 그것이 독자의 윤리성일 수 있는 것은, 김현론이 획일화된 담론에 저항하는 '저항으로서의 윤리성'으로 나타날 때, 해석의 역사에 기여할 수 있기 때문이다. 그럼으로써 김현 비평의 의미는 지연 속에 놓여진 채 현재한다.

　　앞서도 진술했지만 김현의 비평은 모순과 분열의 양상 속에 놓여 있다. 그것을 김현은 가감 없이 드러낸다. 따라서 독자로 하여금 의미의 확정이 아니라 지속적인 의미의 지연을 통해서 독자의 '사유' 영역을 남겨 둔다. 즉 독자의 사유 자체가 활성화될 수 있는 공간이 생겨나는데, 유난히 김현에 대한 찬사 혹은 비판이 다양하게 쏟아져 나올 수 있는 것은 김현의 비평이 하나의 의미로서만 귀결되지 않는 탈중심성을 갖고 있기 때문이다. 김현 비평이 탈중심성을 갖고 있는 까닭은 김현이 비평 속에서 사용하는 언어가 고정된 문자의 형태로서가 아니라 독자로서의 상상력과 결합되어 개인의 주관성을 매개로 지속적으로 움직이기 때문이다. 그러므로 그의 언어는 독자의 무의식적 흐름과 연동된다는 점에서 고정된 문자의 지배 아래 있지 않다고 볼 수 있다. "문자 아래 있을 때, 즉 문자적일 때 주체는 행동의 자동성과 사유의 무력함"[46]에 노출된다. 그러나 이와 다르게 김현 비평이 독

45　독자 개인의 윤리성의 타당성에 대한 판단여부는 또 다른 층위의 문제이므로 이 글에서는 다루지 않는다.

자들에게 야기하는 상상력은 독자들의 사유 영역을 활성화시킨
다는 점에서 독서의 주체를 살아있도록 만든다. 이는 상상력이
라는 윤리의 한 측면이다.

46 알랭 바디우, 앞의 책, 162쪽.

제6장

결론

　이상에서 김현의 비평적 정신으로부터 도출된 김현 비평의 특수성을 살피고 김현 비평의 윤리성을 밝혀 보았다. 여기서는 본론의 논의를 간략히 요약하고, 이 책의 한계 및 이후 과제를 짚어 보고자 한다.

　본론은 크게 두 개의 부분으로 나뉘어져 있다. 본론의 전반부인 2, 3장은 김현의 낭만주의적·인문주의적 경향이 형성되어 진행된 과정을 김현 비평의 실제와 독서법을 통해서 살펴보았다. 후반부는 김현의 낭만주의적·인문주의적 경향이 교직되는 양상을 검토하고 김현 비평의 의의를 윤리성의 관점에서 짚어보았다. 이를 통해서 우리가 알 수 있었던 것은 다음과 같다.

　첫째, 김현의 문학적 이념형이 '듣기'의 공간과 '읽기'의 공간과의 분열을 조건으로 하여 형성되었다는 것이다. 그런데 이 분열

조건이 김현의 개인적 체험에 의해 형성됨으로써 김현 비평의
출현은 주관성에 그 뿌리를 대고 있었다. 김현이 '읽기'의 세계에
서 '듣기'의 세계를 반항하고자 하기 때문에 김현의 주관성은 상
상력을 통해서 문학적 이념형의 불가능성을 지양해나가야 한다.
따라서 문학 비평가로서 김현의 욕망은 '문학 경험으로서의 상
상력'을 문학 비평에 적극적으로 드러냄으로써 자신의 문학 이
념을 실천했다. 이는 독자로서의 자기를 드러내는 글쓰기 방식
을 통해서 이루어졌다. 공감을 지향하는 대화 방식의 비평이나
고백의 글쓰기는 그 비평적 실제의 한 양상이었다.

둘째, 김현은 자신의 비평 안에 1960~1970년대 당시 한국 문
학에 부재한다고 여겨졌던 것들을 담아내고자 했다. 주관성·상
상력·개인·윤리 등의 항목이 여기에 해당하는데 이를 실현시
키는 방법론으로서 특별히 '상상력'을 주된 방법론으로 삼았다.
자신의 독자로서의 경험을 드러내는 '문학 경험으로서의 상상력'
이 그의 비평의 주요 동력이었기 때문이다.

셋째, 김현이 문학 비평을 통해서 추구하고자 한 것들은 그의
믿음에 기반한 것이었다. 김현이 추구한 합리성은 '믿음에 기반
한 합리성'이었다. 이는 근대의 계몽주의적 이성을 상대로 자신
의 비평적 실천을 통해 저항한 것이라 할 수 있다. 또한 자신의
문학론으로 끝까지 고수했던 '문학의 자율성'은 '현실태로서의
자율성'이 아니라 '이념태로서의 자율성'이었는데, 이는 그의 믿

음과 신념에 의한 것이었음을 확인할 수 있었다. 김현은 문학적 실천에 의해서 문학 개념이 형성·변화될 수 있을 뿐만 아니라 삶이나 세상이 변화되고 바뀔 수 있다는 희망을 포기하지 않았던 것이다.

넷째, 문학과 삶의 관계에 대한 탐색은 김현 비평의 중요한 과제였다. 문학의 자율성을 강조했던 김현에게 이는 특수한 방식으로 나타난다. 김현에게 문학과 삶은 분리되어 있지 않다. 김현에게 문학은 삶에 대한 절대적 지표로 작동한다. 이 지점이 그의 문학주의의 특수성을 보여주는 부분이다. 그는 '문학'이라는 특수의 영역이 '삶'이라는 보편을 창출한다고 여긴다. 여기에서 강조되어야 하는 것도 상상력이다. 인간다운 삶이 파괴되거나 무너져 삶의 이상이 부재하거나 결핍되어 있을 때, 인간다운 삶을 상상하게 하고 삶을 다시 세우는 것 역시 문학적 상상력이기 때문이다. 따라서 김현 비평의 전체를 관통하는 그의 문학관은 '문학'이라는 특수 영역이 '삶'이라는 보편적 영역에 기대어 있는 것이 아니라, '삶'이라는 보편적 영역이 '문학'이라는 특수 영역에 기대어 있다. 따라서 김현 비평에서 '감정'과 '지성'의 관계성 역시 특수와 보편의 문제에 있어서 '지성'이 '감정'으로 향하는, 즉 특수로 상승하는 보편의 구조 속에 놓여져 있었다. 이 책은 이를 김현의 비평적 정신인 낭만주의적·인문주의적 관계 양상 안에서 살펴보았다.

다섯째, 김현 비평의 주관성은 상상력 작동의 근간으로써 외부세계를 의미화시키는 해석행위의 주체이며, 보편성을 창출하는 윤리적 조건의 토대이다. 자신의 독자와의 관계에 있어서도 주관성이 매개체가 됨으로써 '상상력이라는 윤리'가 작동할 수 있도록 한다. 따라서 김현 비평은 그의 비평의 주관성을 매개로 독자와의 관계 속에서 세상을 향해 열려 있었다.

이상의 논의로 이 책은 김현 비평의 특수성과 그의 비평의 의의를 밝힐 수 있었다. 그러나 김현이 문학 장에서 활동했던 당시 한국 사회의 주된 이데올로기였던 민족주의·민중주의·민주주의 등과 김현 비평의 관련성 및 다른 비평가들과의 면밀한 비교를 거치지 못한 점은 이 책의 결정적 한계라 할 수 있다. 왜냐하면 김현의 비평적 정신인 낭만주의적·인문주의적 특수성은 1960~1970년대와 1980년대 당시의 사회이념과 인문주의적인 여타 비평가들과의 비교 속에서 더욱 선명히 드러날 수 있기 때문이다. 그런 점에서 볼 때, 이 책은 김현 비평의 특수성을 사회역사적 측면에서 정교하게 조명했다고 보기 어렵다. 비교 연구는 차후 과제가 될 것이다. 다만 예를 하나 들어 상상해 본다면 김현 비평과 민족주의 이데올로기와의 관련성을 고찰할 경우, 김현 비평의 특징을 그의 비평의 의의로 해석한 이 책의 한계 지점이 구체적으로 드러날 듯하다. 단정 지을 수는 없지만, 김현의 낭만주의적·인문주의적 성향과 민족주의 이데올로기와의 연

관성 및 길항 관계는 김현 비평의 찢김과 한계를 여실히 드러내
는 창이 될지도 모른다.

1. 기본자료

김병익 외, 『현대 한국문학의 이론』, 민음사, 1972.
김윤식·김현, 『한국문학사』, 민음사, 1973.
김　현, 『전체에 대한 통찰』, 나남, 1990.
______, 『김현문학전집』 1~16, 문학과지성사, 1991~1993.

2. 국내 논저

고명철, 「1960년대 순수참여문학논쟁 연구」, 성균관대 석사논문, 1998.
곽광수, 『가스통 바슐라르』, 민음사, 1995.
권성우, 『비평과 권력』, 소명출판, 2001.
권오룡 외편, 『문학과 지성사 30년』, 문학과지성사, 2005.
김경복, 「말에 대한 사랑과 창조적 비평」, 『오늘의 문예비평』, 1991 여름.
김기림, 『김기림 전집』 2, 심설당, 1988.
김병익, 「김현과 '문지'」, 『문학과 사회』, 1990 겨울.
김수용, 『예술의 자율성과 부정의 미학』, 연세대 출판부, 1998.
김영민, 『한국현대문학비평사』, 소명출판, 2000.
김영한 외, 『서양의 지적운동』 1, 지식산업사, 1994.
김용직·김치수·김종철 편, 『문예사조』, 문학과지성사, 1977.
김윤식 외, 『한국 현대 비평가 연구』, 강, 1996.
김인환, 「글쓰기의 지형학」, 『문학과 사회』, 1988 가을.
김종철, 「낭만주의의 이념」, 『시와 역사적 상상력』, 문학과지성사, 1978.

______, 「인문적 상상력의 효용」, 『외국문학』, 1987 봄.

______, 「인간, 흙, 상상력」, 『녹색평론』 3호, 1992.

김주언, 「교양 없는 시대의 교양으로서의 글쓰기」, 『현대문학이론과 비평』 34 집, 2007.3.

김주현, 「1960년대 '한국적인 것'의 담론 지형과 신세대 의식」, 『상허학보』 16 집, 2006.2.

김진수, 『우리는 왜 지금 낭만주의를 이야기하는가』, 책세상, 2001.

______, 「유럽 낭만주의 문학의 한국적 수용－1920년대의 『백조』를 중심으로」, 『미학예술학 연구』 21호, 한국미학예술학회, 2005.

김진영, 『푸슈킨－러시아 낭만주의를 읽는 열 가지 방법』, 서울대 출판부, 2008.

김형수, 「김현 문학비평 연구」, 창원대 박사논문, 2002.

김홍중, 『마음의 사회학』, 문학동네, 2009.

김흥규, 『문학과 역사적 인간』, 창비, 1980.

남진우, 「공허한 너무도 공허한」, 『문학동네』, 1995 봄.

도정일, 『시인은 숲으로 가지 못한다』, 민음사, 1994.

문학사와 비평연구회 편, 『1960년대 문학연구』, 예하, 1993.

민족문학사연구소 편, 『1960년대 문학연구』, 깊은샘, 1998.

박인기 편역, 『작가란 무엇인가』, 지식산업사, 1997.

박철화, 「1980년대 이후의 비평에 관한 몇 개의 단상」, 『문학과 사회』, 2000 여름.

박헌호, 「근대문학의 향유와 창조－『연희』의 경우」, 『한국문학연구』 34집, 동국대한국문학연구소, 2008.

백　철, 『신문학사조사』, 민중서관, 1953.

서동욱, 『들뢰즈의 철학』, 민음사, 2002.

성민엽 외편, 『문학의 새로운 이해』, 문학과지성사, 1996.

소영현, 「근대 인쇄 매체와 수양론·교양론·입신출세주의」, 『상허학보』 18 집, 2006.10.

송희복, 「욕망의 뿌리와 폭력의 악순환」, 『오늘의 문예비평』, 1996 가을.

신승환, 『지금, 여기의 인문학』, 후마니타스, 2010.

신인섭, 「교양 개념의 변용을 통해 본 일본근대문학의 전개 양상 연구」, 『일본어 문학』 23집, 한국일본어문학회, 2004.

심광현, 「감정의 정치학」, 『문화과학』, 2009 가을.

오문석, 「1970년대 한국시론에서 보여준 내재적 초월의 방법」, 민족문학사연구소, 『1970년대 문학연구』, 소명출판, 2000.

______, 『백년의 연금술』, 박이정, 2005.

오병남, 『미학강의』, 서울대 미학과, 1993.

유종호, 『시와 말과 사회사』, 서정시학, 2009.

윤여탁 외, 『시와 리얼리즘 논쟁』, 소명출판, 2001.

이광호, 『위반의 시학』, 문학과지성사, 1993.

이동하, 『한국문학과 비판적 지성』, 새문사, 1996.

이명원, 「김현 문학비평 연구」, 서울시립대 석사논문, 1999.

이병옥, 「프리드리히 슐레겔의 비이해의 해석학」, 『해석학 연구』 10호, 한국해석학회, 2002.

______, 『낭만주의 정치담론에 관한 매체철학적 연구』, 동과서, 2007.

이상섭, 『영미비평사』 1, 민음사, 1985.

______, 『영미비평사』 2, 민음사, 1996.

이숭원, 「김현 시 비평에 대한 고찰」, 『선청어문』 23집, 1995.

이승은, 「김현의 망각과 욕망」, 『현대문학의 연구』 35집, 한국문학연구학회, 2008.

______, 「한국문학 '읽기'에서의 '낭만주의' 재검토」, 『국제어문』 48집, 국제어문학회, 2010.

이용성, 「한국 지식인 잡지의 이념에 대한 연구－『사상계』를 중심으로」, 한양대 박사논문, 1996.

이은정, 「이방인들의 공동체」, 연세대 박사논문, 2009.

이중한, 「잡지 30년」, 『신문연구』, 언론연구원, 1975 가을.

이　찬, 「20세기 후반 한국 현대시론 연구」, 고려대 박사논문, 2004.

______, 「창작과 비평과 산문의 사이, 저 문학적인 것의 사유공간을 위하여」, 『정신과 표현』 9～10월호(68호), 2008.

이향주, 「김현 후기 비평의 수사학적 문채(figure)와 상호주관성 연구」, 서강대 석사논문, 2008.

이향철, 「근대 일본에 있어서의 '교양'의 존재형태에 관한 고찰」, 『일본역사연구』 13집, 일본사학회, 2001.

이홍섭, 「김현의 후기비평에 나타난 유마주의 문학관」, 『문학·선』, 2005 상반기.

임영봉, 「김현 초기 비평 연구」, 『어문연구』, 2007 여름.

임우기, 「매개의 문법에서 교감의 문법으로」, 『문예중앙』, 1993 가을.

임철규, 『왜 유토피아인가』, 민음사, 1994.

임 화, 『문학의 논리』, 정음사, 1989.

작가와 비평 편, 『김현 신화 다시 읽기』, 이룸, 2008.

전상기, 「1960·70년대 한국문학비평 연구-'문학과 지성', '창작과 비평'의 분화를 중심으로」, 성균관대 박사논문, 2003.

정과리, 「못다 쓴 해설」, 김현, 『전체에 대한 통찰』, 나남, 1990.

______, 「추억의 집」, 『오늘의 문예비평』, 1996 가을.

______, 「김현 비평의 현재성」, 『문학과 사회』, 2000 여름.

정우택, 「한국 근대 초기시에서 '외래성'과 '민족성'의 문제-신시 논쟁을 중심으로」, 『한국시학연구』, 한국시학회, 2007.

조남현, 「땀과 줏대 그리고 힘의 비평」, 『문학과 사회』, 1993 가을.

조연현, 『한국현대문학사개관』, 정음사, 1964.

지명렬, 『독일 낭만주의 총설』, 서울대 출판부, 2000.

한국해석학회 편, 『해석학은 무엇인가』, 지평문화사, 1995.

__________, 『고전 해석학의 역사』, 철학과현실사, 2002.

__________, 『낭만주의 해석학』, 철학과현실사, 2003.

한래희, 「김현 비평 연구」, 연세대 박사논문, 2010.

한형구, 「미적 이데올로기의 분석적 수사」, 『전농어문연구』 10집, 1998.2.

홍정선, 「70년대 비평의 정신과 80년대 비평의 전개양상」, 『역사적 삶과 비평』, 문학과지성사, 1986.

______, 「근대시 형성과정에 있어서의 독자층의 역할 연구」, 서울대 박사논문, 1992.

황국명·민병욱, 『『문학과 지성』 비판』, 지평, 1987.

황영범, 「김현 문학비평 연구」, 단국대 석사논문, 2003.

황종연, 「탕아를 위한 국문학」, 『국어국문학』 127권, 2000.12.

황지우, 「바다로 나아가는 게」, 『문예중앙』, 1987 여름.

＿＿＿, 「이 세상을 다 읽고 가신 이」, 『전체에 대한 통찰』, 나남, 1990.

황현산, 「르네의 바다」, 『문학과 사회』, 1990 겨울.

＿＿＿, 「4·19와 김현의 문학 유토피아」, 최원식 외편, 『4월 혁명과 한국문학』, 창작과비평사, 2002.

3. 국외 논저

가다머, 한스-게오르그, 이길우 외역, 『진리와 방법』 1, 문학동네, 2000.

가라타니 고진, 조영일 역, 『네이션과 미학』, 도서출판b, 2009.

귀논, 찰스, 강혜원 역, 『진정성에 관하여』, 동문선, 2005.

다마지오, 안토니오, 임지원 역, 『스피노자의 뇌』, 사이언스북스, 2007.

단턴, 로버트, 조한욱 역, 『고양이 대학살』, 문학과지성사, 1996.

데꽁브, 뱅상, 박성창 역, 『동일자와 타자』, 인간사랑, 1990.

데리다, 자크, 허정아 역, 『시네 퐁주』, 민음사, 1998.

＿＿＿＿＿ 외, 강우성 외역, 『이론 이후 삶』, 민음사, 2007.

들뢰즈, 질, 서동욱 역, 『칸트의 비판철학』, 민음사, 1995.

＿＿＿＿, 김상환 역, 『차이와 반복』, 민음사, 2004.

라작, 올리비에, 백선희 역, 『텔레비전과 동물원』, 마음산책, 2007.

라플라슈, 장·베르트랑 퐁탈리스, 장, 임진수 역, 『정신분석 사전』, 열린책들, 2005.

레몽, 마르셀, 김화영 역, 『프랑스 현대 시사』, 문학과지성사, 1983.

뤽 낭시, 장·라바르트, 라쿠, 「지금 우리에게 낭만주의란 무엇인가」, 박성창 역, 『세계의 문학』, 2002 겨울.

르죈, 필립, 윤진 역, 『자서전의 규약』, 문학과지성사, 1998.

리쾨르, 폴, 양명수 역, 『악의 상징』, 문학과지성사, 1994.

＿＿＿＿, ＿＿＿＿, 『해석의 갈등』, 아카넷, 2001.

마르쿠제, 김인환 역, 『에로스와 문명』, 나남, 2004.

망구엘, 알베르토, 정명진 역, 『독서의 역사』, 세종서적, 2000.

매킨타이어, A., 김민철 역, 『윤리의 역사, 도덕의 이론』, 철학과현실사, 2004.

뮬홀, 스테판 · 스위프트, 애덤, 김해성 외역, 『자유주의와 공동체주의』, 한울아카데미, 2001.

바디우, 알랭, 이종영 역, 『윤리학』, 동문선, 2001.

__________, 현성환 역, 『사도바울』, 새물결, 2008.

바르트, 롤랑, 김화영 역, 『텍스트의 즐거움』, 동문선, 1997.

벌린, 이사야, 강유원 외역, 『낭만주의의 뿌리』, 이제이북스, 2005.

베갱, 알베르, 이상해 역, 『낭만적 영혼과 꿈』, 문학동네, 2001.

베르만, 앙트완, 윤성우 외역, 『낯선 것으로부터 오는 시련 ─ 독일 낭만주의 문화와 번역』, 철학과현실사, 2009.

벤야민, 발터, 반성완 역, 『발터 벤야민의 문예이론』, 민음사, 1983.

__________, 박설호 편역, 『발터 벤야민 ─ 베를린의 유년시절』, 솔, 1992.

벨러, 에른스트, 이강훈 외역, 『아이러니와 모더니티 담론』, 동문선, 2005.

벨슈, 볼프강, 심혜련 역, 『미학의 경계를 넘어』, 향연, 2005.

볼츠, 노베르트 · 반 라이엔, 빌렘, 김득룡 역, 『발터 벤야민』, 서광사, 2000.

블랑쇼, 모리스, 박혜영 역, 『문학의 공간』, 책세상, 1990.

____________ · 뤽 낭시, 장, 박준상 역, 『밝힐 수 없는 공동체, 마주한 공동체』, 문학과지성사, 2005.

사이드, 에드워드 W., 김정하 역, 『저항의 인문학』, 마티, 2008.

샤르티에, 로제 외편, 이종삼 역, 『읽는다는 것의 역사』, 한국출판마케팅연구소, 2006.

서경식 · 필드, 노마 · 카토 슈이치, 이목 역, 『교양, 모든 것의 시작』, 노마드북스, 2007.

셸리, P. B., 윤종혁 역, 『시의 옹호』, 새문사, 1978.

손디, 페터, 이문희 역, 『문학해석학이란 무엇인가』, 아카넷, 2004.

손탁, 수잔, 홍한별 역, 『문학은 자유다』, 이후, 2007.

쇼펜하우어, 곽복록 역, 『의지와 표상으로서의 세계』, 을유문화사, 1994.

쉴러, 프리드리히, 안인희 역,『인간의 미적 교육에 관한 편지』, 청하, 1995.

스키너, 틴, 조승래 역,『틴 스키너의 자유주의 이전의 자유』, 푸른역사, 2007.

스피노자, B., 강영계 역,『에티카』(개정판), 서광사, 2007.

슬로터다이크, 페터, 이진우 외역,『냉소적 이성 비판』, 에코리브르, 2005.

아도르노, Th. W., 홍승용 역,『미학이론』, 문학과지성사, 1997.

______________ · 호르크하이머, M., 김유동 역,『계몽의 변증법』, 문학과지
　　성사, 2001.

아리스토텔레스, 이창우 외역,『니코마코스 윤리학』, 이제이북스, 2006.

야우스, H. R., 장영태 역,『도전으로서의 문학사』, 문학과지성사, 1998.

에반스, 딜런, 김종주 외역,『라캉정신분석사전』, 인간사랑, 1998.

오스틴, J. L., 김영진 역,『말과 행위』, 서광사, 1992.

오웰, 조지, 이한중 역,『나는 왜 쓰는가』, 한겨레 출판사, 2010.

윌리엄스, 레이먼드, 김성기 외역,『키워드』, 민음사, 2010.

이글턴, 테리, 이현석 역,『우리시대의 비극론』, 경성대 출판부, 2006.

__________, 강주헌 역,『신을 옹호하다』, 모멘토, 2010.

이저, 볼프강, 이유선 역,『독서 행위』, 신원문화사, 1993.

__________, 차봉희 편,『독자반응비평』, 고려원, 1993.

자스, 한스-마르틴, 정문길 역,『포이에르바하』, 문학과지성사, 1986.

정재석 역주,『산해경』, 민음사, 1985.

지마, 페터, 김혜진 역,『데리다와 예일학파』, 문학동네, 2001.

지젝, 슬라보예, 이수련 역,『이데올로기라는 숭고한 대상』, 인간사랑, 2002.

____________, 박정수 역,『그들은 자기가 하는 일을 알지 못하나이다』, 인간
　　사랑, 2004.

칸트, 임마누엘, 백종현 역,『판단력 비판』, 아카넷, 2009.

커넌, 앨빈, 최인자 역,『문학의 죽음』, 문학동네, 1999.

커머드, 프랭크, 조초희 역,『종말의식과 인간적 시간』, 문학과지성사, 1993.

키에르케고르, 임춘갑 역,『공포와 전율 / 반복』, 다산글방, 2007.

타나카 히로시 외, 이규수 역,『기억과 망각』, 삼인, 2000.

퐁티, 메를로, 오병남 역,『현상학과 예술』, 서광사, 1983.

푸코, 미셸, 심세광 역, 『주체의 해석학』, 동문선, 2007.
풀레, 조르즈 편, 김붕구 역, 『현대비평의 이론』, 홍성신서, 1979.
프라이, 노스럽, 임철규 역, 『비평의 해부』, 한길사, 2000.
프로이트, 지그문트, 김인순 역, 『꿈의 해석』, 열린책들, 1997.
__________________, 윤희기 외역, 『정신분석학의 근본개념』, 열린책들, 1997.
__________________, 이한우 역, 『일상생활의 정신병리학』, 열린책들, 1997.
프로인드, 엘리자베드, 신명아 역, 『독자로 돌아가기』, 인간사랑, 2005.
핑크, 브루스, 맹정현 역, 『라캉과 정신의학』, 민음사, 2002.
하이네, 하인리이, 정용환 역, 『낭만파』, 한길사, 2004.
호이나키, 리, 김종철 역, 『정의의 길로 비틀거리며 가다』, 녹색평론사, 2007.
후베르트, 마르틴, 원석영 역, 『의식의 재발견』, 프로네시스, 2007.

Bürger, Peter, trans., Michael Shaw, *Theory of the Avant-Garde*, University of Minne-
    sota Press, 1984.
Furst, Lilian R., 이상옥 역, 『낭만주의』, 서울대 출판부, 1978.
Hazlitt, W., *lectures on the English poets*, London : Oxford UP, 1818.
Illich, Ivan, *In the Vineyard of the Text*, University of Chicago Press, 1993.
Iser, Wolfgang, *The Act of Reading*, Baltimore : The Johns Hopkins University Press,
    1978.
Lacan, Jacque, trans., Dennis Porter, *The Ethics of Psychoanalysis,* Seminare no.7,
    Norton & Company, 1992.
__________, 맹정현·이수련 역, 『정신분석학의 네 가지 근본 개념』(세미나
    11), 새물결, 2008.
Lawrence, D. H., *SELECTED ESSAYS*, Penguin Books, 1950.
Menke, Christoph, trans., Neil Solomon, *The Sovereignty of Art*, The MIT Press, 1999.
Trilling, Lionel, *Sincerity and Authenticity*, Cambridge, MA : Harvard University Press,
    1971.
Williams, Bernard, *Ttuth and Ttuthfulness*, Princeton : Princeton University Press, 2002.